けものたちの祝宴

西村京太郎

集英社文庫

目次

けものたちの祝宴

離婚した女

1

会員制を主にしている太陽ホテルのプールは、真夏を迎えても、東京周辺の海岸や、一般のプールのような混雑は見られない。

若いタレントが、暇を見つけて、よく泳ぎに来る。また、近くに、各国大使館があるせいか、外国人が多いのも、このプールの特徴だった。

ひょうたん形のプールの周辺には、グリーンの人工芝が敷きつめられ、丈の高い観葉植物が並べてある。

大道寺明子《だいどうじあきこ》は、週刊誌を賑《にぎ》わした沢木信太郎《さわきしんたろう》との離婚問題のケリがついてから、時々、ここに姿を見せるようになっていた。

明子は、五年前、その甘いフェイスと、日本人離れしたグラマラスな姿態を武器に、テレビの世界に躍り出た女である。

最初は、ある化粧品のコマーシャル・フィルムと、ポスターのモデルだった。

彼女が、なぎさを駆けると、豊かな乳房が、別の生きもののように揺れた。ポスターは、貼るそばから盗まれるという噂《うわさ》が流れ、ある小さな王国の王子が、ポスターの明子に憧れてプロポーズした。

この国際的な恋愛は、彼女のほうにその気がなくて、実を結ばなかったが、明子を、一躍人気者にするには役立った。

新しいタレントを求めているテレビ局が、明子をドラマの中で使い出し、レコード会社は、彼女の甘い声に眼《め》をつけて、歌手として出発させようとした。

その時、彼女のデビュー曲を作曲したのが、当時、新進作曲家として売り出し中の沢木信太郎だった。

沢木は、保守党の政治家、沢木大介の長男に生まれている。沢木大介は、外務政務次官になった男だが、将来を嘱望されながら、五十歳で死亡した。

沢木も、大学では政治を学んでいて、将来は、父の跡を継ぐものと思われていたのに、アメリカ留学から帰ると、突然、音楽への道を歩き始めた。

もともと、その才能があったのだろう。たちまち、新進作曲家として、もてはやされるようになった。

沢木が、大道寺明子のために作曲した『夕べのマリア』は、公称五十万枚のヒットになった。

明子の唄《うた》い方は、舌たらずで、お世辞にも上手《うま》いとはいえなかったが、それでも、ヒットするのだから、この世界ばかりは、よくわからない。

二枚目のレコードも、沢木の作曲だった。『街の灯が消えるとき』というセンチメンタルな歌も、二十万枚近く売れた。

週刊誌が、「大道寺明子の不思議な魅力」と題して、特集を組んだり、表紙にしばしば使ったりしたのは、この頃である。

ところが、これからという時に、大道寺明子は、突然、沢木信太郎との結婚を発表し、芸能界から引退してしまった。

当時、この結婚は、長続きしないだろうというのが、大方の見方だった。

沢木は、知性的な感じのする美男子で、アメリカ留学中に身につけた西欧的なマナーの良さもあって、若い女性歌手や女性タレントに人気があり、いろいろと、派手な噂が絶えなかったし、明子のほうも、ボーイフレンドの多いことが、よく知られていたからである。

「彼女は、また、芸能界に戻ってくるさ」

というのが、芸能記者たちの意見だった。

しかし、大道寺明子は、完全に芸能界から足を洗って、沢木信太郎夫人になってしまった。しゃれた家の中で、あみものをしている彼女の写真が、婦人雑誌に紹介されたりもした。そんな写真には、決まって、

「今の私は、本当に幸福です」

という彼女の言葉が添えてあった。

二年、三年とたつ中《うち》に、大道寺明子の名前は、次第に、人々の記憶からうすれていった。

それが、再び、週刊誌にのるようになったのは、彼女が沢木信太郎と別居したからである。

別居は、一応、週刊誌のスクープということになっているが、彼女のほうから、問題を表沙汰にするために、わざと、記者に洩《も》らしたともいわれている。

沢木のほうは、初め、別居を否定した。それが明らかになったあとも、自分には、離婚の意志はなく、一刻も早く、妻の明子に家に帰って貰《もら》いたいと思っていると、記者たちにいった。

だが、明子のほうには、その気持はなく、結局、沢木が三千万円の慰謝料を払うことで、この離婚は成立した。

明子は、離婚の原因を、二人の間の性格の不一致だと、主張した。果たして、その通りなのか、それとも、他に理由があったのか、さまざまな臆測記事が、一時、週刊誌を賑わせた。

沢木の女遊びの派手さに、明子が愛想をつかしたのだという記事もあったし、逆に、明子のほうに別の男が出来たのが離婚の原因だと書いた週刊誌もある。

その他、沢木がホモだとか、彼女にレズの気があるとか、とっぴなのでは、沢木は、知性派をもって自任しているが、家では、真っ裸で歩き廻《まわ》る癖があり、それが、明子の癇《かん》に障ったのだという説まで飛び出した。

離婚が成立したあと、明子は、当然、芸能界に復帰するものと思われた。その線で、彼女に働きかけたプロダクションも、いくつかあったらしい。

昔は、離婚は、タレントにとってマイナスと思われていたが、最近、特に女性歌手や女性タレントの場合、かえって、離婚は、勲章になると思われるようになっている。プロダクションが、食指をのばしたのも、そのせいだろうが、明子が選んだのは、銀座に新しく出来るナイトクラブのママの道だった。

「クラブ・アキコ」は、銀座のまん真ん中に、六階建のビルの五階と六階を占領して開かれた。沢木から貰った三千万円の慰謝料だけで足りる筈《はず》はない。当然、大きなスポンサーがいる筈だった。

村上製薬社長の村上信也《むらかみしんや》も、名前を出された一人である。

2

一日の宿泊料八万円のロイヤルルームの窓から、村上は、プールを見下ろしていた。村上は、来年六十歳になるが、陽焼《ひや》けした精悍《せいかん》な顔は、とうてい初老の男には見えない。まだまだ、おれは若いと考えている。製薬会社の社長では終わりたくないとも思っている。彼が、今抱いているのは、政界への野心だった。

村上製薬は、大阪に本社がある。東京にも営業所があるが、東京に来たとき、村上が、もっぱら利用するのが太陽ホテルのロイヤルルームだった。

大道寺明子は、ビキニ姿で、人工芝に敷いたタオルの上に、腹這《はらば》いになっている。盛り上がったヒップが、妙に挑発的に見える。

「いい眺めですな」

と、秘書の矢崎亮《やざきりょう》が、村上にいった。

「そうかね」

村上が微笑した。

「プールサイドにいる女性の中では、彼女が一番魅力的に見えます」

矢崎は、お世辞でなくいった。三十五歳の矢崎から見ても、大道寺明子は、抱きたくなる女だ。たしか、二十六歳になった筈の明子は、十代の若いタレントに比べると、身体の線は、スレンダーではなくなっているが、その代り、むんむんするような女の匂いがする。

「社長は、彼女に、いくら出資されたんですか？」

「私のポケット・マネーだよ。会社の金には、手をつけておらん」

「それは存じあげています。五千万くらいですか？」

「興味があるのかね？」

「私も男ですから、大いに興味があります」

「君のいった金額の倍以上は出しているよ」

「それほど、価値のある女ですか？　彼女は」

「ベッドでは、私を喜ばせてくれるよ」

と、村上は、また笑った。

矢崎は、全裸の大道寺明子が、ベッドの上で、もだえ、喘《あえ》ぐ姿を想像してみた。ちょっと、妙な気分になってくる。

「君は、私の秘書になって、何年になるかな？」

村上が、葉巻を手にとって、矢崎にきいた。矢崎は、反射的に、ライターの火を差し出した。

「五年六カ月です」

「私に忠実かな？」

その質問が、何を意味しているのか、とっさに判断がつかなくて、矢崎は、相手の顔色をうかがうようにしながら、

「自分では、忠実にお仕えして来たつもりですが」

といった。

「それなら、君に、個人的に頼みたいことがある」

「どんなことでしょうか？」

「彼女のことだ。私なりに、彼女のことを理解しているつもりなんだが、どうしても、わからない部分がある。多分、別れた旦那の沢木という作曲家にも、わかっていなかったんじゃないかと思う」

「つまり、彼女に、秘密の部分があるということですか？」

「ああ。そういうことだ」

「彼女に質問されたことはおありですか？」

「もちろん、あるさ。だが、彼女の答えは、いつも決まっている。あたしに、秘密なんかありません。しかし、何か、隠していることがあることは確かだ。君に、それを調べ

て貰いたい」

「わかりました」

「私はだな、自分の支配下にある人間が、私に対して、どんな些細《ささい》なことでも、隠しごとを持っていることが許せない人間なんだ。君が、もし、私に対して秘密を持っているようなことがあれば、即刻、馘《くび》だ」

冗談の口調ではなかった。矢崎は、思わず首をすくめ、

「私に、秘密などありません」

「私に対して、やましいことは、何一つないということだな？」

「その通りです。社長を裏切るようなことは絶対にいたしません」

「その気持を忘れないことだ。彼女に、これを持って行ってやってくれ」

村上は、ポケットから、小さな宝石ケースを取り出して、矢崎に渡した。

「彼女が欲しがっていたオパールの指輪だ。これを渡せば、彼女に話しかけるきっかけがつかめるだろう」

「社長は、どうなさるんですか？」

「私は、電話しなければならないところがある」

廊下へ出たところで、矢崎は、わきの下に、冷や汗が流れているのに気がついた。村

上は怖い男だ。

エレベーターで五階までおりた。プールは、五階にあった。

冷房のきいた室内から、外に出たとたんに、軽いめまいを感じた。今日も真夏の強烈な太陽が照りつけている。

矢崎は、サングラスをかけ、プールサイドを廻って、大道寺明子に近づいていった。

彼女は、カメラを持った若い男と、喧嘩《けんか》をしているところだった。どうやら、どこかの記者が、こっそり、彼女の写真を撮ったらしい。

男が、笑いながら逃げようとするのを、矢崎が、その腕をつかんだ。

「人の嫌がることは、やめたほうがいいね」

「あんたは誰だい？」

「正義の味方といったところかな」

「よせやい」

男が、笑って、つかまれた腕を振りほどこうとした。

矢崎は、腕を放しながら、軽く、足払いをかけた。いきなりだったので、見事に決まり、男は、カメラを持ったまま、大きな水音をたてて、プールに転落した。

「わあッ」

と、男が悲鳴をあげた。その格好がおかしかったのか、大道寺明子が、クスクス笑い出した。

男は、反対側のサイドへ泳いで行った。

「フィルムを取り上げて来ましょうか？」

と、矢崎は、彼女に声をかけた。

明子は、サングラスを持ち上げて、矢崎を見た。

「もういいわ。あんたは、誰なの？　正義の味方だなんていってたけど」

「村上社長の下で働いている矢崎というものです。社長からのプレゼントをお持ちしました」

矢崎は、明子の手に、宝石ケースをのせた。

明子は、ふたをあけ、オパールの指輪を、指にはめてから、

「社長さんは、約束を忘れなかったみたいね」

「社長は、約束を守る人間ですよ」

「それで、あの悪人は、今、どこにいるの？」

「悪人――？」

「今の世の中で、お金をたくさん儲《もう》ける人って、みんな悪人じゃないかしら？」

大道寺明子は、また、クスクス笑い出した。

そういえば、その通りかも知れないと、矢崎も、ニヤッとした。本当の善人に、金儲

けなどは出来ない。

「社長は、十一階のロイヤルルームにおいでです」

「あのお部屋ね」

明子は、十一階あたりに向かって、片手をひらひら振ってから、視線を矢崎に向けて、

「それで、あなたのお役目はなに？　あたしの監視役？」

「何故《なぜ》、そんなふうに考えるんです？」

「あの人は、とてもヤキモチ焼きだし、あなたはあなたで、なかなか油断がならない人みたいに見えるから」

「私は、平凡なサラリーマンでしかありませんよ」

「社長さんには、そう思わせてるわけね？」

「弱ったな。私は、常に忠実な部下ですよ。社長を裏切ったことは、一度もありませんよ」

「そんなにむきにならなくてもいいわ。それより、のどが渇いたんだけど、冷たいものを持って来て下さらないかしら」

「何がいいんです？」

「レモネード」

と、明子は、大きな声でいった。

矢崎は、心得て、喫茶室のほうへ歩き出した。が、その時になって、自分が、誰かに監視されているような気がした。いや、自分がというのは、正確ではないだろう。大道寺明子が傍《そば》にいたし、彼女は有名人だからである。誰かが見つめているとすれば、彼女のほうが確率が高いのだ。

矢崎は、周囲を見廻した。が、それらしい人物も、視線も見つからなかった。

（気のせいだろうか）

3

矢崎は、自分の直感を信じる男である。だから、誰かに見られているという直感を、捨て切れなかった。

喫茶室から、レモネードを明子に運んでからも、矢崎は、ちらちら周囲を見廻していた。

「何を見てるの？」

明子が、咎《とが》めるようにきいた。彼女は、自分の話し相手が、他のことに気を取られるのを許せない女だった。

自分の美しさに自信を持っているためというよりも、一人娘として、甘やかされて育てられたせいだろう。夫を早く失い、女実業家として手広く商売をやってきた明子の母親は、彼女を甘やかして育てた。

沢木との結婚が失敗したのも、そうした明子の性格が多分に影響しているだろうという人もいる。

その母は去年亡くなった。が、明子の気弱いくせにわがままな性格は、ちっとも変わっていなかった。

「何となく、誰かに見られているような気がしましてね」

「あなたが？」

「もちろん、あなたですよ」

「あそこにいる監視員の男の子たち、さっきから、ちらちら、あたしを見てるわ」

明子は、クスッと笑い声を立てた。

矢崎が、そちらに眼をやると、見張台の上にいた若い監視員が、あわてて視線をそらした。大学の水泳部員がアルバイトで来ているということだから、真っ黒に陽焼けしているが、顔は、まだ子供だ。

「あんな子が好きですか」

矢崎がきくと、明子は、一瞬、

「え？」とき返してから、

「やだわ」

　と、笑った。

「童貞趣味はありませんか？」

「あの子、童貞？」

「運動選手には、童貞が多いそうですからね。聞いて来ましょうか」

「あたしは、大人らしい男が好き」

「沢木信太郎はどうでした？　彼自身は、どうも、少女趣味みたいに見えますが」

　と、矢崎はいった。二、三日前の週刊誌に、沢木が、十七歳の可愛《かわ》い子ちゃんタレントと恋愛中とかいう記事があったのを思い出したからである。その娘の顔は、どこか、眼の前の大道寺明子に似ている。ということは沢木のほうでは、まだ、明子に未練があるのだろうか？

「週刊誌の記者みたいな質問はしないで頂戴」

「これは失礼しました。どうも僕は俗物なものだから、あなたみたいな有名人に会っていると、いろんなことが知りたくなりましてね」

「今夜、お店に来て下さらない？　毎月二十五日には、ちょっとしたお祝いパーティをやるの」

「二十五日は、あなたの誕生日か何かですか？」

「違うわ。先月の二十五日に、お店がオープンしたのよ。だから毎月二十五日には、パーティをやるの」

「もう一カ月になるんですか。儲かってますか？」

「何とか赤字は出てないみたいね」

「みたい――ですか？」

「あたしは、昔から数字が苦手だから、そのほうは、社長さんがよこしてくれた会計の人に委《まか》せてあるの」

「田村君でしょう。彼は堅物だから安心ですよ」

「それで、今夜のパーティには来て下さる？　社長さんも、お見えになるはずよ。それに、各界の名士も」

「ぜひ、行きたいんですが、今夜は野暮用がありまして――」


夕食がすむと、矢崎は、その野暮用を果たすために、車を走らせた。

大橋富佐子《おおはしふさこ》が上京した時に会ういつもの喫茶店で、彼女はいつものように、ちょっと不貞《ふて》くされたような顔で待っていた。

「十三分遅刻ね」

と、富佐子は、矢崎の顔を見るなりいった。

「明治通りが、すごい交通渋滞でね」

「あと二分遅れたら、帰るところだったわ。そして、永久に、さよならしようと思ってたの」

「おい、おい。たった十五分で、僕たちの愛をおしまいにするつもりだったのかい？」

「愛ですって？」

「変な笑い方をするねえ」

「あんたみたいな悪党に、本当の愛情なんてあるのかしらん」

「僕が悪党だって？」

「誠実な人間とはいえないわね。何がおかしいの？」

「今日、大道寺明子が、同じことをいっていたからさ。社長のことを悪党だといっていたよ。悪党だからこそ、金を儲けられたんだそうだ」

「社長が悪党なら、あんたは、さしずめ小悪党ね」

「今日は、ご機嫌ななめだな。社長のご寵愛《ちようあい》が、君から大道寺明子に移ったんで、おだやかじゃないのかね」

「社長の女好きには慣れてるわ。それにあたしは、最初から、社長と結婚するつもりもないし――」

富佐子は、肩をすくめてみせた。

その言葉を、矢崎は、本音とは思わなかった。

富佐子は、女子大を出て、二年間アメリカに留学し、帰国して、村上の会社に、社長秘書として就職した。

誇り高き才媛の感じだった。アメリカ留学中に、向うの億万長者の息子からプロポーズされたとかいう噂があり、だから、日本の男なんか、歯牙にもかけないのだという噂もあった。とにかく、自尊心の強そうな女だな、という印象を矢崎は持っていた。

そんな富佐子が、社長の村上と関係を持つようになったのには、愛情よりも、計算があったのではないかと、矢崎は見ていた。

村上の二人の息子は、すでに結婚し、それぞれ、会社で、重要なポストについている。妻の君子は病弱だったから、富佐子は、ひそかに、後妻の座を狙っていたのではないだろうか。

その君子は、一年前に、一年九カ月の入院生活のあと、病死した。しかし、村上は、富佐子を後妻に迎えようとはせず、あくまでも、愛人として扱った。それだけでなく、大道寺明子とも関係を持つようになった。

富佐子と矢崎との間に関係が出来たのは、その頃だった。

「行きましょう」

と、富佐子が立ち上がった。

4

先週、三日間の休暇をとって、サイパンに行っていたという富佐子は、裸になると、くっきりと、ビキニの痕がついていた。

「いやね」

と、富佐子は、自分の身体を鏡に映して小さな溜息《ためいき》をついた。

「向うじゃあ、陽に焼けるのがいやだから、いつも陽かげにいたつもりだったんだけど」

「エロチックで、なかなかいいよ」

矢崎は、ベッドに腹這いになって富佐子のヌードを眺めていた。

富佐子が、くるりと、こちらを振り向いた。腰のあたりに手をやって、

「二十八歳にしては、身体の線がきれいだとは思わない？」

「君みたいに頭のいい女でも、スタイルを気にするのかね？」

「素晴らしい女というのは、頭がいいだけじゃ駄目なのよ。美しくなければ」

「ごちゃごちゃいってないで、こっちに来いよ」

矢崎は、手を伸ばして、強引に、富佐子を抱き寄せた。そのまま、ベッドの上に押し

倒す。

「優しくして」

と、富佐子が、眉をひそめていう。矢崎は、構わずに、両足をつかんで、押し広げ自分の腰をのせていった。

富佐子のそれは、まだ、十分に濡《ぬ》れていなかった。何か、きしむような感覚がし、富佐子は、「痛いわッ」と、小さな叫び声をあげた。

「もっと、ケツを持ち上げてみろよ」

矢崎は、片手で、ぴしゃりと、富佐子の太股《ふともも》のあたりを叩《たた》いた。インテリ女性の富佐子を抱くとき、矢崎は、わざと下品な言葉を使った。そうすることで、奇妙な征服感を味わうことが出来た。

もう一度、矢崎が、ぴしゃりとやると、富佐子は、身体を弓なりにそらせてきた。少しずつ、彼女が濡れてくるのがわかった。聞きなれた音が聞こえ、富佐子の息が次第に荒くなってくる。

矢崎は、腰を動かしながら、軽く彼女の乳首を噛《か》んだ。

「あッ」

と、一瞬、彼女が声をあげる。彼女の身体が、腰を中心にして、小刻みにふるえだした。喘ぐ声が、甲高くなってくる。身体をふるわせながら、矢崎にしがみついてきた。

「あッ、駄目ッ」

富佐子が、悲鳴に似た声をあげる。がくんと、腰が落ちた感じで、彼女は、果ててしまった。

矢崎が、身体を離したあとも、富佐子は、余韻を楽しむように、眼を閉じ、ぴくん、ぴくんと、身体をけいれんさせている。

矢崎は、ひとりで、浴室に入って、シャワーを浴びた。

出てくると、富佐子は、ベッドに腹這いになって、煙草《タバコ》をくわえていた。

「あなたは、この頃、優しくなくなったわね」

と、富佐子が恨めしげにいった。

矢崎は、腰にタオルを巻いた格好で、彼女の手元から、煙草を一本抜き取って火をつけた。

「結構、満足してたじゃないか」

「でも、最初の頃は、ゆっくり愛撫《あいぶ》して、あたしの身体が十分に濡れてから抱いてくれたわ。それなのに、最近は、いきなりだもの。なぜ、前のように優しくしてくれないの？　あたしに、あきてきたの？」

「女というやつは――」

「え？」

「面倒くさいな。結構、嬉《うれ》しそうな声を出してたじゃないか」

「矢崎さん」

急に、富佐子は、改まった口調で、きッと矢崎を見つめた。

「もし、あたしに冷たくしたら、覚悟があるわよ」

「怖いね」

と、矢崎は、笑ったが、富佐子のほうは、ニコリともしないで、

「社長は、あんたを信用しているようだけど、あたしは、あんたが、とんだ食わせものだということを、知っているのよ」

「何のことだい？」

「一年前に、うちで開発した新薬の秘密を、他社に売ったのは誰だったのかしらね。あの事件は、最初、研究所の人が疑われて、結局、うやむやになっちゃったけど、あたしはその犯人があんただと知っているのよ」

「ひどい誤解だな」

と、矢崎は、首をすくめたが、内心、どきりとしていた。

一年前の大阪出張のさい、何気なく社長室に入ったとき、机の上に決裁を受けるため、新薬のレポートがのっていたのだ。それを、ひそかにコピーして、ライバルのA製薬に三百万で売ったのである。その金で、今乗っているスポーツカーを買ったのだが、コピ

ーするところを、富佐子に見られていたのだろうか。

「とぼけても駄目よ。あたしは、ちゃんと知っているんだから」

富佐子は、決めつけるようにいった。

「もし、君のいう通りだとしてだね」と、矢崎は、彼女の顔を、探るように見た。

「なぜ、社長に通報しなかったんだ？」

「社長に話して、あたしに、何の得があるの？」

「ふーん」

「それに、あたしは、あんたを買っているのよ」

「そいつは嬉しいね」

「あんたは、悪党だわ」

「さっきも、そういったね。いや、さっきは小悪党といったんだっけ」

「あんたは、そのうちに、何かやるわ。新薬の秘密を、ライバル会社に売るような、いじけたことじゃなく、もっと大きなことをね。その時あたしも、一口のせて貰いたいのよ」

「驚いた人だな」

「だから、あたしを大事にしておいたほうがいいわよ」

「でかいことは、何もせずに、一生平凡なサラリーマンで終わっちまうかも知れないぜ」

「あんたは、そんな人じゃないわ。平凡なサラリーマンで我慢できるもんですか」

ふふッと、富佐子は、楽しそうに笑った。一人の男の生殺与奪の権を握っているのが楽しいのだろう。

富佐子は、裸のまま、浴室に入ると、「ねえ」と、甘えた声で、矢崎を呼んだ。

「一緒に入らない？」

矢崎は、タオルをとって、浴室へ入って行った。

「社長には、何もいわないから、安心なさいな」

富佐子は、矢崎に背中を向けていった。その背中に、石鹸《せっけん》をなすりつけながら、矢崎は、一瞬、この格好で、背後から首を絞めたら、簡単に殺せるだろうなと思った。

もちろん、それを実行する気は、矢崎にはない。代りに、石鹸で泡立った富佐子の身体に、矢崎は、自分の身体を押しつけた。

「こういうのソープランドでやるんですってね」

富佐子が、くすぐったそうに、身をよじらせながらいった。

「ああ。ソープランドは、もっとサービスがいいぞ。客は、ご主人さまだからな」

「はい。ご主人さま」

富佐子は、突然、浴槽の中にひざまずくと、矢崎の男性自身を口にふくんだ。矢崎は、突っ立ったまま、自分の腹のあたりでゆれている彼女の髪の毛を見下ろしていた。

（社長は、富佐子に、こんな奉仕を要求するのだろうか）

その想像は、大道寺明子にも及んだ。あの甘い顔をした女も、社長に抱かれるときは、こんなことをしているのだろうか。

そんな想像が、矢崎に、新たな欲望を起こさせた。彼は、富佐子の髪の毛をつかんで引き起こし、石鹼に濡れた身体を抱きしめた。

5

矢崎が、先にホテルを出た。

矢崎は用心深く行動していた。豪放磊落《らいらく》さが売り物で、また、週刊誌などにも、それらしく書かれている社長の村上だが、実際には、猜疑心《さいぎしん》が強く、嫉妬深い男であることを、矢崎は知っていたからである。

今、矢崎は、重宝がられている。社長の個人秘書だが、それは、社長が、矢崎の才能を買っているからというよりも、彼が、忠実な番犬に見えるからに違いない。

だから、もし、矢崎が、大橋富佐子と関係していると知ったら、たちまち、お払い箱になるに決まっていた。

ホテルを出て、自分の車に乗るとすぐスタートはしないで、運転席に腰を下ろして、彼女がホテルから出て来て、タクシーを拾うのを見守った。

彼女が、無事にタクシーを拾って帰るのを見定めるのは、男としてのエチケット、というのは表向きで、自分たちのデートが、誰かに監視されているかどうか調べるのが目的だった。

社長の村上は、大道寺明子に何か秘密があるらしいから、それを調べろと、矢崎に命令した。それと同じことで、富佐子の行動に疑問を持ち、私立探偵あたりに調査させていないとも限らないのだ。

富佐子は、タクシーに乗った。そのタクシーが夜の街に消えていく。が、尾行しているような車は、見当たらなかった。

矢崎は、安心して、煙草をくわえ、アクセルを踏んだ。

時刻は、まだ、十時を廻ったばかりである。

家に帰ったところで、独身の彼に、待っていてくれる女がいるわけでもない。

それに、明日は、日曜だった。

(これから、大道寺明子の店へ行ってみようか?)

とも考えたが、当然社長の村上も来ているだろうと、思い返した。富佐子を抱いたあとでは、何となく、村上に会うのがはばかられる。

矢崎は、銀座に出ず、新宿で飲むことにした。

車を離れた場所に駐車させ、歌舞伎町の「シャノアール」というバーに入った。大衆性が強く、若者向きの店の多い新宿では、珍しく、大人の雰囲気を持った店である。

矢崎は、一人で来たこともあるし、会社の同僚と何度か来たこともある。カラオケ・ブームだが、この店は、断固として、その機械を入れようとしない。そんなところも、矢崎は好きなのだ。下手くそな歌を聞かされるほど馬鹿らしいことはない。

「珍しいわね」

と、マダムの由梨江《ゆりえ》が、カウンターの向うでいった。

「三日前に来たばかりだぜ」

「そうだったかしら？」

「そうだよ。マダムも忘れっぽくなったね。おとしですかね」

矢崎が、笑って、水割りを頼んだとき、奥のほうから、

「大道寺明子のやつ、今でこそ、大きな面をしてやがるが、おれが知ってた頃は、まだひよっ子でよ――」

と酔った男の声が聞こえた。

矢崎は、煙草をくわえたまま、声のしたほうを見た。
三十二、三歳の、サファリジャケットを着た男が、ホステスの首を抱きかかえるよう

にして、大声で喋《しゃべ》っている。

煙草に火をつけてくれた由梨江に、

「誰だい？」

と、きいてみた。

「カメラマンの日下《くさか》さん。酔うと、人にからむ癖があるからご用心ね」

「あれが、日下か」

「ご存知なの？」

「大道寺明子がデビューした頃、彼女のヌードを撮ったとか撮らないとか騒がれたカメラマンだろう？」

それに、プレイボーイとしても評判だった男である。ここ二、三年、名前を聞かないと思っていたが。

「そう。その日下さん」

と、由梨江は、肯《うなず》いてから、

「そういえば、矢崎さんとこの社長さんは、大道寺明子のスポンサーだそうね」

「さあ、どうかな」

と、矢崎は、とぼけて笑った。

「彼は、今でも、カメラマンなのかい？」

「日下さんのこと？」

「ああ。最近、名前を聞かないからね」

「くわしくは知らないんだけど、傷害事件を起こして、一カ月ばかり刑務所へ入っていたらしいの。そんなことがあって、最近あまり仕事がないらしいんだけど」

由梨江が、いった時、当の日下が、ふらつく足取りで、カウンターのところへ来て、どさっと、矢崎の隣りに腰を下ろした。

「あんた、金もってるかい？」

と、日下が、いきなり、矢崎にきいた。息が、むっとするほど、酒臭い。

「少しは持っていますがね」

矢崎は、笑いながらいった。

「いくら持ってる？」

「何故です？」

「大道寺明子を知ってるか？」

「名前だけは知っていますよ。有名な作曲家と別れて、銀座に店を持った女性でしょう？　なかなか美人ですね」

「その大道寺明子さ」

と、日下は、肯いてから、急に、矢崎の耳に口を寄せて、

「彼女の面白い写真があるんだが、百万、いや五十万でいい。買わないか？」

「え？」

矢崎は、びっくりして、日下を見すえた。

酔っ払って、いいかげんなことをいっているようには見えなかった。といって、すぐには信用できない。面白い写真などというのは、たいていが、インチキだからだ。

「大道寺明子の写真だよ。ちょっと、びっくりするぜ。眼の保養にもなる。どうだい？五十万で買わないか？」

「本物なら買いたいね」

「本物だよ。おれは、日下といって、彼女が、タレントとしてデビューした頃、雑誌社に頼まれて、写真を撮りまくったものさ。その時、雑誌社には渡せないような、きわどい写真も撮った。それを、買わないかといってるんだよ」

「何故、雑誌社に売らないんです？　そんな写真なら、喜んで買うんじゃないかな」

「きわど過ぎて、雑誌にのせられないのさ。のせれば、名誉毀損で訴えられかねない。そんな写真なんだ」

「なるほどね」

「買わないか？」

「今は、五十万なんて大金は持ってない。だが、もし本物なら買いたいな。その写真を、ちょっと見せてくれないか？」

「そいつは駄目だ。それに、今は、持っていない。金が出来たら、ここへ連絡してくれれば、ゆっくり見せてやるよ」

日下は、名刺を、矢崎に渡した。四谷にあるスタジオの住所と、電話番号が刷り込んである。

「日下信《まこと》さんか。大道寺明子のそんなきわどい写真を撮ったとすると、彼女と、同棲《どうせい》でもしていたのかな？」

「それは、想像に委せるよ」

日下は、思わせぶりにいってから、ふらつく足取りで、店を出て行った。

6

矢崎はウイスキーのグラスを片手に、じっと、日下の名刺を見つめた。

社長からは、大道寺明子に秘密があるようだから、それを調べろと命令されている。

日下が持っているという彼女の写真も、秘密の一つだろうか？

「日下さんに、何を売りつけられたの？」

と、由梨江が、笑いながらきいた。

「いや、別に」

「用心したほうがいいわよ。前にね、日下さんから、女優のNのヌード写真を売りつけられた人がいるの。Nといえば、大女優だし、絶対に脱がないんで有名でしょう。そのNのヌード写真というので、その人は、喜んで買ったんだけど」

「インチキだった？」

「別の女性のヌード写真を、Nの首にすげかえただけのものだったらしいわ。写真のプロのやったことだから、買った人は、しばらくの間、インチキだと気がつかずに、自慢して、友だちに見せて廻っていたらしいわ」

「やっぱりねえ」

と、矢崎は、笑った。

考えてもわかることだった。もし、雑誌にものせられないような、大道寺明子のきわどい写真を、本当に持っているのなら、見も知らぬ矢崎になんか売ろうとせず、明子自身に売りつけるのではあるまいか。当人なら、五十万どころか、百万でも、二百万でも買うだろう。

一時間ばかり、その店にいてから、矢崎は外へ出た。

酔いをさますために、近くのソープランドに入り、アルコール分を抜き取ってから、車のところへ戻った。

運転席に腰を下ろし、キーをさし込んでから、また日下のことを思い出した。

大道寺明子のきわどい写真というのは、「シャノアール」のマダムがいったように、合成写真だろうから、買う気はない。だが、日下に、彼が知っている大道寺明子のことを聞いてみたい気がした。何か、彼女の秘密を聞き出せるかも知れないと思ったからだった。

矢崎は、日下の名刺を取り出して、住所を確認してから、車を、四谷に向けて走らせた。

深夜の新宿通りは、昼間の渋滞が嘘《うそ》のようにすいている。たちまち、四谷に着いた。四谷から市ケ谷に向かう大通りから細い路地を入ったところに四階建の小さなビルがあり、「日下スタジオ」は、その一階にあった。

車をビルに横付けしてから、矢崎は、車をおりた。

この時間なので、ビルの各階とも真っ暗だが、一階の「日下スタジオ」の看板が出ている部屋だけが、明りがついている。日下は、あれからここに戻って、仕事をしているのだろうか。それとも、このスタジオに住んでいるのか。

ベルを鳴らしてみた。

深夜の静けさの中で、びっくりするほどの大きさで、ベルが鳴った。

とたんに、中で、がたんと、物の倒れる音がした。が、日下が、顔を出す気配がない。

もう一度、ベルを鳴らしてから、矢崎は、ドアのノブをつかんだ。

ドアは、簡単に開いた。

「日下さん」

と、名前を呼びながら、中に入った矢崎は、その場に、呆然《ぼうぜん》と立ちすくんでしまった。

絨緞《じゅうたん》を敷いた床の上に、半裸の日下が俯伏《うつぶ》せに倒れ、その背中に、深々とナイフが突き刺さっていたからである。

血が流れて、花模様の絨緞を、朱《あか》く染めていた。
二、三分して、やっと、矢崎は、われを取り戻した。
日下の傍へ屈《かが》み込み、調べてみたが、すでに、心臓の鼓動は停止してしまっていた。

(さっき、物の倒れる音がしたのは、犯人があわてて逃げたのだろうか？)

矢崎は、立ち上がり、用心深く周囲を見廻した。

八畳ほどのスタジオの奥が、現像室になっている。そこにも、誰もいなかった。窓が開いているところをみると、そこから逃げたのだろう。

すぐ、警察に電話をしようと、スタジオの隅にある電話機の傍まで行ってから、矢崎は考え直した。

日下は、大道寺明子のきわどい写真を持っていると、バーでいった。それは、多分嘘だろうが、昔、明子と関係があったのかも知れない。もし、警察が調べて、大道寺明子の名前が出て来たら、彼女が困るだろうし、そのつながりで、社長も当惑するだろう。

矢崎は、机の引出しを調べ、現像室の写真を調べてみた。

大道寺明子の手紙も、写真も見つからなかった。最初からなかったのかも知れないし、犯人が持ち去ったのかも知れない。

とにかく、ほっとして、死体のところに戻った。

背中から流れていた血は、もう、乾いて、変色している。その時になって、矢崎は、倒れている死体の右手が、しっかりと、紙片のようなものを握りしめているのに気がついた。

（何だろう？）

と、思いながら、矢崎は、屈み込み、硬直している死体の右手の指を、一本一本、広げていった。ぽきぽきと、骨の鳴る音がした。

やっと、五本の指を広げ終わると、白いものが、床に落ちた。

紙片ではなく、それは、写真だった。強く握りしめられていたために、しわくちゃになってしまっている。矢崎は、それを丁寧に引き伸ばしてみた。

カラーのヌード写真だった。

ボリュームのある乳房を持った女のヌードだ。椅子に腰を下ろし、大胆に両足を広げている。黒々とした草むらも、はっきりと写っていた。

だが、肝心の顔の部分が、引きちぎられてしまっている。もともと、顔の部分がなかった写真とは思えない。日下を殺した犯人が、引きちぎったと考えたほうがいいだろう。それ日下が堅く握りしめていたので、引きちぎらざるを得なかったのかも知れない。それととも、矢崎が来たので、あわてたのか。

（それにしても、このヌードはいったい誰なのだろうか？）

大道寺明子だろうか？　それとも、日下が、首をすげかえた写真を作るために用意した無名のモデルのヌード写真なのか。

右の乳房の下あたりに、かなり、はっきりした円形の赤いアザがある。これだけ特徴のあるヌードだから、その本人を裸にして見れば、すぐわかるかも知れない。

その時、遠くで、パトカーのサイレンの音が聞こえた。その音が、急速に近づいてくる。

矢崎は、狼狽《ろうばい》した。ここで警察に捕まったら、カメラマン殺しの犯人にされかねない。首なしヌード写真をポケットに放り込むと、矢崎は正面から飛び出した。

車に乗って、エンジンをかける。上手くハンドルが切れなくて、右側のサイドを、ガリガリと、ビルの壁にこすりつけた。コンクリートの破片が飛び散り、右のフロントライトがこわれるのがわかった。

それでも構わずに、矢崎は、アクセルを踏み続けた。

矢崎のスカイラインGTが、ようやく大通りに出た時、二台のパトカーが、けたたましいサイレンの音をひびかせて、すれ違って行った。

7

翌日の朝刊に、日下カメラマンの死がのった。

記事が小さいのは、朝刊の締切間際に事件が発覚したからだろう。

矢崎は、昨夜、壁にぶつけてフロントライトをこわしてしまった車を、家の近くにある修理工場に預けてから、その足で村上の泊っている太陽ホテルに廻った。

今日も暑くなりそうな気配がする。ホテルのプールも、満員になるだろう。

ロビーには、富佐子が待っていた。

「社長は、お部屋でお待ちです」

富佐子は、必要以上に、冷たく、事務的な声を出した。つんとすました顔が、何となく、小憎らしい感じがする。矢崎が、彼女に手を出したのも、その高慢ちきな鼻をへし折ってやりたかったからだった。が、今でも、この女は、いつ自分を裏切るかも知れないという危なっかしさがあった。それは、矢崎みたいな男にとって、ひとつの刺激でもあるのだが。

「どうだい？　今夜は」

矢崎は、わざと、彼女の腰に手を廻すようにして、話しかけた。

富佐子は、丁度その時、ロビーに入って来たアメリカ人の観光客の一団に、ちらりと眼をやってから、

「プライベートな問題は、あとで、電話でお願いいたします」

と、前より一層、取りすました声でいった。

矢崎は、苦笑しながら、エレベーターに乗り込んだ。

ロイヤルルームには、来客用のリビングルームもついている。社長の村上は、そこで、ボーイに運ばせた豪華な食事をとっていた。

「ちょっと待っていてくれ」

と、村上は、矢崎をソファに座らせておき、旺盛な食欲で、部厚いステーキを平らげていく。とうてい、五十九歳とは思えない油っこい食事だ。

矢崎は、時々、村上の食事につき合わされることがあるが、その度に、日本人離れした食欲に驚かされる。圧倒されるといったほうがいいかも知れない。旺盛な事業欲と、旺盛な野心は、この旺盛な食欲が基盤になっているのだろう。

二十分近く、矢崎を待たせておいて、ゆっくり食事をおえると、村上は、葉巻に火をつけた。

「昨夜、大道寺明子の店で、パーティがあったんだが」

「そのようですな」

「君も来ると思ったんだがね」

「私のような安サラリーマンが、ああいう高級な店に行くと、気疲れがしますので」

「そうは見えんがね」

　村上は、小さく笑ってから、

「パーティが終わってから、彼女を、赤坂のマンションまで送って行った。車の中で、いろいろと話を聞いたんだが、彼女は、銀座で店を持つぐらいでは満足していないよ」

「しかし、あれほど大きな店を持てたのは、社長の援助があったればこそで、それに満足していないというのは、けしからん女ですな」

「私は、野心のある女が好きだよ。君はどうだ？」

「私は、可愛《かわい》らしい女が好きですが」

「そんな女は、退屈なだけだ。私は、女も野心を持つべきだと思っている。そんな女のほうが面白いし、役にも立つ」

「彼女は、どんな野心を持っているんですか？」

「あの店には、政財界の有力者がやってくる。いわば、日本という国を現実に動かしている連中だ。彼等《かれら》の話を耳にしていれば、少しでも野心のある人間なら、ひとりでに彼等の仲間入りがしたくなってくるさ。誰だって、支配される人間より、支配するほうに廻りたいからな」

「彼女も、本格的な事業家になるつもりなんですか？　まさか、参議院に立候補する気もないでしょう？」

「彼女は、そんな馬鹿じゃないよ。彼女が、狙っているのは、第二のデヴィ夫人の地位だ」

「第二のデヴィ夫人ですか？」

「そんなに、驚くことはないだろう」と、村上は、笑った。

「彼女は、男たちから、ちやほやされたいのさ。それも、一流の男からだ。別に悪い考えじゃない。彼女の別れた沢木信太郎は、作曲家として一流だった。彼女は、沢木と一緒になれば、一流作曲家夫人として、周囲からちやほやされると期待したんだが、沢木は、彼女と結婚するなり、家の中に閉じ込めてしまった。野心家の彼女が、それに我慢できるわけがない」

「彼女は、第二のデヴィ夫人になれるんですか？」

「それはわからんが、彼女は、なる気だ。それに、彼女が、政財界に影響力のある女になることは、私にとってもマイナスじゃない。いや、プラスでなければならない。私が君に、彼女が持っているかも知れない秘密を調べてくれと頼んだのは、そのためだよ。

その意味はわかるだろう？」

「はあ。何となくわかる気がします」

矢崎は、わざと、ぼんやりしたいい方をした。

村上は、馬鹿な部下は嫌いだが、そうかといって、目から鼻へ抜けるような才子も嫌いだったからである。警戒してしまうのだ。

村上製薬は、先行するT薬品やS製薬に比べて、資本力でも、年間売り上げでも、水をあけられている。

シェアが、ほぼ確立してしまっている現在、余程強力な新薬でも開発しない限り、抜き出るのは困難だ。

そこで、村上は、政界への進出を考えた。そのために、大道寺明子を利用する気なのだろうし、いつも、彼女を利用できるように、彼女の秘密を握っておきたいのだ。

矢崎は、そう考えた。

「彼女について、何かわかったかね？」

と村上がきいた。

矢崎は、内ポケットを押えた。そこには、日下カメラマンが握りしめていたヌード写真が入っている。

「まだ、何もわかっていません」

「早く何かつかんで貰いたい。そのために、君に給料を払っているようなものだからね」

「彼女のヌード写真をご覧になったことがおありですか？」

「ヌード写真？」

「そうです。大道寺明子のヌード写真です。ご覧になったことが、おありですか？」

「いや。彼女は、水着写真以上のものを撮ったことはないといっていた。君は、彼女のヌード写真を見たのかね？」

「いえ。そうじゃありませんが――」

「それなら、何故、そんな質問をするのかね？」

「実は、彼女が芸能界にデビューした頃、あるカメラマンに、ヌード写真を撮られたという噂を聞いたものですから」

「そんな噂は、私も、ずいぶん聞いたよ。だが、肝心のヌード写真が一枚も出て来んじゃないか。君が聞いた話というのは、確実性があるのかね？」

「かなりあると思いますが」

「よし。その線を調べてみたまえ。本当に、彼女のヌード写真があるのなら、それも手に入れるんだ」

「はい」

「私は、明日、大阪へ帰る。九月一日に、わが社の創立三十周年で、厚生大臣をはじめとして、各界の有力者を招待してあるんでな」

「では、報告は、誰に？」

「秘書の大橋君にしたまえ」

「は？」

「彼女は、東京の営業所へ残していく。家も東京にあるので、しばらく、東京にいたいといっていたからだ。彼女は苦手かね？」

「いや、そんなことはありませんが――」

矢崎は、一瞬、社長が、自分と富佐子との関係に気付いていて、かまをかけたのかなと思ったが、そうでもなさそうだった。

「それならいい」

村上は、椅子から立ち上がると、もう、矢崎なんか無視した態度で、受話器を取り、ダイヤルを廻していた。

8

ロビーにおりたが、富佐子の姿はなかった。

　矢崎は、ロビーの隅にある黄色い電話のところに行き、部厚い電話帳を引っくり返した。

　沢木信太郎は、最近の芸能週刊誌によると、自分で音楽学校を設立して、歌手の卵を育てているという。「沢木音楽学校」の電話番号を調べてから、十円玉を入れて、ダイヤルを廻した。

　若い女の声が、電話口から聞こえた。

「沢木音楽学校ですが――」

「私は、週刊Sの矢崎といいますが、沢木先生に、新しい時代の歌手の心構えといったことで、お話をうかがいたいんですがね」

「ちょっとお待ち下さい」

と、女はいってから、二、三分して、電話口に戻ってきた。

「三時三十分から、十分間だけならと、先生はおっしゃっています」

「それで結構です」

「先生はお忙しいので、正確に、三時三十分にいらっしゃって下さい」

「わかりました」

　苦笑して、矢崎は、受話器を置いた。

　街に出ると、週刊誌記者らしく見せるために、手帳を買い、中古のカメラを買って、肩にぶら下げてから、タクシーで、田園調布に向かった。

マンション風の建物の一階に、「沢木音楽学校」の看板がかかっていた。約束の三時三十分少し前に、矢崎は、ベルを押した。名前をいうと、すぐ、奥へ通された。

二十畳ほどの板張りの部屋では、十七、八歳の若い女ばかり十二、三人が、タイツ姿で、モダンダンスのレッスンを受けていた。現代の歌手は、踊りも出来なければいけないということなのか。若い女の体臭が、匂ってくるようだった。

モダンダンスを教えているのは、小柄な男で、沢木信太郎は、更に奥の部屋にいた。

沢木は、UFOをプリントしたTシャツを着ていた。そんな若者のスタイルがほっそりした長身によく似合っている。育ちも悪く、特別の芸術的才能もない矢崎は、沢木みたいな男が、一番苦手だった。もっとはっきりいえば、癪《しゃく》に障るのだ。

金もあり、育ちもいいが、馬鹿な男なら許せる。育ちは悪いが頭の切れる男もいいだろう。だが、育ちもよくて、その上、才能もある男は許せないと、矢崎は思っている。それでは、人生の出発点で、すでに、ハンディがついてしまうからだ。

沢木は、長い足を組んで、じっと矢崎を見つめて、

「前もってお断りしておくが、インタビューは、約束どおり十分間、それと、別れた大道寺明子のことはいっさい質問しない。この二つは守って頂きたい」

と、いった。相手を見すえるようにするのは、アメリカ留学中についた癖だろうか。

矢崎も、負けずに、沢木を見返して、

「大道寺明子さんの話は、お嫌ですか？」

「あれは、私の個人的な問題だからね。だから彼女のことについては、ノー・コメントを通してきた。今も、その気持は変わっていない」

「では、現在の彼女には、何の興味もありませんか？」

「ねえ、君」

「何ですか？」

「君は、もう三分間、無駄に時間を使ってしまったよ。あと七分間しかインタビュー時間はない。その間に、大道寺明子のことをきくつもりなら、すぐ、君には帰って欲しいね。時間の無駄だからね」

沢木は、さっさと、椅子から立ち上がりかけた。脅しではなく、矢崎が黙っていれば、そのまま、部屋を出て行ってしまうだろう。

「わかりましたよ。沢木さん」

と、矢崎は、いった。

「用件をいいましょう。あなたに見て頂きたいものがありましてね」

矢崎は、例の首なしのヌード写真を取り出して、沢木の前に置いた。

沢木は、細い指先で、つまみ上げた。

「あまり品のよくないヌード写真だね」

「品がよくないから、エロチックです。そう思われませんか？」

「かも知れないが、それが、どうかしたの？　顔がないが、これが、有名スターのヌードとでもいうのかね？」

「それは、大道寺明子さんじゃありませんか？」

「え？」と、沢木は、びっくりした眼をしたが、すぐ、憤然とした表情になって、

「馬鹿なことをいうもんじゃない！」

「違うんですか？」

「帰りたまえ！」

沢木は、写真を、床に叩きつけて、足音荒く部屋を出て行ってしまった。

矢崎は、床に落ちたヌード写真を拾いあげた。思い当たることがあったので、沢木が怒ったのか、それとも、的外れだったので、逆に沢木が怒ったのか、矢崎には、見当がつかなかった。

「沢木さん」

と、呼びかけながら、追いかけて部屋を出たが、沢木の姿は、どこかへ消えてしまっていた。

（こうなったら、大道寺明子に直接会って、彼女の裸を拝まして貰うことにしよう

か?)

と、矢崎は、外に出ながら考えた。もちろん、気位の高い大道寺明子が、簡単に、ヌードを披露してくれるとは思えない。そこは、何とか工夫をしなければならないだろうが。

銀座の彼女の店へ行くにしても、まだ、時間が早過ぎた。いったん、自宅へ帰ることにして、タクシーを拾った。座席に、前の客が置いていったスポーツ新聞があったので、芸能欄を広げてみると、昨夜のパーティのことが大きくのっていた。

《健在でした。大道寺明子、パーティの主役で颯爽《さっそう》!》

そんな見出しの活字が躍り、ドレスアップした大道寺明子が、有名人に囲まれて、艶然と笑っている写真が、かかげてある。この大道寺明子が、足を大きく広げたヌード写真の主だろうか?

矢崎は、少しばかり、自信がなくなってきた。全く別人のヌードなら、後生大事に持っていても、何の意味もないのだ。

タクシーをおりて、自宅のあるマンションに入った時だった。いきなり、男二人に、両脇から腕をつかまれた。

「矢崎だな」

と、右側の男がいった。

「警察の者だ」

と、一人の男がいった。

二人とも三十五、六歳といったところだろうか。右側の男は、中肉中背のがっしりした身体つきで、左側のほうは、痩せて背が高かった。

その痩せたほうが、警察手帳を見せた。

「警察が、何の用です？」

矢崎は、神妙な顔できいた。権力に対しては、おとなしくするに限ると、矢崎は考えている。表面は、従順に振る舞っておいて、裏で足をすくってやればいい。真正面からぶつかっていくなんて、馬鹿のやることだ。

「昨夜、日下カメラマンのスタジオに行ったな？」

頑丈な身体つきの男が、押しかぶせるような調子できいた。

「日下って誰のことです？」

「とぼけるんじゃない。パトカーが、お前さんの車が逃げて行くのを見ているんだ。車の前部を壁にこすりつけてこわした筈だ。あの車は、今、何処《どこ》にあるんだね？　ここで喋りたくなけりゃあ、捜査本部まで来て貰ってもいい。ただし、そうなると、二、三日は、署にいて貰うことになるだろうがね」

痩せたほうが、低い声でいった。落ち着いたいい方に、かえって、凄味《すごみ》が感じられた。

これ以上とぼければ、この刑事は、本当に警察へ連れて行き、拘置するだろう。

「わかりましたよ」

と、矢崎は、肩をすくめた。

「あのスタジオに行ったことは認めます。しかし、彼を殺したのは、僕じゃない」

「じゃあ、何故、パトカーを見て、あわてて逃げ出したんだ」

「殺人犯にされるのが、怖かったからですよ。あのカメラマンに会いに行ったら、彼は死んでいた。他に誰もいなかったし、殺したのが僕じゃないと証明してくれる人間もいませんでしたからね。だから、逃げたんです」

「犯人がお前さんじゃないという証拠は？」

「僕には、動機がありませんよ」

「じゃあ、何故、昨夜、あのスタジオへ行ったんだ？」

「新宿のバーで飲んでいましたらね。三十二、三の男が話しかけて来たんですよ。自分は、日下というカメラマンだが、面白い写真があるから買わないかというんです。僕も嫌いじゃありませんからね。見せてくれっていったら、スタジオのほうへ来たら見せるっていうんで、バーを出てから行ってみたんですよ。本当に面白い写真なら、買ってもいいなと思ってね。そしたら、驚いたことに、あのカメラマンが殺されていたんです。その上、パトカーのサイレンが聞こえてくる。こんなところにまごまごしていたら、犯人にされてしまう。それで、あわてて逃げ出したんですよ」

「それで、面白い写真は、手に入れたのかね？」

「とんでもない。彼が殺されているのを見てびっくりして逃げだしたんですよ。そんな写真のことなんか、探している余裕はありませんよ」

「おかしいな」

「何がですか？」

「現場が、何者かに引っかき廻された形跡があるんだ。身体検査をさせて貰うぞ」

背の高いほうが、いきなり、背広のポケットを調べ始めた。もう一人が、腕をつかんでいるので、矢崎は、されるがままにしていた。拒否すれば、公務執行妨害とでもいうに決まっていたからだ。

相手は、たちまち、封筒に入れたヌード写真を見つけ出した。

「何だね？　これは」

「見ての通りですよ。首なしのヌード写真。顔がないんで、美人かどうかわからないのが残念ですがね」

「あのスタジオで手に入れたんだな？」

「いや。友だちに貰ったんですよ」

「これは、証拠品として預かっておく」

「何の証拠品ですか?」

「被害者が、何故殺されたか、その動機が解明できるかも知れない。その証拠品だ。文句があるかね? もし、この写真が、現場から持ち去られたものだとすれば、お前さんは、間違いなく、殺人の重要容疑者だ。この場から引っ張ろうと思えば、引っ張れるんだ。それを忘れるなよ」

「オーケー。どうぞ、持って行って下さい」

「急に協力的になったな」

「警察に協力するのは、市民の義務ですからね」

9

二人の男が、立ち去ると、矢崎は、ふうっと、大きく吐息をついてから、自分の部屋に入った。

明りをつけてから、「やられたな」と、舌打ちした。

2DKの部屋が、引っくり返されているのだ。本棚の本は、一冊残らず床にばらまかれているし、洋服ダンスの引出しも、中身をぶちまけてある。状差しの手紙の類も、同様の目にあっていた。

片付けるのが面倒くさくなって、矢崎は、クーラーのスイッチを入れてから、ソファに腰を下ろし、煙草に火をつけた。

(あの二人の刑事が、やりやがった)

クーラーもつけずに、探し廻ったとしたら、さぞ暑かったろうと、矢崎は、妙な同情をしたが、そう思ってから、「妙だな」と、眉をひそめた。

刑事の中に、令状もなしに、容疑者の家を捜索するような乱暴な男がいることを、妙だと思ったわけではなかった。全国で約二十万人の警察官がいて、その中、刑事は、三万四千人もいるのだ。荒っぽい刑事がいたとしても、おかしくはない。

矢崎が、不審に思ったのは、彼の部屋を家探ししたということ自体だった。

矢崎は、殺人現場から、顔の千切れたヌード写真を持ち出した。犯人がその写真を知っているのはわかる。何故なら、犯人は、被害者の日下の手から、ヌード写真をもぎ取ろうとして、顔の部分だけを引きちぎってしまったに違いないからである。

だが、矢崎の後に現場に着いた警察はどうだろう?

矢崎が、写真を持ち去ってしまったから、死体は何も持っていなかった。右手は不自然に広げられていたとしても、何かを持っていたとはわからない筈だ。それに、あのスタジオから、写真が一枚無くなっていても、警察がそれに気付くというのはおかしいではないか。

それなのに、さっきの二人の刑事は、いきなり、部屋を家探しし、その上、身体検査をして、ヌード写真を持ち去った。まるで、矢崎が、殺人現場からヌード写真を持ち去ったのを、最初から知っていたとしか思えない態度ではないか。

(ニセ刑事か?)

だが、背の高い男が見せた警察手帳は、本物のように見えたのだが。

(それにしても、馬鹿なニセ刑事だ)

矢崎は、紫煙を天井に向かって吐き出してから、クスクス笑い出した。

そのあと、ズボンの尻ポケットから、小さく折りたたんだ例のヌード写真を取り出した。

万一に備えて、似たようなヌード写真を見つけ、その顔の部分を引きちぎり、わざと目立つように封筒に入れて持ち歩いていたのである。急いで手に入れたヌード写真だから、恥毛の部分は、ぼかしてある平凡なものだった。

あの二人の男が、ニセモノで満足して引き揚げて行ったのは、何故だろうか?

もし、彼等が犯人で、ヌード写真を前に見たことがあったのなら、たちまちニセモノと見破って、矢崎を追及しただろう。恥毛が写っているかいないかだけでも、ニセモノとの区別が出来た筈だからである。

だが、あの二人が、ヌード写真を探していたことは間違いない。矢崎の背広からヌード写真を見つけ出したとたん、満足して帰ってしまったからである。

（とすると、結局は、いったい何者なのだろうか？）

　矢崎が、考え込んだ時、電話が鳴った。散乱した新聞紙をはねのけ、その下にある受話器を取った。

「あたし――」

　と、富佐子の声が聞こえた。

「今日の報告を聞きたいんだけど」

「何の報告だい？」

「社長が、あなたに頼んだことよ。社長は、毎日報告させろといっているわ。何もつかめていないのなら、その旨、社長に報告するけど、きっと、無能な男だと思われるわね」

「脅かさないでくれよ。少しは進展しているんだ。ただし、君に報告する時は、ベッドの中でさせて貰いたいんだ」

「バカね」

　と、富佐子は、忍び笑いしてから、

「一時間したら、あなたのマンションに行けるわ」

「ここは、ちょっとまずいんだ」

「彼女が来てるの？」

「そうならいいが、妙な男が二人来て、部屋を引っかき廻して行ったんだ。君みたいな美人に、あと片付けをさせるわけにはいかないんでね」

「じゃあ、いつものホテルで？」

「そうしよう」

10

ホテルには、富佐子が先に来ていた。

矢崎は、いつものように、軽くキスしてから、

「先に風呂に入ってればよかったのに」

「さっきいい忘れたんだけど、あたし、今日は駄目なの」

「何が？」

「何がって、突然、あれになっちゃったのよ」

「昨日抱いた時は、あと一週間は大丈夫だといってた筈だぜ」

「女の身体って微妙なの。ちょっとしたショックで、なることがあるのよ」

「どんなショックがあったのか、教えて貰いたいな」

「そんなことより、肝心の報告を聞きたいわ。大道寺明子の秘密について、何かつかんだの？」

富佐子は、まるで、メモを前に置き、ペンを構えるような調子で、矢崎を見た。

「まあ、ちょっとした写真を手に入れたことは入れたんだが――」

矢崎は、喋りながら、富佐子の背後に廻ると、いきなり、右の手首をつかんで、背中にねじあげた。

富佐子が、悲鳴をあげた。

「何をするのよ！」

「君がアンネになると、どんな具合なのか見せて貰いたいんだ」

「馬鹿なこといわないで」

「男の好奇心というやつでね。それとも、助平根性といったらいいのかな」

「手を放してよ」

「駄目だ」

矢崎は、富佐子の片手をねじあげたまま、ベッドに押しつけた。富佐子は、両足をばたつかせて抵抗する。矢崎は、ホテルに備え付けてある浴衣の紐《ひも》で、彼女の両手首を重ね合わせて縛りあげた。

縛られた富佐子は、ベッドから起き上がれず、身体をかたくしている。

顔だけ、矢崎のほうへねじ向けて、

「手首が痛いわ、ほどいて頂戴」

「見るものを見せて貰ったら、ほどいてやるよ」

矢崎は、笑いながらいい、スカートの裾をつかんで、いっきにまくりあげた。

「あッ」

と、富佐子が、小さな声をあげた。

花柄のパンティがぴっちりと肌に食い込んでいる。ビキニのような小さなパンティだった。

富佐子が、身体をエビのように曲げるのを、矢崎は、腰のあたりを抱きかかえて、動かないようにしておいてから、パンティに指をかけた。

「お願いよ。止めて」

と、気の強い富佐子が、珍しく、哀願するような声でいった。

矢崎のほうは、逆に、サディスティックな欲望に火をつけられた感じで、乱暴に、パンティを引き下げた。

とたんに、富佐子は、ぴくんと身体を硬直させて、顔をそむけた。

「見ないで!」

と、叫んだ。矢崎はあらわになった恥部を、じっと見つめた。

思った通り、アンネになどなってはいなかった。ただ、肝心なところが、きれいに剃《そ》りあげられていた。

「驚いたな。誰に剃られたんだ？」

「恥ずかしいから見ないで――」

「剃ったのは社長か？」

「――」

「なるほどね。こうしておけば、君が嫌がって、他の男と浮気をしないと考えたんだな」

「もう許して」

「剃られたところが、妙に青白くて、エロチックだぜ」

矢崎は、手で、そっと撫《な》でてみた。いつもの富佐子とは、違った女のような新鮮な感じだった。

彼女も、見られてしまったことで、かえってほっとしたのか、かたくしていた身体から、力を抜いた。

「おかしくない？」

「ないさ。かえって、魅力的だよ」

矢崎は、後ろ手に縛ったままの富佐子に、キスをした。いつも以上の強い欲望が、身内に高まってきた。

彼女の上衣のボタンを外して乳房をつかみ出し、両足を押し広げた。もう、富佐子は、抵抗しなかった。

富佐子のほうも、恥毛を剃られた姿で抱かれることに、強い刺激を感じるらしく、普段より大きな声をあげた。

いつの間にか、両手を縛った紐が、ほどけている。

「今度は、僕が剃ってやるよ」

と、矢崎は、彼女の耳にささやいた。

「バカね」

と、富佐子が、矢崎の胸に顔を押しつけるようにして笑ったが、いきなり、彼の乳首のあたりを噛んだ。

はっきりと、歯形がついた。

「これで、あなたも、浮気が出来ないんじゃない？」

「ひでえことをしやがるな」

と、矢崎は、苦笑してから、

「君は、大道寺明子の裸を見たことがあるかい？」

「ないけど――？」

「何とかして、彼女の裸を見てくれないか。同性の君になら、安心して見せるかも知れないからね。もし、見たら、右の乳房の下に、赤いアザがあるかどうか、調べて欲しいんだ」

暗黒の中へ

1

富佐子は、わざと、看板の時間近くに、銀座の「クラブ・アキコ」に顔を出した。社長の村上に連れられて、三度ほど行ったことがあるので、マダムの大道寺明子とは顔見知りになっていた。

小さなバーなら、一人で入っても、黙ってカウンターで飲んでいればいいのだが、「クラブ・アキコ」のような高級クラブは、女一人では、何となく心細い。

美少年のボーイに案内されてテーブルに着くと、富佐子は、とにかく飲むことにした。泥酔するのも、今夜の目的の一つだったからである。

いぜんとして、世の中は不景気だといわれているのに、この店は、客が一杯だ。ほとんどのテーブルがふさがっている。

あまり、ものを考えない富佐子でも、どうなっているのだろうと思う。簡単にいえば、あるところには、金も、ヒマもあるということだろう。

客の中には、富佐子の知っている政治家や、芸能人の顔も見える。

将来の首相候補といわれる若手代議士の浅倉俊一郎《あさくらしゅんいちろう》も来ている。若手といっても、もう四十歳だが、七年前に死んだ元首相の父親から、政治家として必要なものを引き継いでいた。いわゆる地盤と看板である。

社長の村上も、浅倉の将来性を買っているらしい。

その浅倉と話をしていたマダムの明子が、こちらを見て、富佐子に、ちょっと待ってという顔付きをした。

チャイナドレス姿の明子は、まるで、生まれつきの水商売の女のように生き生きとして見える。

すぐそちらへ行くというようなジェスチュアをしたのに、明子は、いっこうに、富佐子のテーブルにやって来ない。

富佐子は、レミー・マルタンを注文して、飲み続けた。どうせ、つけは社長に回るのだ。

もともと、富佐子は、酒はあまり強いほうではない。二、三十分もすると、予想どおり、ろれつが回らないほど、泥酔してしまった。

2

気がついても、すぐには眼をあけず、一時《いっとき》おいてから、ゆっくりと眼をあけた。ふかふかのベッドに寝かされている。いい匂いがする。淡い照明の中で、ブルーのカーテンが眼に入った。

どうやら、自分の部屋ではないらしい。ホテルでもない。

今度こそはっきりと眼をあけて、ベッドの上に起き上がった。

まだ、頭が、がんがんする。これが二日酔いというものだろうか。

白い、きれいな衣裳《いしょう》ダンスが、壁際にあった。

泥酔して正体がなくなってしまえば、社長との関係もある、明子が、彼女のマンションに運んでくれるのではないかと、富佐子は計算したのだが、ここは、明子のマンションだろうか？

「誰かいないの？」

と、声を出しながら、富佐子は、ベッドからおりた。とたんに、また頭が痛くなって、富佐子が顔をしかめたとき、ドアが開いて、ガウン姿の明子が、顔をのぞかせた。

「これを飲むといいわ」

と、明子が、トマトジュースの入ったコップを差し出した。

「ありがとう」

富佐子は、ベッドに腰を下ろして、半分ほど飲んでから、

「ご迷惑かけたみたいね」

「ちょっとだけね。着替えをさせようと思ったんだけど、暴れたもんだから」

「わたし、暴れた？」

「お手伝いさんが、そういってたわ」

「いやだわ、そのお手伝いさんに、あやまらなけりゃあ」

「もう帰ったわ」

「今、何時なのかしら？」

「午前二時を、ちょっと回ったところ」

「そんな時間なの、ここは、明子さんのマンション？」

「そう」

「それじゃ、あたしが、あなたのベッドを占領しちゃったのね？」

「この部屋は、お客用」

と、明子は、笑ってから、傍の椅子に腰を下ろし、「吸う？」と、外国煙草をすすめた。

富佐子は、香りの強い煙草をくわえた。

明子が、火をつけてくれてから、

「何故、あんなに無茶飲みしたの。あなたらしくないけど」

「あたしらしいって、どんなのかしら？」

「村上社長と一緒の時は、いかにも有能な女性秘書って感じだもの」

「あれは、表向きの顔。あたしだって、悩みもあるし、寂しい時もあるわ」

「じゃあ、今夜は、寂しかったわけ？」

「そうね。何となくね」

富佐子は、吸殻を、枕元にある灰皿でもみ消してから、

「バスを使わせて貰えないかしら？　お風呂に入ると、頭がすっきりすると思うの」

「もちろん、いいわよ」

「明子さんも、一緒に入らない？」

「え？」

「まだ、寂しさが続いてるの。だから、一緒に入って欲しいんだけど。明子さんも、まだ、入っていないんでしょう？」

「そうだけど」

明子は、ちょっと考えてから、

「いいわ」

と、ニッコリ笑った。

浴室は、六畳ほどの広さがあった。

「あたしね。のびのびとお風呂に入りたいので、ここだけ、作りかえて貰ったの」

明子が、ガウンを脱ぎながらいう鼻にかかった、甘えたような喋り方は、昔のままだ。

「羨ましいわ」

富佐子は、喋りながら、明子の身体を盗み見ていた。

矢崎は、明子の右の乳房の下に、赤いアザがあるかどうか調べてくれといった。それを調べるために、彼女の店で泥酔したのである。

明子は、くるりと富佐子に背を向けて裸になり、そのまま、風呂場に入ってしまったので、乳房のあたりを見ることは出来なかった。

(乳房の下に、アザがあるので、恥ずかしがって見せまいとしているのだろうか?)

そんなことを考えながら、富佐子も、裸になった。

社長の村上に剃られたところが、チクチクと痛いのは、毛が少し伸びてきたからである。

腰にタオルを巻いて、富佐子は、風呂場に入った。タイルも、湯舟もすべて、真新しくて気持がいい。

明子は、湯舟につかっていたが、胸のあたりにタオルを浮かべているので、相変わらず、乳房が見えない。

「一緒に入って構わない？」

「ええ。どうぞ」

明子が、身体をずらしてくれた。湯舟が広いので、大人二人が、ゆうゆうと入れる。

「明子さんて、相変わらず、きれいな身体の線をしているのね。肌もすべすべしているし」

富佐子は、相手をほめあげた。何とかして、乳房の下を見たい。

「うふふふ」

と、明子は笑って、

「あなただって、素敵な身体だわ。ちょっと変なところがあるみたいだけど」

「あッ。これ」

富佐子は、あわてて、湯舟の中で手でかくした。

「社長がいたずらしたんだけど、チクチク痛くて」

「頭のいい秘書さんも、変なことをするのね」

「そんなにじろじろ見られると、恥ずかしいわ」

わざと、照れて見せて、富佐子は明子の身体に、自分の身体をぶつけた。

そのショックで、明子の胸から、タオルが外れた。

彼女の豊かな乳房が、むきだしになった。

富佐子は、じっと、右の乳房を見つめた。

赤いアザなんか、どこにもありはしなかった。


バスを出ると、明子が、彼女のネグリジェを貸してくれた。

「あなた、お金欲しくない？」

と、明子がきいた。

「そりゃあ、欲しいけど」

「じゃあ、アルバイトをしてみない？」

「でも、あたしに水商売は向かないわ。お世辞も上手くいえないし」

「なにも、あなたにホステスさんになれなんていわないわ」

「じゃあ、どんなアルバイト？」

「簡単な仕事で、いいお金になる仕事とだけ、いっておくわ。もし、その気になったら、ここか、お店へ電話して頂戴」

明子は、謎めいたいい方をした。

富佐子が、考えていると、明子は、

「一日、十万円は、差しあげられると思うわ」

と、付け加えた。

「十万円――」富佐子は、その金額を、口の中で呟《つぶや》いた。若い女性としては、いいほうだろうが、その月給から考えても、十万円は大金だった。一日十万円なら、一カ月で三百万円になるのだろうか。そんな夢みたいなことまで、富佐子は、考えた。

「とにかく、考えといてね」

と、明子がいった。

朝が来て、富佐子は、明子のマンションから、東京営業所へ出社した。明子のくれたトマトジュースがきいたのか、それとも、風呂に入って、ぐっすり眠ったのがよかったのか、二日酔いは消えていた。

昼休みに、矢崎から電話が入り、近くの喫茶店で会った。

「昨日、大道寺明子のマンションに行って、一緒にお風呂に入ったわ」

富佐子がいうと、矢崎は、眼を光らせた。膝を乗り出す感じで、

「それで、右の乳房の下に、赤いアザが見つかったかい？」

「そんなものなかったわ」

「しっかり見たのか？」

「胸をかくしていたタオルを、わざわざ取り払って、じっくりと見たわ。アザどころか、真っ白な、すべすべした肌をしていたわ。彼女は陽焼けしない体質みたい」

「おかしいな」

「彼女に、赤いアザがなければ、おかしいの？」

「一枚の写真のために、一人のカメラマンが殺されたんだ。しかも、そのカメラマンは、おれに、大道寺明子の面白い写真を売るといっていた」

「その写真、あたしに見せてくれない？」

「これだよ」

　矢崎は、内ポケットから、例のヌード写真を取り出して、富佐子の前に置いた。

「首がない写真ね」

「誰かが、首の部分を引きちぎっていったんだ」

「その人が、カメラマンを殺したの？」

「多分ね」

「ずいぶん、大胆なポーズね」

「自分のこんな写真が、どこかにあるというのは、女にとって、恥ずかしいことかね？」

「ヌードモデルなら別だけど、普通の女性なら、恥ずかしいわよ」

「取り返したいと思うだろうね？」

「もちろんだわ。わたしだったら、自分のこんな写真が、どこかにあるというだけで、落ち着けなくなるわ。公表でもされたら、死にたくなるもの」

「もう一度、きくけど、彼女には、本当に赤いアザはなかったんだな」

「なかったわ」

「体形はどうだい？　大道寺明子の身体は、その写真と同じ身体つきだったかね？」

「そうねえ」

富佐子は、大きく両足を広げたヌード写真を、じっと見つめた。バックが白くなっているが、よく見るとベッドのシーツらしい。

「これ、あの後の写真みたいね」

「そうらしい。太股のあたりなんか、弛緩《しかん》した感じだからな。多分、眼を閉じて、恍惚《こうこつ》とした表情をしていたんじゃないかね」

「昨日、これと同じポーズをしてくれたら、比較できるんだけどね。腰の張り具合なんかはよく似てると思うけど、同じ人かどうか自信がないわ。第一、乳房の下にアザがなかったから、別人じゃないの？」

「それなら、何故、犯人が、日下というカメラマンを殺してまで、この写真を奪い取ろうとしたかわからん。その上、刑事に化けた男二人がやって来て、おれの部屋を家探し

していいるんじゃな

していいるんだ」

「大道寺明子じゃないけど、有名人がこの写真の主で、取り戻そうとしているんじゃないかしら？」

「かも知れないが、日下カメラマンが、大道寺明子の面白い写真を買わないかといった直後だからね」

「でも、赤いアザは？」

「何かの方法で、アザを取り除いたのかも知れないし、逆に、この写真のアザは、写した奴《やつ》が、いたずらして書き込んだということも考えられるからね。アザが無かったというだけでは、大道寺明子じゃないとは断定できないよ」

「じゃあ、もう一度、彼女に当たってみるわ」

「また、彼女の店で酔っ払うのかい？」

「いいえ。彼女が、お金になるアルバイトを世話してくれるというのよ。迷ってたんだけど、世話になってみるわ。アルバイトそのものにも興味があるし、彼女と親しくなれるから」

「どんなアルバイトなんだい？」

「それを教えてくれないのよ。一日十万円にはなるというんだけど」

「まさか、妙なアルバイトじゃあるまいね？」

「ああ、セックスのこと?」

「それに近いことじゃないのかい? 今どき一日で十万円にもなるアルバイトなんて、他に考えられないからな」

「そんなアルバイトなら、はねつけて帰ってくるわ」

「おれに義理立てしてくれるのかい?」と矢崎は、ニヤッと笑った。

「それとも、社長に悪いからかね?」

「自分を安売りしたくないだけのことよ」

富佐子は、クスッと笑い返した。

3

翌日、矢崎は、村上製薬の東京営業所へ顔を出した。

富佐子のいっていた、一日で十万円になるというアルバイトがどんなものだったのかも聞きたかったし、大道寺明子のことで、何か新しいことがわかったかも知りたかったからである。

東京では、彼女の地位は、営業所付ということになっていた。

東京営業所長の村上徹《とおる》は、社長の息子である。

村上徹は、現在三十歳。将来は、当然、村上製薬の社長になるのだろうが、それにしては、人物が小さいという噂もあった。もちろん、まだ三十歳だから、これから、人間が出来ていくかも知れない。矢崎と同じで、まだ、独身だが、なかなかハンサムだから、いろいろと、噂の絶えないことも、矢崎は知っていた。

矢崎が、所長室に入って行くと、電話をかけていた徹が、

「僕に何か用かね」

と、受話器を置いて、聞いた。

「いいえ。大橋君に用があるんですが。社長から頼まれた個人的な用件でですが」

矢崎は、「社長から」というところに、殊更、力をこめていった。

「大橋君なら、まだ出社していないね」

徹は、広い部屋の隅に置かれた机を、あごで示した。

矢崎は、腕時計を見た。すでに、午前十一時に近い。当然、出社していなければならない時間だった。

「失礼しました」

と、矢崎が、部屋を出ようとすると、徹が、急に、

「待ちたまえ」

と、声をかけた。

「何でしょうか？」

「まあ、座りたまえ」

徹は、ニヤッと笑って、矢崎に椅子をすすめた。

矢崎は、この営業所長が、どうしても好きになれなかった。将来の社長を約束されている男へのねたみもあるし、虫が好かないということもあった。

それでも、相手は、何といっても、社長の息子である。おとなしく、椅子に腰を下ろした。

「君が、社長から頼まれているという仕事のことだがね」

徹は、煙草をくわえながら、矢崎にいった。

矢崎も、黙って、煙草を取り出して火をつけた。

「どんなことなのか、僕に聞かせてくれないかね」

と、徹がいった。

「社長は、大橋君を通じて、自分だけに報告するようにいわれましたから」

「僕は、社長の息子だよ。それでも、教えられないのかね？」

徹の表情が、きつくなった。

「社長が構わないといわれれば、今すぐにでも、お教えしますが」

と、矢崎はいった。

矢崎は、冷静に計算していた。別に、社長の命令を守ろうという気で、徹に話さないのではない。今年中にも、徹が社長になるのであれば、喜んで教えただろう。だが、社長の村上の元気さから見て、あと、五、六年は、社長の椅子を徹に譲るとは思えなかった。だから、今は、社長に忠勤を励んでいたほうが得策なのだ。

「社長に内緒で、僕に話して貰いたいんだよ。君が話したことは、もちろん社長には黙っている。どうだね？」

徹は、矢崎の顔をのぞき込んだ。

「私は社長の命令で動いておりますので」

「堅いことはいいなさんな」

「そうもいきません」

「僕に話してくれても、別に君が損をするわけでもないだろうに。それとも、君は、僕の素行調査でも社長に頼まれたのか？」

「いや。全く関係のない問題を頼まれているんです」

「それなら、僕に話してくれたっていいだろう？」

「私は、社長の信頼を裏切るわけにはいきません。ですから、社長に電話して、あなたに話しても構わないというのであれば喜んでお話ししますが」

「わからん男だな。社長に内緒で教えてくれといっているんだ」

「何故、社長に内緒でとおっしゃるんですか？」

「そんなことを、君に説明する必要はないだろう。教えられんのなら、それでいい」

徹は、声を荒げていった。

矢崎は、黙って立ち上がった。その背中に向かって、徹が、

「どうや、大道寺明子のことなんだろう？　違うかね？　え？」

と、大声でいった。


矢崎は、何の反応も示さずに、所長室を出てから、廊下で、溜息をついた。

徹が、かまをかけたのはわかっている。あの瞬間、矢崎が、ぴくりと肩をふるわせでもしていたら、相手は、やはりと思っただろう。

（しかし、村上徹は、何故、父親のことをやたらに知りたがるのだろうか？）

子供だから、息子だからというのでは、答えにならない。あの男は、なかなかの野心家で、父親の社長を蹴落してでも、自分が社長の椅子に座りたがっていることは、矢崎にもわかっている。

外に出たところで、矢崎は、黄色の公衆電話ボックスを見つけて、中に入った。

狭いボックスの中は、うだるように暑い。汗が、じわッと吹き出してくるのを我慢しながら、矢崎は、富佐子の家のダイヤルを回した。母親が、電話口に出た。

「会社のものですが、富佐子さんはおいでですか？」

と、矢崎は、きいた。

「大阪じゃないんですか？」

母親が、聞き返してきた。

「大阪――ですか？」

「昨夜、帰って来ないもんですから、てっきり、大阪の会社へ行ったものと思っていたんですけど、違うんですか？」

「そんな筈はないんですがね。富佐子さんは今日、大阪へ行くといっていたんですか？」

「あの娘は、あたしたちには、何もいってくれませんので」

「そうですか。もし、富佐子さんが戻ったら、矢崎に連絡するようにいって下さい」

それだけいって、矢崎は電話を切り、蒸し風呂のような電話ボックスを出た。

考えられることは、二つしかなかった。

大阪の社長から、急に呼ばれて、富佐子が東京を発《た》ってしまったか、それとも、行方不明になってしまったかのどちらかである。

富佐子は、社長秘書だし、その上、肉体関係もある。社長が、電話で急用だといえば、すぐ、東京駅から新幹線に乗るだろう。

矢崎は、もう一度、電話ボックスに入ると、百円玉を何枚も投げ入れてから、大阪本社のダイヤルを回した。

社長室につないで貰い、電話口に出た女性に、自分の名前をいった。

二、三分待たされてから、社長の村上の声が聞こえた。

「報告は、大橋君にするようにいっておいた筈だぞ」

と、村上は、不機嫌な声を出した。

「わかっていますが、その大橋君がいなくなってしまいましたので」

「いなくなった?」

「社長が呼びつけられたんじゃないんですか?」

「馬鹿なことをいうんじゃない。大橋君は、君の手助けをさせるために、わざわざ、東京に残したんだ。それを、呼びつけるわけがないだろう?」

「すると、彼女は、何処へ消えてしまったんでしょうか?」

「東京営業所へは出ていないのか?」

「さっき、行って来ましたが、出社していません」

「彼女の両親の家が、東京にある。そこも調べたのか?」

「電話してみましたが、昨夜から帰っていません」

「じゃあ、探したまえ。彼女は立派な大人なんだ。まさか、迷子になることもないだろう」

「わかりました」

「ところで、大道寺明子のことで、何かわかったかね？」

「まだですが、近いうちに、彼女の過去の秘密をつかめると思います」

「本当だろうな？」

「大丈夫です」

「もう一つ、大道寺明子は、最近、若手政治家の浅倉俊一郎と親しくしているという噂が耳に入った」

「親しくするのを止《や》めさせればいいんですか？」

「違う」

「といいますと？」

「浅倉俊一郎は、将来の首相候補といわれる有望株だ。それを考えてみたまえ。村上製薬としては、親しくさせて貰いたい人物だよ。彼の将来性を、私は買っているのだ。従って噂が事実かどうか、それをたしかめて、私に報告してくれればいい」

「わかりました」

「私を裏切るような真似《まね》をするなよ」

「は？」

「私は、私を裏切る人間は、絶対に許さん。それを覚えておけばいい」

それだけいって、村上は、電話を切ってしまった。いつも、村上は、一方的に喋って、一方的に電話を切ってしまう。

矢崎は、受話器を置いてから、舌打ちした。今は、どんなにいわれても、村上に反抗するのは、損だと思っている。だが、いつか、大金をつかんで、村上の下から逃げだす気でいた。それまでは、村上に何をいわれても、辛抱していなければならない。

4

夜になってから、矢崎は、銀座の「クラブ・アキコ」に出かけた。

矢崎も、何回か来ていたが、今夜は、どこか雰囲気がいつもと違っていた。その理由に気がついたのは、テーブルに着き、そこに、大道寺明子が、あいさつに来た時だった。

「ちょっと雰囲気が違うでしょう？　矢崎さん」

と、明子が、自慢げにいった。

「ホステスが変わったのかな？」

「ええ。五人、新しい娘《こ》が入ったのよ。それも、素晴らしいフィリピン美人ばかり」

「なるほどね」

それで、雰囲気が違っていたのだ。フィリピンの民族衣裳を着た若い娘が、英語で喋っているからである。

背のすらりと高い、白人の感じの娘ばかりだった。

「フィリピンでも、上流家庭の娘さんばかりよ」

明子が、また、自慢そうにいった。

「スペイン系の女性ですね」

「そうよ。五人の中には、政府高官の娘さんもいるのよ」

「あなたが、現地に行って、募集したんですか？」

「浅倉先生のご紹介なの。あの方、日比親善協会の会長さんをなさっているから」

「代議士の浅倉さんですか？」

昼間、村上との電話の中に出た名前なので、矢崎は、確認するようにきいた。

「ええ。そうよ」

「たしかに、美人ばかりですね」

「誰か呼びましょうか？　ただし、妙な気を起こしちゃ駄目よ。彼女たちは、生活のために、このお店で働いているんじゃないし、気位が高いから」

「遊びで働いているんですか？」

「まあ、そんなところね。堅くいえば、日比親善かしら」

「なるほど」

矢崎は、苦笑した。物はいいようだと思った。フィリピンの女性が、銀座のクラブで働くことが、何故、親善になるのか。

明子が手をあげて、フィリピン娘の一人を呼ぼうとするのを、矢崎は、「ちょっと待って下さい」と、止めた。

「その前に、あなたに聞きたいことがあるんですが」

「どんなこと？」

「大橋富佐子さんを知っていますね？」

「ええ。村上社長さんの秘書の方でしょう？」

「そうです。彼女が昨夜から行方不明なんです」

「へえ」

「何処に行ったか、ご存知ありませんか？」

「何故、あたしが知っていると思うの？」

明子は、首をかしげた。

「彼女と昨日話をしたんですが、あなたから、一日十万円になるアルバイトをすすめられていると、いっていたんです。面白そうだから、引き受けてみようかともいっていました。だから、昨夜ここへ来たんじゃないかと思いましてね」

「いいえ」

「おかしいな」

「アルバイトの話をしたのは本当。それで、彼女からの電話を待ってたんだけど、とうとうこなかったもんだから、その気がなくなったと思っていたのよ」

「一日十万円になるアルバイトというのは、どんな仕事なんですか？」

「あなたは男でしょう？」

「まあ、そうですが」

「じゃ、つとまらない仕事だから、あなたに話しても仕方がないわ。若くて、きれいな娘さんがいたら紹介して下さらない？」

「本当に、彼女は、ここへ来なかったんですか？」

「ええ。ぜんぜん」

明子は、そっけなくいい、椅子から立ち上がると、五人のフィリピン娘の一人を、こちらへ呼んだ。

「ミス・カルメンよ」

と、紹介しておいて、明子は、別のテーブルへ行ってしまった。

矢崎は、何か、はぐらかされた気持で、眼の前に腰を下ろした女を見た。

明らかに、スペイン人と現地人との混血《ハーフ》とわかる、まろやかな感じの顔立ちだった。

カルメンというのは、スペイン系では、ごくありふれた名前なのだろう。

「ハロー」

と、ミス・カルメンが、ニッコリと微笑した。

真っ白い肌に、きらきら光る産毛がきれいだ。髪が黒く、眼が青く大きいのは、スペイン系の特徴だろうか。

「アナタ、エライヒトカ?」

と、カルメンが、いきなりきいた。

矢崎が、びっくりしたのは、質問の内容というより、相手が、下手ながら、日本語を喋ったことだった。

明子は、五人ともフィリピンでは上流階級の娘で、いわば、アルバイト的に働いて貰っているといった。別に、その言葉を鵜呑《うの》みにしたわけではなかったが、何となく、日本語は出来ないものと考えていたのである。

「日本語が出来るの?」

矢崎が、微笑すると、カルメンは首をかしげて、

「何ていったの?」

と、スペイン訛《なま》りの英語できいた。

どうやら、きまり文句はいえても、あまり会話は出来ないらしい。

矢崎が笑っていると、カルメンは胸元から、薄っぺらな小冊子を取り出した。

実用日本語会話といったものらしい。

「日本語は、それで勉強したの？」

矢崎が、英語でいうと、カルメンは、にっとした顔になって、

「マダム・アキコの命令で、日本へ来てから、二週間日本語の勉強をしたの」

と、英語でいった。

「二週間ね」

「猛烈にハードな訓練だったわ」

カルメンは、大げさに肩をすくめて見せた。

「小さなホテルに缶詰にされて、朝から晩まで、日本語の勉強。それと日本の男性についての講義《レクチユア》」

「偉い人かどうか、まず聞くようにも、その時に講義《レクチユア》されたのかい？」

「イエス。ここには、日本の偉い人がたくさん来る。偉い人にサービスすれば、それは、私のプラスであり、マダム・アキコのプラスであり、そして、フィリピンと日本のためにもなる」

「ここのマダムが、そういったのかい？」

「イエス」

「なるほどね」

「アナタ、エライヒトカ？」

カルメンが、また、妙なアクセントの日本語になってきいた。

矢崎は、苦笑して、

「僕は、偉い人の秘書だよ」

と、英語でいった。

「どんなに偉い人の？」

「製薬会社の社長さ。日本では、薬は原価の九倍儲かるといわれているんだ」

「じゃあ、あなたの社長は、大変なお金持ね？」

「まあ、金は持っているかも知れないね」

「彼に紹介してくれない？」

「してもいいが、今夜、僕につき合うかい？」

「アナタ、エラクナイ」

また、カルメンが日本語になった。

「オカネ、アルカ？」

「そんな会話が、その本に出ているのかい」

矢崎がきくと、カルメンは、いそいで、小冊子を胸元にかくしてしまった。

「オーケー」

と、カルメンは、ニッコリ笑った。

ベッドの中で抱くと、かすかに、わきがの匂いがした。

カルメンは、やたらに、矢崎の股間に顔を押しつけ、彼のものを口にふくもうとする。

矢崎は、くすぐったくて、相手の頭を両手で押えるようにして、頭を上げさせた。

カルメンは、上気した顔で、

「何故、いやがるの？　日本人は、みんな、これが好きだと聞いたわ」

「マダム・アキコが、そういったのかい？」

「イエス。それに、私は、すでに、日本人で試したわ」

カルメンは、乱れた髪をかきあげるようにしながら、ニッと笑った。

やはり、この女は、高級コール・ガールとして、日本へやって来たのだ。他の四人も同じだろう。確かにフィリピンでは、スペイン系は支配階級である。今の大統領も、夫人もスペイン系だ。しかし、スペイン系が、すべて支配階級で、金持とは限らない。このカルメンのように、混血《ハーフ》なら、なおさらだ。

上流家庭の娘というのも、もちろん、嘘に決まっている。向うは、カソリックで、しつけが厳しいと聞いている。そんな娘たちが、いくらアルバイトとはいえ、銀座のクラブで、ホステスにはならないだろう。

「僕は、君の美しい顔を見ていたいんだよ」

矢崎は、軽く、キスした。

カルメンが、声をたてて笑い出した。

「何かおかしいことをいったかね」

「ノー。日本人にしては、珍しく、あなたがスマートなことを、いったので、楽しかったの」

「そいつは嬉しいね。ところで、君がホテルに一緒に来た日本人は、僕が何人目なんだい？」

「何故？」

「ちょっとばかり嫉《や》けるんでね」

「三人目」

「前の二人は、どんな日本人だった？」

「政治家一人、もう一人は会社の社長。どちらも、六十歳くらいの老人だったね。お金はたくさんくれたけど」

「君の意志で、その二人を選んだのかい？」

「ノー。マダム・アキコの指示。でも、こういうのは日本では自由恋愛《フリー・ラブ》というんですってねえ」

「フリー・ラブか。誰の手引で、君と君の仲間は、日本へやって来たんだね？」

「ノー・コメント」

「ふん。口止めされているわけかい？」

「私とあなたとの今夜のラブについて、そんなことは必要ないでしょう？」

「そりゃそうだが、僕の社長は、なかなか、詮索好きでねえ。君に紹介するのはいいんだが、君のことを、いろいろと聞かれると思うんだ。それで、聞いておきたいと思ったんだ」

「マダム・アキコは、こういったね。お客とは、楽しく遊ぶ。しかし、余計な話はしない。余計な話をするとフィリピンと日本の間に傷をつけることになる」

「彼女も、なかなかいうもんだな」

「だから、あなたの質問には、答えられない。そんなことより、愛し合いましょうよ」

豊かな乳房や、太股が、粘っこく押しつけられてくる。また、わきがの匂いがした。

「じゃあ、君の個人的なことを聞こうか」

「ノー」

「え？」

「黙って《サイーレンス》」

カルメンの唇が、矢崎の口をふさいだ。

大柄な彼女の身体が、矢崎の上にのしかかって来た。富佐子と違う、ずっしりした重さだ。

カルメンは、じっと、その青い眼で、矢崎の眼をのぞき込むようにしながら、ゆっくりと、腰を動かし始めた。女に、こんな強い眼で見つめられながらセックスするのは、初めてだった。日本の女の場合は、たいてい眼をつぶるか、視線をそらすものだ。

何となく勝手が違って、いつもは持久力に自信があるのに、今夜は、せっかくスペイン系の美人が相手だというのに、あっという間に射精してしまった。こんな時は、自然に、いいわけがましいことを口走ってしまうものだ。相手が外国人となると、なおさらだった。

「いつもはこうじゃないんだがね」

と、身体を離し、ベッドに腹這いになりながら、矢崎がいった。

カルメンは、手を伸ばし、煙草をつまんで口にくわえ、火をつけた。

「なに？　ミスター・ヤザキ」

「君が美人すぎるんで、きっと、気が入りすぎたんだな。普通なら、もっと――」

「何をいってるのかわからないね。あなたは満足したのか？」

「ああ、満足したよ。君は素敵だよ」

「それを聞いて安心した」

カルメンは、ニコッと笑い、火のついた煙草を、矢崎の口にくわえさせた。

5

カルメンに、タクシーを拾ってやってから、矢崎は、しばらく、深夜の街を、ぶらぶら歩いてみた。

忘れていた大橋富佐子のことを思い出したからだった。

彼女は、いったい何処へ消えてしまったのだろうか？

彼女との間に、肉体関係があるからといっても、彼女は、あくまでも社長の村上の女だ。矢崎も、彼女を恋人と思ったことはないし、彼女のほうでも、同様だろう。だから、自分に無断で姿を消したとしても、文句をいえる筋合ではないのだが。

矢崎は、富佐子と結婚しようと考えたことは一度もない。セックスの相手としては、美人で、いい身体をしていると思っていたに過ぎなかった。それなのに、やたらに、富佐子のことが気になり出したのは、何故なのだろうか？

二十分近く、人通りの消えた裏通りを歩いてから、タクシーを拾って自分のマンションに帰った。

帰ったのは午前二時に近かった。

足音を殺して階段をのぼり、自分の部屋の前に立ったが、キーを差し込んでから、

「おやッ」という顔になった。

錠があいているのだ。

(またか)

という顔になって、矢崎は、眼を走らせ、用心深く、ドアを開けた。

身体を滑り込ませてから、スイッチを押した。部屋の中が、急に明るくなる。

(やっぱり、やられている)

矢崎は、腰に手を当て、突っ立ったまま、部屋の中を見廻した。

この間と同じだった。部屋中が引っくり返されている。布団が、押入れから引きずり出され、本棚の本は床に散乱していた。

犯人が、例の写真を探したことは明らかだった。ニセ刑事の二人組が奪っていった写真がインチキと気付いて、また、探しに来たのだ。

(奴等は、何故、こんなにあの写真に執着するのだろうか?)

矢崎は、考え込んだ。

理由は、いくつか考えられる。あの写真が、大道寺明子のヌードか、或《あ》いは、別人のヌードであれ、大事な写真だからこそだろう。

写真の主に頼まれて、矢崎から写真を取り返そうとしているのか、それとも、何者かが、あのヌード写真を手に入れて、写真の主を脅迫しようとしているのかはわからない。

矢崎は、背広の内ポケットから、例の写真を取り出して、もう一度、眺めた。もう、何度、このヌード写真を眺めたろうか。この写真の主が誰なのか知りたいと思う。

大道寺明子なら一番いい。社長の命令の一つが果たせるからだ。しかし、富佐子がいなくなってしまっては、それを確認する方法がなかった。

明子は、気位の高い女だ。それに計算高いとも聞いている。社長秘書にしか過ぎない矢崎が、いくら頑張っても、彼に抱かれることは、まずあるまい。つまり、彼女のヌードを見るチャンスは、なかなか、ありそうにないということである。

翌朝、矢崎が、階下へおりて行くと、郵便受けに、封書が一通入っていた。見覚えのある字だった。裏を返すと、やはり、「大橋富佐子」と書いてあった。だが、何故か、住所は書いてない。

(手紙を書くくらいなら、電話してくれればいいのにな)

と、思いながら、矢崎は、封を切った。中身は、便箋一枚だった。

〈急に思い立って、旅に出ることにしました。

十日くらいで帰りますから、社長には、よろしくいっておいて下さい。

矢崎様〉

たったこれだけしか書いてなかった。味もそっけもない文面だ。

矢崎は、読み終わってから、腹が立ってきた。彼の頼みごとを引き受けておきながら、急に思い立って旅に出ることにしましたとは、何という言い草だろう。しかも、十日も遊んでくるという。

封筒の消印は、東京中央郵便局になっている。多分、この手紙をポストに放り込み、その足で、新幹線にでも乗ったのだろう。

（いい気なものだな）

矢崎は、その手紙を二つに折ってポケットに押し込むと、マンションの傍にある食堂へ朝食を食べに行った。朝食を終えてから、大阪の村上社長へ電話を入れた。

「大道寺明子の件は、進展がありません」

と、矢崎がいうと、案の定、社長は、不機嫌になった。

「本当に彼女のことを調べているのかね？」

「もちろん、やっております。彼女の店に、今度、フィリピン美人のホステスが、五人ばかり入りました。これは、別に、彼女の秘密というわけじゃありませんが」

「フィリピン美人かね」

「社長の紹介じゃないんですか？」

「私は、フィリピンにはコネがないよ。恐らく、浅倉代議士が間に入ったんだろう」

「大道寺明子も、そういっていました」

「彼は、フィリピンに強いコネがあるからな。父親が、日比親善協会の会長だった縁で、彼も、向うの要人と親しい。その線で、明子に、フィリピン美人を紹介したんだろう」

「なるほど」

「そのフィリピン美人のことも、一応、調べてみてくれ」

「もう調べを開始しています。それから、大橋君がいなくなりました」

「それは、昨日聞いたよ。まだ見つからんのかね？」

「彼女から手紙が来ています。十日ほど旅行してくるので、社長によろしくと書いてあります」

「旅行？　何処へ行ったんだ？　私には、何の連絡もなかったぞ」

「わかりません。旅に行くとしか書いてありませんので。この手紙は、お送りしますか？」

「そんなものは要らん。それより、君は、私が頼んだことを早くやってくれればいいんだ。大橋富佐子のことは、何処に行ったかわかり次第、連絡したまえ」

村上は、最後まで不機嫌だった。

矢崎は、受話器を置くと、小さな溜息をついた。

(富佐子のやつ、いったい、何処へ行ってしまったのだろうか？)

6

夜になると、矢崎は、銀座の「クラブ・アキコ」に出かけていった。

社長の村上から、大道寺明子のことを調べろといわれているので、大っぴらに出入り出来るし、ツケも社長に回せばいいのだから楽なものだが、その代り、いつまでも、大道寺明子の秘密を探り出せないと、叱りとばされるだろう。ただ叱られるだけですめばいいが、個人秘書を馘になるかも知れない。

テーブルに着くと、昨日のカルメンが、ニコニコ笑いながら近づいて来た。

「ハロー」

と、手をあげて、矢崎の横に腰を下ろした。

ステージでは、菅原洋一が、シャンソンを唄っている。いつもながら上手な唄い方だ。何となく、照れたような顔で唄っているのがいい。

「今日も、私と自由恋愛《フリー・ラブ》をするか？」

カルメンが、誘うような眼で、矢崎を見た。

「誘ってくれるのは嬉しいんだが、君とホテルへ行く金まで、社長のツケにするわけにはいかないんでね」

矢崎は、苦笑しながらいう。昨日この女をホテルで抱いた時には、五万円とられた。

「マダム・アキコに、それだけ貰えといわれてるの」

と、カルメンがホテルでいったのだ。

彼女のような美人なら、五万円でも高くはないし、今夜も、財布の中には、十万円ばかり入っていた。それに、明子に頼んで、今夜の伝票を操作して貰えば、五万円くらいどうにかなる。

だが、今夜は、何となく、カルメンを抱くのが億劫《おっくう》だった。別に身体が疲れているわけではなかったし、カルメンが嫌いになったわけでもなかった。

この豪華な雰囲気の店で、高い酒を飲み、フィリピン美人が傍にいながら、矢崎は胸に、何故か、小さな空洞が出来てしまったような寂しさを感じていたからである。

その理由が大橋富佐子にあるのだと気がついて、矢崎は、柄にもなく狼狽した。

社長の女だと、結婚する気もなくつき合っていた相手だった。それなのに、何故、彼女がいなくなると、妙に寂しいのだろう。

「何を考えているのか？」

カルメンに声をかけられて、矢崎は、我にかえった。

（おれらしくもない）

と矢崎は、舌打ちをした。感傷なんて柄ではないのだ。それに富佐子は、ちょっとの間、気ままな旅に出ただけではないか。

ステージでは、まだ菅原洋一が唄っている。『知りたくないの』という歌だ。

「マダムを呼んで来てくれないか」

と、矢崎は、カルメンに頼んだ。

明子は、離れたテーブルで浅倉代議士の相手をしている。甘ったるい彼女の笑い声や、話し声が、こちらまで聞こえてくる。

カルメンが、戻って来て、

「マダム・アキコハ、スグ来ルヨ」

と妙なアクセントの日本語でいった。

だが、明子は、なかなか、やって来なかった。

浅倉代議士のほうが、矢崎より、はるかに大事な客なのだろう。

当然かも知れない。向うさんは、将来の首相候補といわれている有力政治家だし、こちらは一介のサラリーマンでしかないのだから。

一時間ほどして、浅倉が帰り、明子は彼を店の外まで見送ってから、やっと矢崎のテーブルに来てくれた。

待たせたことを詫《わ》びるでもなく、席につくなり、

「社長さん、いつ東京に出ていらっしゃるの？」

と、きいた。

「わかりませんね。社長のことは、あなたのほうがくわしいんじゃありませんか？」

矢崎は、軽い皮肉をこめていったが、明子は、あっけらかんとした顔で、

「最近、社長さんからは、全然、電話がないのよ。今度会ったら、たまには電話するようにいって頂戴ね」

「いっておきましょう。浅倉代議士は、よく見えるようですね？」

「このお店が気に入ったんですって」

「今度は厚生政務次官になったようですね。新聞に出ていましたよ」

「ええ。それで、今日は、心ばかりのお祝いを差し上げたの。社長さんに報告なさる？」

「え？」

「お店へ来るのは、社長さんに頼まれて、あたしを監視なさるためじゃないの？」

「とんでもない。実は、あなたに見て貰いたいものがあるんですよ」

「なあに？」

明子は、眼を大きくして、矢崎を見た。

矢崎は、内ポケットから、例のヌード写真を取り出して、黙って、明子の前に置いた。

明子が、写真を見た。

一瞬、彼女の顔に、狼狽の色が走ったように見えたが、それは、矢崎の気のせいだったかも知れない。

「矢崎さんて、こういう写真を集めるのが趣味なの？」

と、明子は、ニヤニヤ笑った。

「写真より、実物のほうが好きですよ」

と、矢崎も笑い返してから、

「顔がないんですが、あなたに心当りはありませんか？」

「何故、あたしが知っていると思うの？」

「ひょっとして、あなたの知っている女性じゃないかと思いましてね」

「もっと、ずばりといいなさいな」

「え？」

「このエロチックな写真の女は、ひょっとすると、あたしじゃないかと思っているんでしょう？」

「とんでもない」

「あたしだったら面白いかも知れないけど、残念ながら違うわね。あたしは、こんな赤いアザなんかないもの」

「なるほど」

「嘘だと思うんなら、大橋富佐子さんに聞いてごらんなさい。彼女ったら、一緒にお風呂に入った時、じろじろ、あたしの身体を見てたから」

「彼女に会ったら、聞いてみましょう」

「彼女は、あなたに頼まれたんじゃなかったの？」

明子は、じろりと矢崎を見た。一見すると、年齢《とし》の割りに子供っぽく見え、甘ったれのように思える女なのだが、実際には、勘の鋭い、油断のならない女なのかも知れない。

「そんなこと、彼女に頼んだ覚えはありませんよ」

と、矢崎は、あわてていった。

明子は、クスッと笑い、

「まあ、いいわ。この写真、預かっておいて、他の人に聞いてあげましょうか？」

「いや。もういいんですよ」

矢崎は、明子の手から、写真を取りあげて、ポケットにしまった。

明子は、とぼけているが、この写真は、彼女自身か、或いは、彼女の知っている女のヌード写真なのだ。

矢崎は、そう確信した。だから、明子に渡してしまうのは、ためらわれた。

「ずいぶん大事な写真みたいね？」

と、明子がいった。

「ええ。大事な写真ですよ」

「そうなの」

明子は、ちょっと考えるような眼つきをしたが、すぐ、

「あ、ごめんなさい」

と、席を立ってしまった。

矢崎は、腰を上げた。

ひとりで、二時間近くいて、料金は九万円ばかりだった。それも、伝票は会社のほうへ回しているから、この料金が高いのか安いのか、考えたことはない。多分、銀座の高級クラブでは普通の料金なのだろう。

店を出ると、小雨が降っていた。久しぶりの雨だった。

大通りへ出てから手を上げて、タクシーを止めた。

リアシートに腰を下ろした時、ふいに、あとから、カルメンが、乗り込んで来た。狭いリアシートが、たちまち、女の香りに包まれた。

「どうしたんだい。今夜は、自由恋愛はしないといった筈だよ」

矢崎がいうと、カルメンは、彼の肩に顔を寄せて、

「今夜は、私の恋愛」

「え？」

「今夜、あなたと別れたくないから来た」

「そいつは嬉しい」

「お金は要らない。私の個人的《プライベート》な恋愛《ラブ》だから」

「――ホテルへやってくれ」

と、矢崎は、運転手にいった。

7

最初の時は、そういう習慣はないからと、一緒に風呂に入るのを拒んだのに、今夜のカルメンは、さっさと裸になって、矢崎の背中を流し、ソープランドの泡おどりまがいのサービスまでしてくれた。

「今夜は、サービスがいいね」

矢崎が、石鹼でつるつる滑るカルメンの身体を、強く抱きしめながら彼女の耳元でささやくと、

「前はビジネス。今夜は、本当のラブだから」

と、カルメンがいった。

彼女は泡おどりが気に入ったらしく、いつまでも止めようとしない。向き合って、ぬるぬるする肌をこすり合わせている中《うち》に、矢崎も、いつの間にか興奮し、するりと挿入してしまった。とたんに、

「うふッ」

と、カルメンが、小さく笑い、急に、大きく腰をゆすりだした。

下のタイルも、石鹼に濡れている。その上で、立ったまま抱きあっていると、足が滑る。カルメンは、そんなセックスが楽しいらしく、矢崎にかじりつきながら、時々、

「うふッ」と笑う。

「可愛いね」

と、矢崎がいうと、

「私、十八歳だから」

カルメンが、いう。その間も、腰をゆすり続けている。

「十八って、きのうは、二十歳といった筈だよ」

「え？」

「本当は、どっちなんだ」

「十八」

「そうか。マダム・アキコに、二十歳といえといわれているのか？」

「イエス」

「十八か――」

「――」

カルメンの口から言葉が消え、腰の律動が激しくなった。

急に、カルメンが、矢崎の背中に爪を立てた。顔がゆがみ、喘ぎが激しくなった。

いつの間にか、二人は、重なり合ったまま、タイルの上に倒れ、愛し合っていた。彼女は、時々、スペイン語らしい言葉を叫んだ。

終わると、シャワーを浴び、ぐったりしたカルメンの裸身を抱いて、矢崎は、ベッドまで運んだ。そのまま、カルメンが眠ってしまったので、矢崎も、毛布の中にもぐり込んだ。

富佐子の夢を見た。彼女の夢を見たのは、はじめてだった。

富佐子が、裸身で現われ、それをいくら追いかけてもつかまえることが出来ない夢だった。

夢というものは、いつもそんなものだ。

眼を覚ますと、隣りに寝ていた筈のカルメンの姿がない。

（先に帰ったのか）

と、思いながら、矢崎は、手を伸ばして、煙草を取り、口にくわえた。

音がした。

眼をこすると、洋服ダンスのところに立っているカルメンの姿が見えた。

ブラジャーにパンティといった格好で、何かいじっている。よく見ると、矢崎の背広をいじっているのだ。

とたんに、矢崎は、バネ仕掛けのようにベッドから飛び下りると、カルメンめがけて突進した。

背広の内ポケットを探っていたカルメンの手を、矢崎がつかむと、彼女が「あッ」と、声をあげた。その眼に、はっきりと狼狽の色が浮かんでいる。

「何をしているんだ！」

矢崎が、怒鳴りつけた。

「財布を探してたの」

カルメンが、下を向いたままいった。

「何故？」

「急に、お金が欲しくなって」

「嘘をついちゃ駄目だ」

「――――」

「探してたのは、この写真だろう」

矢崎は、内ポケットから、例のヌード写真を取り出して、カルメンの眼の前に突きつけた。

「私は、そんな写真は知らない」

「君は知らないだろうさ。マダム・アキコに頼まれたんだろう？　背広の内ポケットに入っている写真を盗《と》って来いって」

矢崎がいうと、カルメンは、ふいに、しくしく泣き出した。

「マダム・アキコが、その写真を持って来てくれたら、十万円くれるといった」

カルメンは、泣きながらいう。泣きべそをかいているところは、やはり、十八歳だった。

「そんなことだろうと思ったよ。君は帰って、マダム・アキコに、写真は見つからなかったといえばいい」

「私を許してくれるの？」

「ああ。君を怒っても仕方がないからね」

「サンキュー」

カルメンは、急に元気になり、矢崎にキスすると、さっさと、身仕度をはじめた。

彼女を先に帰し、矢崎は、下のロビーで、備え付けの新聞に眼を通した。

日下カメラマン殺しがどうなったかを知りたかったからである。

だが、新聞のどこにも、事件のことは出ていなかった。その代りに、別の記事が矢崎を捉えた。

《マニラ市郊外で日本女性の死体発見さる》

という見出しだった。

〈本日午後六時頃、マニラ市郊外トンド地区で、日本人女性と思われる死体が発見された。この人は、胸を鋭利な刃物で刺されており、所持品から、ホテル・マニラに宿泊中のフサコ・オオハシ（二八）とみられている〉

8

その記事を、矢崎は、何回も読み直した。

（富佐子は、死んでいたのか……）

ある感慨が、矢崎を捉えた。何度も抱いた女だった。その女がいつの間にか、フィリピンのマニラ市郊外で死んでいたのだ。しかも、殺されて。

旅というのは、フィリピンに行くことだったのか。

これで、短い間に、矢崎の周囲で二人の人間が殺されたことになる。前に、日下カメラマンが殺され、今度は、大橋富佐子が殺された。

　これは、偶然なのだろうか？　それとも何者かが、矢崎の周囲に罠《わな》を張りめぐらせ、その罠にかかった二人が殺されたのだろうか？

　矢崎が、自分のマンションに帰ると電話が鳴り続けていた。矢崎は、靴をはいたまま中に入り、受話器を取った。

「もし、もし、矢崎です」

　と、息をはずませていうと、社長の村上の怒鳴る声が、耳に飛び込んできた。

「今頃、何処をうろついていたんだ？」

「急用ですか？」

「新聞を見たかね？」

「見ました。びっくりしました。大橋君が、マニラで殺されていたなんて考えてもいませんでしたから」

「本当に、彼女がフィリピンに行っていたのを知らなかったのかね」

　村上は、疑わしげにいった。

「知りませんでした。旅に出かけるという手紙は見ましたが」

「じゃあ、調べろ」

「は？」

「大橋君が、何故マニラで殺されたのか、それを調べるんだ」

「しかし、そのためには、マニラへ行きませんと」

「じゃあ、行きたまえ。旅費やホテル代は、東京の営業所へ請求したまえ。会計へは、私が電話しておく」

「ありがとうございます」

「例のほうはどうなっているんだ？　大道寺明子の秘密は、まだつかめんのかね？」

「写真を一枚、お送りします」

「何の写真だ？」

「ヌード写真です」

「大道寺明子のヌードかね？」

「顔の部分がちぎれてしまっているので誰なのかわかりません」

「そんなヌード写真なんか、持っていても仕方がないだろう」

「ところが、その写真のために、私は、二度も危ない目にあっています。このヌード写真を奪い取るために、犯人は、人間を一人殺しているんです。大道寺明子のヌード写真の可能性が大きいと思っています」

「よし。その写真を、私宛に送りたまえ。本当に大道寺明子のヌード写真だったら、君に臨時ボーナスをやろう」

「ありが――」

矢崎が、礼をいいかけるうちに、村上は、さっさと電話を切ってしまった。手前勝手で、気の短い男なのだ。

矢崎は、苦笑して受話器を置くと、大型の封筒を取り出し、問題のヌード写真を、その中に入れた。

封をしようとして、ふと気が変って、もう一度、写真を取り出すと、テーブルの上にのせた。

折角手に入れた写真を、あっさりと社長に渡してしまうのが惜しくなったのだ。といって、社長に、チャチなニセモノを送るわけにもいかない。

矢崎は、カメラを持ち出し、それに接写装置を取りつけた。ライトを当ててから、テーブルの上に置いた写真に向かって、何枚も、シャッターを切った。そのあとで、ヌード写真を封筒に入れ、封をした。

9

着替えと、カメラ、それにパスポートをボストンバッグに放り込んで、矢崎はマンションを出た。

途中で、写真を入れた封筒を、ポストに投函《とうかん》してから、東京営業所へ顔を出した。社長が電話してくれていたとみえて、会計が、すぐ金を出してくれた。

往復の飛行機代と、一週間分のホテル代などで、合計五十万円也だった。向うで足りなくなったら、国際電話をかけて社長に送金して貰えばいいと考え、矢崎は、その五十万円をポケットに入れた。

久しぶりの海外旅行だった。マニラに行っても、富佐子が、誰に何故殺されたのか、わかるかどうか疑問だった。第一、殺人事件なら、調査は向うの警察の仕事だろう。

（その時には、のんびりマニラの夕陽でも眺めて来よう）

と、矢崎は、呑気《のんき》に考えた。

成田空港で、午後二時三十分出発の日航機を、国際線のロビーで待った。

マニラまで、四時間の旅である。矢崎は、日本煙草を買い込んでおこうと思い、ロビーの中にある売店へ足を向けた。

売店の中は、混んでいた。日本酒を買っている旅行者もいる。旅先でも、酒は日本酒に限ると思っているのだろうか。

セブンスターを、ワン・カートン買おうと思い、煙草を売っている場所を探しているうちに、矢崎は、数メートル先の人混みの中に、見覚えのある顔を見つけた。

大道寺明子だった。

真っ白なスーツ姿で、濃いサングラス、それに、同じような白の帽子をかぶっていたが、彼女に間違いなかった。

矢崎は、声をかけかけて、やめてしまった。彼女に連れがあるのに気がついたからである。

連れの男は、代議士の浅倉俊一郎だった。

こちらも、濃いサングラスをかけている。見栄えのする大柄な身体なので、サングラスがよく似合っている。

国会は、今、閉会中の筈だった。

(仲良く、お忍びで海外旅行か)

芸能記者には、格好の材料だなと思ったが、周囲にカメラマンのいる気配はなかった。

二人は、矢崎が煙草を買っているうちに、いなくなってしまったが、時間が来て、日航のジャンボ機に乗り込むと、ファーストクラスの座席に二人が並んで腰を下ろしていた。

相変わらず、サングラスをかけたままである。

矢崎には気がつかないらしく、顔を寄せて話し込んでいた。

矢崎は、何列かうしろの席に腰を下ろし、二人のほうに眼をやった。

最初は、彼等もフィリピンに行くのかと、ちょっとびっくりしたが、考えてみれば、浅倉は日比親善協会の責任者だし、明子のほうは、自分の店で、フィリピン美人を使っているのだ。

ほぼ満席のボーイング747は、轟音《ごうおん》をひびかせて、夏空に飛び上がった。

矢崎は、ジャンボ機があまり好きではなかった。機内は広々としているが、この馬鹿でかい機体は、その重さで、ひょっとすると墜落するのではないかという、子供っぽい不安に襲われることがあるからだ。

四時間、じっと座っているのは退屈である。スチュアーデスの持って来てくれた水割りを三杯ばかり飲んでから、矢崎はしばらく眠った。

眼をさました時、眼下に、ルソン島北部の山脈が広がっていた。

約十五分おくれて、矢崎たちの乗った飛行機は、マニラ空港に着陸した。

陽は沈みかけていたが、猛烈に暑い。

スペイン訛りの英語に、苦労して応対した税関を抜けると、明子と浅倉は、迎えに来ていた車に乗り込むところだった。アメリカの高級車である。

あとをつけてみようかと思ったが、すぐにはタクシーは拾えなかった。そのうちに、二人を乗せた車は走り去ってしまった。

矢崎は、追跡をあきらめ、空港内の銀行で、若干のドルをフィリピン通貨のペソに両替えしてから、タクシーに乗った。

「ホテル・マニラ」

と、大橋富佐子が泊っていたホテルの名前を、色の浅黒い運転手にいった。

空港の近くに、立派なホテルが並んでいる。が、矢崎を乗せたタクシーは、その前を素通りした。

マニラ市の中心街を通り抜け、三十分近く走ってから、あまり上等ではないホテルの前で止まった。

二流のホテルといった感じだった。

(富佐子は、こんなホテルに泊っていたのか)

そんなことを考えながら、矢崎はフロントで、部屋を頼んだ。

三階の部屋に案内された。冷房がきいているのは当然だが、有難かった。

しばらく休んでから、一階にある食堂へおりて行った。

十五、六人で一杯になるような小さな食堂だった。ステーキと、オニオンスープを頼んで、フィリピンのビールを飲んでいると、どやどやと、数人の団体客が入って来た。

(やれやれ)

と、思ったのは、それが、日本人の男ばかりの旅行客だったからである。何処へ行っても、日本人がいる。

こういう二流のホテルのほうが面白いのだとか、四、五十ドルで、女のところへ連れて行ってくれるタクシーがあるとか、そんなことを、声高に話している。

矢崎は、日本人が、海外で女遊びするのをとやかくいう気はない。彼自身も、遊んでいるからだ。ただ、グループでは遊ぶ気になれない。

矢崎は、早々に、自分の部屋に引き揚げた。

部屋の隅に、前の泊り客が置いていったのか、英字新聞があった。昨日の日付になっている。

矢崎は、ベッドに寝転んで、新聞を広げてみた。富佐子のことが出ているかも知れないと思ったからである。

富佐子のことは出ていなかった。大きな見出しで出ていたのは、九月一日の午後六時から、グランドホテルで、ビューティ・コンテストが行なわれるという記事だった。各州から選ばれた候補者の水着写真ものっている。

（あれッ）

と、矢崎が思ったのは、その審査員の中にAKIKO DAIDOJIという文字を見つけたからだった。

これは、あの大道寺明子に違いないと思った。

〈元、有名な女優で、現在、東京にナイトクラブを経営している〉

と、説明がしてあるからである。

どうやら、明日行なわれるビューティ・コンテストの審査員に招待されて、明子は、マニラに来たらしい。

明子は、第二のデヴィ夫人になるのが夢だそうだが、これは、その第一歩ということなのだろうか。新聞によれば、大統領夫妻も出席するとある。

（浅倉のほうは、何の用で来たんだろう？）

と、矢崎が考えたとき、ドアをノックする音が聞こえた。ボーイかと思い、

「カム・イン」

と、矢崎がいうと、ドアが開いて若い女が二人入って来た。

二人とも、竹であんだ籠を下げている。色は浅黒いが、整った顔立ちの娘だった。

「マッサージヲタノンダノハ、アナタカ？」

と、片方が、アクセントのおかしい日本語できいた。

「ノー」

矢崎が首を横に振ると、二人の女は、当惑した顔で、ひそひそ相談をはじめた。どうやら、さっき一階の食堂にいた日本人の団体客の誰かが、マッサージを頼んだらしい。

二人が、気の毒になってきて、矢崎は、

「僕が頼んでもいいよ」

と、声をかけた。

とたんに、彼女たちの顔が、ぱッと明るくなり、いそいそとベッドに近づいてくると、籠の中から、オイルびんを取り出した。

「二人はいらないんだ。一人でいいんだ」

「ノー。フタリデヤル」

年かさの、といっても、せいぜい二十歳ぐらいにしか見えない女が、下手な日本語でいった。

「いや。一人がいい。悪いが、一人は帰ってくれないか」

といったのは、二人分も料金を取られてはかなわないと思ったからである。

「ソレデハ、カノジョ、シゴトナクナル。カワイソー。カノジョ、ナク」

「しかしねえ」

「十《テン》ドルアゲル。カノジョ、カエル」

「え？」

「十ドル」

「ふーん」

矢崎は、感心したように、真剣な顔付きをしている二人のフィリピン娘を見た。しっかりしているというのか、がめついというのか。

といって、今更、マッサージはいらないともいえず、矢崎は、片方に十ドル渡した。

現金なもので、その娘は、急にニコニコし、矢崎に軽くキスして部屋を出て行った。

残った女は、「アナタ、ヤサシイネ」と、微笑した。

「そうかね」

「アナタ、ハダカニナル」

「オーケー」

矢崎が、パンツ一枚になって、ベッドに腹這いになると、女は、そのパンツに手をかけて、脱がしてしまった。それから、矢崎の背中に、オイルを塗りだした。何のオイルかわからないが、強い匂いがする。

オイルでべたべたした身体をマッサージされるのは、奇妙な感じのものだった。

「君も裸になれよ」

「オー。ソレ、ダメ」

「何故だい？」

「ワタシ、カレッジ・ガールネ。ソンナコトシタラ、シカラレル」

「学生だって？」

矢崎は、ニヤニヤ笑い出した。どうみたって、学生には見えなかったからだ。

「ハウ・マッチ？」

「マッサージ十ドル。プラス五十ドル」

「いい値段だな」

「オーケー?」

「ああ、オーケーだ」

と、矢崎はいった。何となく、このがめついフィリピン娘が抱いてみたくなったのだ。

女は矢崎から受け取った六十ドルを、大切そうに竹籠にしまうと、彼の眼の前で、勢いよく服を脱ぎはじめた。

マニラの夜

1

矢崎は、けだるい朝を迎えた。

四時間も飛行機にゆられたあと、なりゆきでフィリピン娘を抱いた、その疲れである。

眼を開けると、あのマッサージ娘は、まだ眠っている。ひどく無邪気な寝顔だ。

矢崎は、自然に、笑顔になった。昨夜の計算高い、ガッチリした娘が、今は、まるで子供のような顔をして眠っているからである。

何もしないで帰った彼女の友だちにまで、矢崎は、十ドル払わされてしまった。だが、あんなことが嘘のように、今、彼の隣りに眠っている娘は、可愛らしく見える。まるで、別の人間の行為のように見えるのだ。

昨夜は、ひどくすれた女だなと思ったのだが、今、眼の前にいる娘の寝顔は、本当に少女のそれである。

彼女を起こさないように、矢崎は、ベッドをおり、バスルームに入って顔を洗った。タオルで、顔を拭きながら戻ってみると、女は、まだ眠っていた。矢崎も疲れていたが、この少女も疲れているのかも知れない。

ベッドに戻らず、煙草をくわえて火をつけてから、矢崎は、テーブルの上にのっている彼女のバッグに興味をひかれた。

竹であんだ籠である。フィリピンは、バンブー・ダンスなどが有名で、日本に似た竹の国だから、こんな竹籠が流行《はや》っているのかも知れない。

(この中に、いったい何が入っているのだろうか?)

ふと、矢崎は、のぞき見たくなって、ふたを開けた。オイル・マッサージに使ったオイルのびんが二本。その下に、可愛らしい皮細工の財布が顔をのぞかせている。

その財布をつまみあげた瞬間、

「ノー!」

という甲高い声を、背後で聞いた。

ふり向くと、彼女が、形相すさまじく、矢崎を睨《にら》みつけているのだ。自分が、素っ裸のことなんか、忘れてしまっている顔だった。

「泥棒!」

と英語で叫ぶ。あとは、スペイン訛りの英語が、機関銃のように、彼女の口から飛び出してきた。

どれもこれも、悪態だった。馬鹿、死んじまえ。強盗、きちがい、その他、矢崎のわからないスラングまで、よくもまあ、こんなに悪口ばかりいえるものだと、彼は、あっけにとられて、相手を眺めていた。

だが、そのうちに、彼女の必死さが、矢崎の胸を打った。せっかく稼いだお金を、盗られてたまるものかといった気迫が、矢崎の胸に、ぐんぐんひびいてきたのだ。

矢崎は、手を広げ、

「勘違いだよ。可愛らしい財布なんで、ちょっと見たくなっただけさ」

といい、財布を入れ直した竹籠をポイと、女に放り投げた。

彼女は、胸で受けとめると、あわてて、財布の中身を調べている。

「一ペソも、盗ってやしないよ」

と、矢崎がいった。

女は何回も調べ直してから、やっと、ニッと笑った。

「泥棒する気では、なかったみたいね」

「ああ、そうだ。朝食でも食べに行かないか、君も、怒ったんで、お腹《なか》がすいたんじゃないか？」

「オーケー」

「じゃあ、決まった」

「朝食代は、あなたが払う。オーケー？」

女は、のぞき込むようにしていった。また、昨夜のがめつい女に戻っている。

矢崎は、苦笑しながら、「オーケー」といった。

「朝食のあと、僕に、マニラ市内を案内して貰いたいんだがね」

「私は、カレッジ・ガールだから、昼間は、あなたに、つき合うことは出来ない」

「その学校は、授業料が一日いくらなんだい」

「一日百ドル」

「高すぎるな。昼食代は、こっち持ちだし、市内を案内して貰うだけだぜ」

「じゃあ、八十ドル」

「五十ドルだ。それで嫌なら、カレッジへ行きたまえ。僕は、別のガイドを探す」

「六十ドル」

「ノー」

「オーケー」

と、彼女は、やっと肯いた。

女は、自分の名前を、ロザリンといった。本名かどうかわからないが、この国では一人の外国人でしかない矢崎にとっては、どちらでもよかった。ある名前で呼んで、相手が返事をしてくれれば、それでいいのだ。

ロザリンは、すっかり化粧を落としてしまった。昼間は、いつもそうしているらしい。小柄だから、化粧っ気のない彼女は、本当に、カレッジ・ガールのように見えた。

(本当に、この少女は、カレッジ・ガールなのではないだろうか?)

と、ホテルの食堂で朝食をとりながら、矢崎は、一瞬思ったくらいだった。

「ところで、何処へ行きたいの? サンチャゴ要塞? マラカニアン宮殿? ルネタ公園? それとも、少し遠出をして、タガイタイにでも行ってみる?」

ロザリンが、きいた。

「それは、典型的なツアー・コースだろう。そんなところへは、行きたくないんだ」

「じゃあ、何処へ?」

「市内のトンド地区」

「え?」

「トンド地区」

「何故、そんな所へ? 途中の中国人街なら見物する価値があると思うけど」

「トンド地区へ行きたいんだ」

「そこへ行って、何を見たいの?」

「トンド地区で、日本の女が殺された。知っているか？」

「ええ。新聞に出ていたから知っている」

ロザリンは、堅い表情になって、こっくりと肯いた。

「彼女が死んでいた場所へ行ってみたいんだ」

「あなたは、日本の刑事さんなの」

「ノー。そんなものじゃないよ。死んだ女は、僕の知り合いだったんだ」

「ふーん」

と、ロザリンは、鼻を鳴らしてから、

「あなたの奥さん《ワイフ》」

「ノー」

「恋人？」

「まあ、そんなところだ。案内してくれるかい？」

「そうね」

「ガイド料は、前払いするよ」

矢崎は、五十ドルを、彼女の手につかませた。

「そこへ案内するだけでいいの？」

「もちろんだよ」

「じゃあ、いいわ。新聞に出ていた場所へ案内してあげる」

ロザリンは、やっと、ニッコリした。

ホテルの外は、相変わらずだ。燃えるように暑い。

熱帯の太陽は、強烈だ。タクシーを拾ったが、クーラーがきいていない。その上、ひどい中古車なので、がたがた音を立てながら走る。

車内は、文字どおり、焼けるような暑さだった。矢崎は閉口したが、フィリピン娘のロザリンは、平気な顔をしている。

車窓に、新築中のビルが見えた。ホテルでも新しく建てるのだろうか。道路の改修も行なわれている。

だが、次に展開したのは、あまりにも貧しい風景だった。

最初、その一画が、住宅地とはとうてい思えなかった。

板切れと、焼けたトタンがただ乱雑に積み重ねてあるだけの感じだった。しかし、じっと眼をこらすと、その中に、何人もの人間が住んでいる。疲れた顔の母親、裸の小さな子供たち。

そして、真っ昼間から、若者たちが、所在なげに、道路のあちこちに、とぐろを巻いている。何をしているのでもない。ただ、五、六人ずつ寄り集まっているのだった。

フィリピンは、貧しいと、矢崎は、本で読んだ。大工仕事で、一日の賃金が、日本円で二百円足らず、その仕事さえ、なかなかなく、失業率は大変な高さだという。昼間から、街中をふらついている若者たちも、仕事がないのだろう。失業者の群れなのだ。

ロザリンは、どんな家に住んでいるのだろうか？　今、眼の前に広がっているバラックのような家だろうか？

多分、彼女の家は貧しく、一家の生活が、彼女の肩にかかっているのではないか。そう考えると、彼女が見せた貪欲なまでの金銭への執着も、わかるような気がするからである。

(こんなふうに考えるのは、おれがセンチメンタルな証拠かな)

バラックの家並みが続いたと思うと、その隣りに、巨大なビルが建ち、そのビルは、バラックの群れを押し潰そうとしているかに見える。

そして、また、バラックの貧民街、道路にたむろしている若者たち。

「きれいな、大きな家もあるよ」

突然、横で、ロザリンが、矢崎にいった。彼が、バラックにばかり興味を示すことに、彼女は、腹を立てたようだった。

「え？」

「百万ドル《ミリオネア》通りへ行けば、すごいお金持の家が並んでいるわ」

「ふーん」

「私は、すごい別荘が並んでいるところも見てきたわ。どの家にも、プールがあって、花が一杯咲いていて、部屋にはクーラーが入ってるし、車庫には、外国のスポーツカーが二台も三台も並んでるわ」

ロザリンは、ふいに、夢見るような眼になった。

「そんな家に住みたいわけかい？」

「もちろんだわ。いつか、いつか、あそこに住んでやる」

ロザリンは、強い口調でいった。彼女が、そういったということは、現在の生活が貧しいということだろう。

「今日は、ミス・ビューティ・コンテストがあるんじゃなかったかな」

矢崎が、思い出していった。

「そうね」

ロザリンは、そっけなく肯いた。若い娘が、ビューティ・コンテストに興味を示さないことに、矢崎は、不思議な気がして、

「君も出たらいいのに」

と、いってみた。

「私は駄目だわ」

「そんなことはないよ。君は若いしなかなかチャーミングだし、それにまだミスなんだ

ろう？」

「あれは、フィリピンを代表する美人たちが参加するコンテストだから、私は駄目」

と、ロザリンは、横を向いてしまった。どうやら、上流家庭の娘たちばかりが参加するのだということらしかった。

中国人街の横を抜けて、しばらく行ったところで、ロザリンは、車を止めさせた。

荒涼とした感じの場所だった。

手入れの悪い椰子《やし》が、雑然と並んでいる。

並木というには、ほど遠かった。こわれたまま放置されている工場が、その先にあった。四、五歳の男の子たちが、そこで遊んでいる。

崩れかけたコンクリートの壁に、

「フィリピン政府と、日本政府との協力によって、この工場は建設された」と、英語で書かれているのが皮肉だった。何の工場だったのか、何故、廃墟《はいきょ》になってしまったのか、門外漢の矢崎には、わかりようもないが、寒々とした光景であることは確かだった。

「日本人の女の人は、この敷地の中で死んでいたと新聞に出ていたわ」

と、ロザリンがいった。

有刺鉄線のこわれたところから、二人は工場敷地に入った。

敷地の隣りには、赤さびた機械が山積みにされている。どうやら、この工場は、紡績工場だったらしい。

（こんな所で、富佐子は殺されていたのか）

と、矢崎が思ったとき、グリーンの制服を着たガードマンが、こちらに向かって近づいて来るのが見えた。

2

ガードマンは、腰に拳銃をぶら下げていた。

「ここは、立入禁止だ」

と、陽焼けした顔の、中年のガードマンは、高圧的な調子でいった。

「ここは政府の土地なんでしょうね？」

と、矢崎がきいた。

「あんたは、日本人かね」

ガードマンは、うさん臭そうに、じろじろと、矢崎を見、ロザリンを見た。

「イエス、僕は、ここで殺されていた日本人女性の知り合いだ。あの事件がどうなっているのか知りたくてここへやって来たんですがね」

「事件のことは知らん」

ガードマンは、ぶっきらぼうにいった。堅い表情になっているのが、よくわかった。

「どこの警察に行けば、事件のことがわかるか、教えてくれませんか」

「私は知らんね。ここは、ミスター・ロドリゲスの私有地だ。許可なく侵入すれば、射殺しても構わないことになっているんだ」

ガードマンが、怖い顔をした。

「早く帰りたいわ。怖いわ」

と、ロザリンが、小声でいった。

もう一人のガードマンが、足早に、こちらに近づいて来るのが見えた。その男の腰にも、拳銃がぶら下がっている。何か、危険な匂いがしてきた感じだった。

「オーケー。帰ろう」

と、矢崎は、ロザリンにいい、歩き出した。

「おい。君」

と、ガードマンが呼び止めた。

「何です？」

「さっき、道路の両側に植えてある椰子の木を、拳で殴りつけていたな？」

「軽く叩いていただけですよ」

「あの椰子並木も、ミスター・ロドリゲスの所有物だ。もし、毀損すれば、罰せられる。

それを心得ておきたまえ」

「まさか、あの道路も、ミスター・ロドリゲスのものだというんじゃないでしょうね」

「いや。あの道路も、ミスター・ロドリゲスの所有物だ」

ガードマンは、ニコリともしないでいった。

3

昼食を、近くのフィリピン料理店でとったが、ロザリンは、はっきりわかるほど怯《おび》えていた。

どちらかといえば、陽気な娘の感じだったのに、食事の間、一言も、口をきこうとしないのだ。食欲もあまりないらしい。

「どうしたんだい？」

と、矢崎は、きいてみた。

「怖いわ」

青い顔で、ロザリンがいった。

「ああ、あの拳銃を持ったガードマンかい。確かに、怖いな」

「違うわ」

「違うって?」

「怖いのは、ミスター・ロドリゲス」

と、ロザリンは、声をひそめていった。

「ふーん。そんなに怖い男なのかい? ロドリゲスというのは」

「大変なお金持で、大きな力を持ってるわ。彼に睨まれたら、ここでは、生きていけないわ。だから、もし、あそこで死んでいた日本人のことを調べるんなら、あたしは、帰らせて貰うわ。貰ったお金は返すから」

「わかったよ」と、矢崎は、笑った。

「食事がすんだら、さようならしよう。お金は返さなくていいさ」

「サンキュー」

本当に、安心したという顔で、ロザリンはニッコリ笑った。よほど、彼女にとって、ミスター・ロドリゲスというのは、恐ろしい存在らしい。

食事がすむと、矢崎は、いったん、ひとりでホテルに戻った。ホテルで調べたいことがあったからである。

ボーイを部屋に呼び、五ドル札ばかりつかませてから、日本から持ってきた富佐子の写真を見せた。

「この女が、このホテルに泊っていた筈なんだがね。覚えていないかな?」

「美人だ」と、二十歳くらいの色の黒いボーイは、鼻を鳴らした。

「あんたの奥さんか？」

「そんなところだ」

「ここには、日本人がよく泊るし、日本人はみんな同じような顔に見えるからね」

「三日前、新聞に出ていた女だよ。トンド地区の工場敷地内で、誰かに殺されたんだ」

と、矢崎がいったとたん、ボーイの表情が変わった。

今貰った五ドル札を、矢崎のポケットに押し込むと、手を振りながら、部屋を出て行ってしまった。

矢崎は、ベッドに腰を下ろして、溜息をついた。

（どうなってるんだ？）

と、呟いてみたが、日本ではないフィリピンの土地では、わけがわからなかった。わかるのは、あのボーイが、ロザリンと同じように、怯えているということだけだった。

ロザリンは、ミスター・ロドリゲスの名前に怯えた。ボーイは、何に怯えたのだろうか？　事件そのものに怯えたのだろうか。それとも、ロザリンと同じように、ミスター・ロドリゲスに怯えたのだろうか。

（ミスター・ロドリゲスというのは、いったい、どういう人物なのだろうか？）

矢崎は、興味を持った。

強大な権力を持っているらしいことはわかる。だが、どんな顔をしているのか、いくつぐらいの男なのかもわからない。

夕食は、外でとり、新聞を買った。

相変わらず、今夜のミス・ビューティ・コンテストのことが、大きく出ている。他に行事らしいものがないのだろうか。

新聞の頁《ページ》を繰っていくうちに、矢崎の眼が光った。

〈日本女性殺しの犯人逮捕〉

の文字を見つけたからである。

犯人の名前が、「リー・ウォン」となっているから、中国系のフィリピン人らしい。

年齢は二十五歳。タクシー運転手で、自供によると、大橋富佐子を乗せて、市内を案内しているうちに、所持金を狙う気になり、トンド地区の工場敷地に連れて行った。ゆすろうとしたところ、抵抗されたので、持っていたナイフで刺し殺してしまったのだという。

最近、海外旅行中の日本人観光客が、現地人に襲われるケースが相ついでいるから、彼女の場合も、その一つだったのかも知れない。

(可哀想《かわいそう》に)

と、思った。

富佐子は、旅行好きの女だった。フィリピンにも、楽しい夢を求めてやって来たのだろう。或いは、素晴らしいアヴァンチュールを期待していたのかも知れない。

それが、着いてすぐ、金目あてのタクシーの運転手に殺されるとは、何という不運だろう。

犯人の顔写真は、なぜか出ていないので、どんな男なのかわからない。

しかし、犯人が逮捕されて、もう、事件は終わってしまったのだ。富佐子の死について、調べることは、もうなくなってしまったのだと、矢崎は思った。恐らく、日本の新聞にも、犯人逮捕のことは、のるだろう。社長の村上も、それを見るに違いないから、矢崎が、フィリピンにいる必要もなくなったのだ。

ケチな社長のことだから、これ以上、フィリピンにいたければ、自費で遊べというだろう。

矢崎は、財布の中身を調べ直してみた。あと、せいぜい、二、三日しかいられないふところ具合だった。

（今夜は、大道寺明子が審査員で出るビューティ・コンテストでも見に行こうか）

と、思ったのは、財布をポケットにしまってからだった。

4

コンテストの行なわれるホテルは、マニラ市で、一、二を争う豪華なホテルだった。

矢崎は、いったん自分のホテルに戻り、着替えをして出かけた。

出席者は、三百ペソのパーティ券を買う仕組みになっていた。日本円にして、約一万二千円である。エリート社員でも、せいぜい千ペソの月給だといわれるフィリピンである。このビューティ・コンテストが、一般のフィリピン人とは無縁なものだということが肯けた。

矢崎は、三百ペソ払ったにもかかわらず、舞台からは、遠く離れたテーブルに案内された。

正面のいいテーブルは、すべて、有力者たちによって占められている感じで、男はタキシード、女たちは、きらびやかな夜会服を身にまとっている。

まず、バンドを聞きながらの食事で始まり、それがすんだところで、ミス・ビューティ・コンテストが始まった。

どこか、ラテン系の感じの美男子が、司会をした。フィリピンでは有名なタレントなのだろうが、もちろん、矢崎にはわからない。

「では、最初に、このコンテストの主催者であるミスター・ロドリゲスをご紹介いたします」

と、その男がいった。

会場一杯に拍手がわいた。

矢崎は、手を叩かず、壇上に現われたミスター・ロドリゲスを眺めていた。

意外に若い男だった。三十五、六といったところだろう。小柄だが、精悍な顔つきをしている。

ロドリゲスは、このコンテストが、成功裏に開けたことを、皆さんに感謝するといった。よく通る声である。そのあと、自分が考えているマニラ市改造計画について、とうとうと抱負を述べて、自分のテーブルに戻った。ビューティ・コンテストのあいさつというよりも、政治演説のような感じだったが終わった時には、割れるような拍手だった。期待されている若手政治家という感じだった。早口なので、ところどころ聞き取れないところもあったが、自分に委せてくれれば、スラム街は一掃して見せるといった時には、拍手が一段と大きかった。

矢崎は、聞きながら、何となく、日本の元首相田中角栄を連想した。威勢のいいところが、よく似ているので、そんなところが、恐れられながら、人気があるのだろう。

続いて、コンテストの審査員が、一人ずつ紹介された。

外国人に対する礼儀からか、最初に大道寺明子と、浅倉俊一郎の名前が呼ばれた。

明子は、純白のドレスに身を包んでいた。大柄なので、よく似合っている。彼女は、立ち上がると、堂々と、手をあげ、ニッコリと笑って見せた。すでに、第二のデヴィ夫人になったつもりでいるのかも知れない。

浅倉のほうは、タキシード姿で、やや、ぎごちなく、日本式にお辞儀をしただけだった。

いよいよ、ビューティ・コンテストが開始された時、矢崎のテーブルに、三十歳くらいの男が、ボーイに案内されて腰を下ろした。

望遠レンズつきのカメラを下げていた。明らかに、日本人だった。

「日本の方でしょう？」

と、矢崎は、日本語で話しかけた。

男は、ビールを口に運んでいたが、

「あなたも？」

と、きき返してきた。

「ええ。矢崎といいます。フィリピンには、観光旅行で来たんですが」

「私は白木《しらき》です」

細い眼で、矢崎を見ながら、名乗った。

「フィリピンには、観光ですか？」

「まあね。それに、混血美人と遊べると友だちに聞いたもんですからね」

白木は、ニヤッと笑った。

「それで、美人と仲よくなれましたか？」

「いや。まだ、着いたばかりですから。うーん。やっぱり美人がいますなあ」

白木は、水着姿で、次々に登場してくるビューティ・コンテストの候補者たちを見て、歓声をあげた。

確かに、抜けるように色の白い、すらりとした美人ばかりだ。

「みんなスペイン系のようですなあ」

と、白木がいう。

「そのようですね」

「あの美人たちと、いくら出したら遊べますかねえ？　百ドルも出したら遊べますか？」

白木にきかれて、矢崎は、苦笑した。矢崎を、夜の観光の案内人とでも思っているのだろうか。

「彼女たちは駄目ですよ」

「ふーん」

「みんな金持のお嬢さんたちですからね」

「二百ドルでも駄目だろうか？」

「駄目ですね」

「全財産をドルにかえて持って来たのに、残念だな」

「大金を持っているのなら、用心したほうがいいですよ」

「しかし、マニラは、目下、戒厳令が実施されていて、治安はいいと聞いて来たんですがねえ」

「大橋富佐子さんという日本の観光客が、マニラ市内で殺されているんです」

「ふーん」

「今日の新聞に、犯人が逮捕されたと出ていましたが、犯人は、タクシーの運転手で、彼女を乗せて市内を案内している中《うち》に、金が欲しくなって、殺したんだそうです」

「本当ですか？」

「本当ですよ」

「明日から、タクシーに乗るのが怖くなりましたよ」

「タクシーの運転手が、全部、強盗というわけでもありませんよ。まあ、注意するにこしたことはありませんがね」

「殺された女の人とは、お知合いなんですか？」

「何故です？」

「名前を覚えていらっしゃったから」

「ちょっと知合いです。彼女が、何故、マニラに来たのか、それがよくわからなくて、考えているんですがね」

「今、観光に来ていたとおっしゃったんじゃなかったですか」

白木が、変な顔をした。

「確かにそうなんですが、何となく」

釈然としないのだという言葉を、矢崎は、呑《の》み込んだ。初めて会った男に、そんなことを打ち明けて話しても、仕方がないと思ったからだった。

富佐子が、旅行好きだったことは、矢崎も、よく知っている。海外旅行にあこがれていたことも。

しかし、矢崎に頼まれた仕事を放擲《ほうてき》し、社長の村上にも、何のあいさつもせず、突然、ひとりでフィリピンの観光旅行に出かけたというのが、どうも納得が出来ないのである。

富佐子は、たしかに、わがままな女だ。社長の女になってからは、より、わがままになったようでもある。しかし、彼女は、同時に、利口で、如才ない女でもあった。損になることはしない女だった。そんな彼女が、社長に黙って、会社を無断欠勤して、フィリピンの観光旅行に行くだろうか？　だが、現実に、富佐子は、フィリピンに来ていた。

そして、金目あての強盗に、ナイフで刺殺されていたのだ。

コンテストは、えんえんと、三時間あまり続けられた。優勝して、本年度のミス・ビューティになったのは、十九歳の大学生だった。

矢崎は、彼女が、カレッジの学生と紹介された時、何となく、ロザリンのことを思い出した。あのニセのカレッジ・ガールは、どうしているだろう。矢崎が、ホテル・マニラに戻ると、そのロザリンから伝言があったと、フロントで教えられた。

「あとで、また電話するとのことでした」

と、フロントがいった。その電話がかかってきたのは、夜半近くだった。

「殺された日本の女の人のことだけど」

と、ロザリンが、声をひそめるようにしていった。

「犯人が捕まったと新聞に出ていたよ」

「うん。知っている。そのことと関連して、変な噂を聞いたんだけど、聞きたいか？」

「話の内容によるがね」

「面白い、びっくりするような噂」

「じゃあ、話してくれ」

「電話じゃ駄目。それに、お金をくれるか？」

「話が面白ければね。どこで会う？」

「明日の昼、正午に、ルネタ公園の記念碑の前で」

「今、何処にいるんだい？」

と、矢崎がきくと、ロザリンは、クスクス笑い、急に、電話を切ってしまった。

5

翌日、矢崎は、指定された時刻にルネタ公園に出かけた。

ルネタ公園は、マニラ市内で、もっとも美しい場所だろう。マニラ湾に面して競技場があり、その背後に緑の多い公園が広がっている。

観光客の姿が多い。

大通りをへだてたリサール記念碑の前では、丁度、衛兵の交代の儀式が行なわれていて、日本人らしい観光客の一団が、それをカメラに納めていた。

革命詩人のリサールは、一八九六年十二月に、ここで処刑された。それを記念して建てられた記念碑である。

矢崎も、しばらく、衛兵の交代を見守った。

強烈な太陽が、頭上に輝やいている。日本も、夏の盛りで暑かったが、ここは太陽の強さが違っている。

時間が来たが、ロザリンは現われない。腕時計に眼をやりながら、十五、六分待っている中に、急に頭上が暗くなり、「来るな」と思う間もなく轟然と、音を立てて雨が降り始めた。

スコールである。フィリピンでは、今、雨期なのだ。

雨期といっても、日本の梅雨のように、じめついたものではない。短い時間、猛烈なスコールに見舞われるが、それが止めば、また、強烈な太陽が照りつけてくる。

観光客は、あわてふためいて、建物の中に逃げ込んで行く。

矢崎も近くにあった休憩所へ走り込んだが、マニラ市民の中には叩きつけるような雨の中を悠然と歩いている者もいる。どうせ、スコールが止めば、強烈な太陽で、濡れた衣服は、すぐ乾くと達観しているのだろう。

二十分ほどで、スコールは止み、また、熱帯の太陽が顔を出した。濡れた地面が、たちまち、乾いていく。

矢崎は、記念碑の傍へ、もう一度行ってみたが、いぜんとして、ロザリンの姿はなかった。

更に三十分待ったあと、矢崎は、あきらめて、海岸通りをぶらぶら歩き出した。

ルネタ公園の真ん中を横切って、マニラ湾沿いに延びる海岸通りは、椰子の並木が美しく、東洋一の海沿いのドライブウェイといわれている。

途中で、左に折れて海を見に、岸壁の方へ歩いて行った。

マニラ湾では、今、埋立てが行なわれていた。が、別の場所では、子供たちが泳いでいた。

ここにも、日本人観光客の一団がいて、海をバックに、盛んに記念写真を撮っている。

その中に、私服のガードマンが二人やって来て、彼等を、その場からどかし始めた。

観光団についている添乗員が、あわてて、抗議したが、拳銃を腰に下げたガードマンは、無言で、首を横に振るだけである。

日本人だけでなく、近くにいたフィリピン人の家族も、背景の素晴らしい場所から排除されてしまった。

どうやら、偉い人が来るらしい。
五、六分して、三台の高級車が車体を光らせてやって来た。
先頭の車からおりて来たのは、驚いたことに、大道寺明子だった。

今日は派手な振り袖姿である。彼女と一緒におりたのは、あのロドリゲスだった。他の車からは、代議士の浅倉俊一郎と、昨夜のミス・ビューティ・コンテストの三人の入賞者たちがおりて来た。

美女たちは、フィリピンの民族衣裳を着ていた。

彼女たちが、着物姿の明子を真ん中に並び、記念撮影が始まった。

ガードマンに排除されて、ぶつぶつ文句をいっていた観光団の日本人たちも、急に、表情を和らげて、美女たちにカメラを向けた。

(完全に、名士気取りだな)

と、矢崎は思いながら、離れた場所から、一行を眺めていた。

明子は、得意そうだった。無理もないかも知れない。離婚した元タレントに過ぎなかった明子が、今や、異国の社交界を闊歩《かっぽ》しているのだから。

彼女たちが、それぞれの車に戻って立ち去った時、突然、矢崎の背後の海岸で甲高い女の悲鳴が走った。

人々が、駆け出して行く。野次馬たちの生態は、どこの国でも同じである。

矢崎も、煙草をくわえてから、彼等のあとを追った。

さっき、子供たちが泳いでいた辺りだった。

下着姿の若い女の水死体が、岸近くに浮かんでいた。人々は、ただ、わいわいと騒ぐだけで、その死体を引き揚げようとしない。誰かが、警察へ電話したとみえ、二十数分してパトカーがやって来た。

ようやく、死体が、岸に引き揚げられた。

小麦色の肌に、真っ白なブラジャーとパンティが、水死体の女を、子供っぽく見せていた。

（ロザリンだ）

と、矢崎は、自分の顔から、血の気が引いていくのを覚えた。

矢崎は、自分は度胸のあるほうだと思っていた。しかし、大橋富佐子に続いて、自分の抱いた女が、二人も死体になったのを見ると、さすがにいい気はしない。

矢崎は、人垣の中から、もう一度仰向《あおむ》けになっている死体を見つめた。

やはり、ロザリンだった。幸運のお守りだといっていた、鳥の爪の形をしたペンダントも、裸の胸に光っている。

英語と、タガログ語、それにスペイン語まで入り混じって、ひとしきり、警官と目撃者たちが喋り合っていたが、やがて、死体は、毛布にくるまれて運び去られた。

人々は、何事もなかったように、散って行った。

太陽が、相変わらず、頭上でギラついている。

ロザリンは、殺されたのだろうか？

彼女が、知らせようとしたことはいったい何だったのだろうか？

さまざまな疑問が、矢崎を捉えて離さない。

まさか、下着姿で泳いでいて溺れたとは思えない。

また、自殺するのに、わざわざ、下着姿になるのも変だし、昨夜の電話の様子には、自殺の気配は全くなかった。

考えられるのは、殺されたということだった。

マニラ市内は、現在、戒厳令が布《し》かれていて、治安は保たれているが、それでも、街に失業者があふれ、金持や、観光に来ている日本人が襲われることが多い。そのため、資産家には、自分でガードマンを傭《やと》っているものもある。

ロザリンも、小金を持っていた。竹籠の中には、多分、いつも百ドルぐらいは入っていたのではないだろうか？　この国では、大金である。それを狙われて殺されたとしても、不思議ではない。

しかし、それなら、矢崎とは、何の関係もない事件だった。ロザリンは可哀想だが、矢崎は、恐らく、すぐ忘れてしまうだろう。

だが、もし、彼女の死が、矢崎に関係があることだったら？

もし、ロザリンが、何かを矢崎に話そうとして、そのために殺されたのだとしたら、次に狙われるのは、矢崎自身かも知れないのだ。

矢崎は、自然に、周囲を見廻す眼になっていた。

6

その日の夕刊には、彼女の死が、小さく出ていた。

事故死とも、自殺とも、他殺とも書いてなかった。

〈W・K・ロザリン（二〇）は、本日午後一時、マニラ湾S地点で、溺死体で発見された〉

たったそれだけの文字が並んでいたに過ぎない。

英語で読むせいか、一層、冷たく突き放した感じに受け取れる。

ハイティーンに見えたが、二十歳だったのか。まず、そんな感慨が矢崎の胸を横切った。

矢崎は、新聞を放り出し、枕元の電話に手を伸ばして、交換手に、大阪を呼び出して貰った。村上社長の自宅につないで貰い、村上が出ると、

「矢崎です」

と、いった。続けてマニラでのことを報告しようとすると、村上が先に、

「すぐ帰って来たまえ」

と、強い声でいった。

「しかし、まだ、こちらに――」

「日本の新聞にも出ていたよ。大橋富佐子を殺した犯人が捕まったと書いてある。犯人

が捕まった以上、君がそちらですることは何もないだろう？」

「確かに、犯人は捕まりましたが――」

「だが、何だね？」

「どうも釈然としないのです。昨日事件のことで私に何か知らせたいといって来た現地の女性がいたんですが、彼女が、今日、マニラ湾に、死体で浮かんでいました」

「だからどうだというんだね」

「は？」

「いつから、君は、警官になったんだ。名探偵気取りは止めたまえ。その現地の女性が死んだことと、大橋富佐子が殺されたことと、関係があるという証拠は、何もないんだろう」

「別にありませんが――」

「それなら、詰らん詮索は止めて、すぐ帰って来たまえ。マニラは、今戒厳令が布かれているんだろう。そんな街で、下手に歩き廻ると、逮捕されてしまうぞ」

「そこは、注意しますが――」

電話で喋っている間に、矢崎は、自分が次第に意地になっていくのを感じた。

村上が早く帰って来いという度に、逆に、矢崎は、渋りたくなって来るし、ロザリンの死を、村上が無視しようとすると、彼は、逆に、富佐子の死と関係がありそうな気がして来るのだ。

「もう、金は送らんぞ」

村上が、電話の向うで、冷たくいった。

「しかし、もう少しこちらで調べさせてくれませんか」

「何を調べるんだ？」

「ロザリンという現地の娘が、いったい何を私にいいたかったのか、それを調べたいんです」

「どうやって？」

「彼女の家族に会えば、何かわかるかも知れません」

「無駄だな。無駄なことに、金は出せんよ」

「それに、大道寺明子が、浅倉代議士と一緒に来ています。こちらで、ビューティ・コンテストの審査員をやっています。彼女のことも、調べてみますが」

「あれは、いいんだ」

と、村上は、いやにあっさりといった。矢崎のほうが、戸惑ってしまったほど、そっけない調子だった。

矢崎には、わけがわからなかった。あれほど、大道寺明子の秘密を知りたいといっていた社長ではなかったか。

「よくわかりませんが——？」

「大道寺明子のことは、もういいんだ。彼女には、タッチするな」

「何故でしょうか？」

「理由は聞かんでもいい。とにかく彼女にはもう近寄るな。すぐ帰って来るんだ。明日の飛行機で、帰りたまえ。さもなければ、馘にするぞ」

それだけいうと、村上は、向うで勝手に電話を切ってしまった。

矢崎は、呆然《ぼうぜん》として、しばらくの間、受話器を持ったまま、考え込んでいた。

村上の突然の変心の理由が、理解できなかったからである。村上は、あれほど明子の秘密を知りたがっていたのに何故、急に、彼女にタッチするなといい出したのだろうか？

（何かが、あったに違いない）

それは、わかるのだが、その何かがわからなかった。

村上は、明日中に帰らなければ、馘にするともいった。

最初、富佐子やロザリンの話をしている時は、金を送らないぞといっただけなのに、明子のことに触れてから、急に、馘という強い調子になったのは、何故なのだろうか？

（わからん）

と、呟き、矢崎が、やっと受話器を置いたとたん、その電話が、けたたましく鳴った。

矢崎は、また、受話器を取った。

「ヤザキさんかね？」

と、男の声が、日本語できいた。

やや、甲高い声で、日本人かどうかわからなかった。

「そうだが――？」

「すぐ、日本へ帰りたまえ」

「君は誰だ？」

「くどくはいわん。明日中に、日本へ帰るんだ」

「いやだといったら？」

「君はそんな馬鹿じゃない筈だよ」

「もし、もし、名前をいいたまえ。名前を――」

矢崎は、思わず、大声を出した。が、もう電話は切れてしまっていた。

矢崎は、眠れないままに、ベッドに横になって、煙草をくわえた。

天井を見つめながら、煙を吐き出す。小さな煙の輪が、ゆっくりと、変形しながら立ち昇っていくのを眼で追った。

二つの意識が、矢崎の胸の中で、交錯していた。

社長の村上が、急に気が変わったり、電話で脅かされたり、そんな縁起でもないフィリピンからは、早くおさらばしたいという気持が片方にある。

そのくせ、もう一方で、これは何かあると思い、ひょっとすると、金になるかも知れないと考えてもいた。秘密の匂いを嗅いだような気がしたのだ。小ずるい、狐《きつね》の感覚といってもよかった。

大橋富佐子が、工場跡で殺され、中国系の現地人が、犯人として逮捕された。少なくとも、現地の新聞には、そう書いてあった。

富佐子が持っていた金が狙われたのだという。日本人観光客が、現地人の強盗に狙われることは、よくあることだ。現に、似たような報道を、矢崎は、日本にいた時、新聞で何回か読んでいる。

だが、この事件のことで、何かを告げたいといっていたマッサージ嬢のロザリンは、死体となってマニラ湾に浮かび、矢崎自身も、すぐマニラを発てと電話で脅迫された。

何かあると考えるのが自然だ。

何か、秘密があると考えないほうがおかしいのだ。

(だが、いったい、何があるのだろうか?)

何かあるとして、異国のこのマニラでは、どうやって調べていいのかわからなかった。

さっきの脅迫電話が、単なる脅しとは思えなかった。ロザリンが、死んでいるからだ。

明日になっても、矢崎がマニラを離れなかったら、間違いなく、命を狙われるだろう。

死ぬのは、ごめんだとも思う。だが、金になりそうな気のする秘密も知りたい。

（どういったものだろうか――）

と、考え込んだ時、ふいに、ドアをノックする音が聞こえた。

時が時だけに、矢崎は、ぎょっとして、ドアに眼をやった。

「誰だ？」

と、日本語できいた。が、相手は、返事をせず、また、ノックした。

「Who are you ?」

ベッドから起き上がり、矢崎は、英語できいた。

「開けて頂戴」

若い女の声が聞こえた。

矢崎は、相手が女と知って、いくらか、ほっとしながら、ドアを細目に開けた。
二十五、六歳の女が、一人で廊下に立っていた。
小柄だが、意志の強そうな感じのする女だった。

大きな眼で、じっと、見つめて、

「ミスター・ヤザキか？」

ときいた。

「イエス。君は？」

「マリア」

「僕に何の用だい？」

「こんな所では、話せないわ」

「それもそうだな」

矢崎は、チェーンロックを外し、ドアを大きく開けた。

廊下を見廻したが、誰かが見ている気配はなかった。その間に、マリアと名乗った女は、細い身体を部屋の中に滑り込ませていた。

矢崎は、ドアを閉め、鍵を下ろした。

「話を聞こうか？」

と、矢崎は、女を見た。

女は、ベッドの傍の椅子に腰を下ろし、ハンドバッグを膝の上に置いて、じっと、矢崎を見返したまま、黙っている。

矢崎は、聞こえなかったのかと思って、もう一度、同じ主張を繰り返した。

女は、ハンドバッグを開けると、中から、鈍く光るピストルを取り出して、黙って、銃口を矢崎に向けた。

7

矢崎は、血の気の引いた顔になった。

女の手の中にあるのは、小さな婦人用のピストルだが、距離は二、三メートルしかない。撃てば、間違いなく命中するだろうし、心臓に当たれば助からない。

何かいわなければいけないと思いながら、口が乾いてしまって、声が出なかった。

「嘘をついたら、引金をひくわ」

と、女がいった。

眼がぎらぎら光っている。本気なのだ。

「わかった」

と、矢崎が肯く。声がかすれているのが、自分にもわかった。

「ロザリンを知ってるわね？」

女が、きいた。

矢崎は、相手が、何故、ロザリンのことをきくのかわからず、一瞬、答えに迷った。

「正直にいって頂戴」

「オーケー、答えは、イエスだ」

「彼女を殺したのは、あなたなの？」

「ノー！」

　思わず、矢崎は、大声を出していた。

「じゃあ、誰が、彼女を殺したの？」

「僕は知らん。知っているのは、彼女が、マニラ湾で、死体で浮かんでいたということだけだ」

「嘘じゃないわね？」

「本当だよ。しかし、何故、僕のことを知っているんだ？」

「ロザリンのメモを見たのよ。それには、このホテルの名前と、ミスター・ヤザキと、日本人の名前が書いてあったわ」

「彼女の友だちか？」

「いいえ」

「じゃあ、姉妹？」

「姉よ。妹を殺した犯人を見つけ出して、仇《かたき》を討ってやりたいの」

　南の国の女の燃えるような感情を示す眼の光だった。

　その激しい態度に、矢崎は、圧倒されるのを感じながら、

「ええと、ミス――？」

「マリア」

「そうだったね。ミス・マリア。その物騒なものを、ハンドバッグにしまってくれないか。僕は、気が小さいんだ」

「ノー。何故、あなたの名前が、ロザリンのメモにあったのか、その理由を聞くまでは、こうしているわ」

「彼女は、マッサージをやっていた。マッサージといっても、何といったらいいか――」

「彼女が、何をやっていたかは知っているわ」

マリアは、怒ったような声でいった。

「それなら話がしやすい。一昨日の夜、この部屋に来たんだ。つまり、彼女の商売でね。翌日、マニラ市内を案内して貰った。そのお金も払った」

「それだけだったら、あなたの名前を、わざわざ、メモしたりしない筈だわ」

「僕は、東京で、大橋富佐子という女性と親しくしていた。ミス・フサコだ。彼女は、観光旅行でマニラに来ていたが、殺されてしまった。犯人は、中国系のフィリピン人で、タクシーの運転手だと、新聞に出ていた」

「そのことなら、私も知っているわ。でも、それが、ロザリンと、どんな関係があるというの？」

「フサコは、トンド地区の工場の跡で殺されていたということなので、ロザリンに、そこへ案内して貰ったんだ。ミスター・ロドリゲスの地所だという所だよ」

「それで?」

「彼女は、ミスター・ロドリゲスを怖がっているみたいだったね」

「怖がるのが当然よ。彼は、大変な権力者だもの」

「そうらしいね。ところが、昨日の夜になって、ロザリンから電話がかかって来た。ぜひ話したいことがあるので、明日、ルネタ公園の記念碑のところへ来てくれとね。フサコの事件のことでといっていたので、僕は、約束した時間に、リサールの記念碑の前へ出かけたんだ。しかし、いくら待っても、彼女は現われなかった。仕方なく、港のほうへ歩いて行ったら、泳いでいた子供たちが、ロザリンの水死体を見つけて騒いでいるのにぶつかったんだ」

「嘘はついていないわね?」

「イエス。こんなことで、嘘はつかないよ」

「一応、信じておくわ」

マリアは、やっと、ピストルを、ハンドバッグにしまった。矢崎はほっとした。

マリアはピストルはしまったものの、堅い表情を崩さずに、

「ロザリンが、あなたに電話したのは、何時頃?」

「確か、夜中近かったね」

「何処からかけたか、いわなかった？」

「いわなかったね。家に電話はないの？」

「ロザリンは、一人でアパートに住んでいたんだけど、そこに電話はなかったわ」

「じゃあ、何処からかけたのかな？」

矢崎が、考え込んだ時、マリアが、急に、顔色を変えて、

「早く、ベッドに入って！」

と命令口調でいった。

矢崎が、わけがわからず、「え？」と、きき返すと、彼女は、自分から、白いワンピース姿のまま、ベッドの中に、もぐり込んだ。

「何をしているんだ？」

矢崎があっけにとられて、きいた。

「あなたも、早く、ベッドに入って」

「しかし、君は――」

服を着たままじゃないかといいかけて、いきなり、手をつかまれ、強く引かれた。

矢崎も、服を着たまま、ベッドにもぐり込む格好になった。

「キスして」

と、マリアがいう。

矢崎は、妙な具合になってきたなと思いながら、唇を合わせ服を着たままのマリアを毛布の中で抱きよせた。その時、突然、ドアが開いて、ホテルのボーイが顔をのぞかせた。

ボーイは、ベッドの中で抱き合っている二人を見て、あわてて、

「失礼しました」

といい残して顔を引っ込ませた。

ドアが閉まり、足音が遠去かった。

とたんに、マリアは、唇を離し、ベッドから、飛び下りた。彼女は、スカートのしわを直しながら、

「ボーイだわ」

「しかし、ドアには鍵をかけた筈なんだが」

「マスター・キーを使ったのよ」

「何故、ボーイがそんなことを?」

「わからないわ。でも、私が、ホテルに入って来たとき、あのボーイは、変に疑い深そうな眼で見ていたわ。彼は、スパイで、あなたを見張っているのかも知れない」

「スパイって、誰のスパイだね? まさか、政府のスパイが、僕なんかを監視する筈が

ないし――」

「ひょっとすると、ミスター・ロドリゲスのスパイかも知れないわ。このホテルだって、彼の所有物だから」

「それ、本当なのかい？」

「イエス」

「なるほどねえ」

「何が、なるほどなの？」

「感心しているんだよ。ミスター・ロドリゲスは、道路の椰子並木まで所有していると教えられた。今度は、ホテルもというから、感心したのさ」

「ホテルは、五つか六つ持っているわ。農園も、ナイトクラブもね」

「大金持なんだな」

「イエス」

「今、キスしたのは、ボーイの眼をごまかすためだったのかい？」

「当り前だわ。誰か入って来そうな気配がしたから、わざと、恋人同士らしく振る舞っただけよ。私は、日本人があんまり好きじゃないの」

マリアは、そっけなくいい、椅子に腰を下ろすと、ハンドバッグから煙草を出して、くわえた。矢崎は、手を伸ばして、火をつけてやってから、

「君は、何をしているんだ？」

「セクレタリイ」

「ほう」

「アメリカ系の自動車会社で働いているわ」

たしかに、そういわれてみると、妹のロザリンに比べると、知性的な感じがする。

「さっき、妹の仇をとりたいといっていたね」

「ええ」

「しかし、ロザリンは、自殺か、事故死かということも考えられるんじゃないかな？」

「ノー。彼女は自殺するような娘じゃないわ。それに、泳ぎが上手かったから、海に落ちて死ぬなんてことも考えられないわ」

「それで、他殺か」

「イエス」

「でも、どうやって、犯人を見つけるつもりなんだい？」

「わからないけど、絶対に、犯人を見つけ出してみせるわ」

マリアは、煙草を灰皿でもみ消すと、立ち上がって、

「さっきは、犯人扱いしてごめんなさい。妹は、いかがわしい仕事をしていたから、きっと、日本人と、お金のことでもめて殺されたんだと思ったのよ。悪かったわ」

「いいさ。途中まで、送って行くよ」

矢崎も、立ち上がった。

現在、十時半を廻ったところだった。外出禁止になる午前零時には、まだ、間があった。

ホテルを出ると、頭上は、一面の星空だった。フィリピンに来て、まともに、夜空を見たのは、初めてのような気がする。夜空には、こんなに星があったのかと、息を呑むような星の数だ。

「タクシーを拾おうか?」

と、矢崎がきいた。

「いらないわ。少し歩きたいの」

「じゃあ、僕もつき合うよ」

「なぜ?」

「今夜が、マニラでの最後の夜になるかも知れないからさ」

矢崎は、並んで歩きながらいった。

「帰るの?」

「明日中に、日本へ帰らなければ殺すと、電話で脅かされてね」

「誰に?」

「わからない。男で、日本語が上手かったから、日本人だろうと思うんだが」

「怖いの？」

「ああ、怖いね」

と、矢崎は、笑って、

「しかし、君に会ったんで、少しばかり、気が変わりかけているんだ」

8

マリアをタクシーに乗せてから、矢崎は、ホテルへ帰ったが、まだ、決心はつきかねていた。

命は惜しい。だが、大金を手にするチャンスかも知れないのだ。もし、そうだとしたら、尻尾を巻いて、日本へ逃げ帰れば、あとで必ず後悔するだろう。

死んだロザリンは、電話で、「面白い、びっくりするような噂」を耳にしたといった。

大橋富佐子が殺された事件についてである。

ロザリンが、そのために殺されたと思われる以上、でたらめな話で、矢崎から金を巻きあげようとしていたとは思えない。

彼女が話そうとしていたことは、事実だったのだ。しかも、その事実は、誰かにとって、非常に都合が悪いものだったに違いない。そうでなければ、事実というだけで、殺されたりはしない。

大橋富佐子を殺した犯人は、タクシーの運転手で、中国系のフィリピン人だと、現地の新聞には出ていた。それを裏書きするような話だったら、ロザリンは、消されなかったろう。

つまり、犯人は、別人だったのだ。ロザリンはそれを知り、矢崎に話そうとしたのではなかったろうか？

（しかし、ロザリンは、どうして、そんなことを知ったのだろうか？）

ロザリンは、警察の人間ではないし、警察にコネがあったとも思えない。はっきりいえば、売春婦なのだから、いわば、警察の敵だ。権力や、マスコミとも、遠い存在だった筈である。そんなロザリンが、どうやって、殺人事件の真相を知ったのだろうか？

ベッドに腰を下ろし、矢崎は、何本目かの煙草に火をつけて考え込んだ。

最後になったロザリンの電話の声が、はっきりとよみがえってくる。

明日の正午に、ルネタ公園の記念碑の前で会うという約束をしたあと、矢崎が、最後に、今どこにいるのかと、ロザリンにきいたのだ。

そうしたら、彼女は、クスクスと笑い、急に電話を切ってしまった。

（あの時、ロザリンは、何処から電話していたのだろうか？）

姉のマリアの話では、ロザリンのアパートには、電話がないらしい。それに、自分のアパートから電話していたのなら、矢崎の質問に対して、急に、クスクス笑い出したりはしまい。

（ホテルだ！）

そうだ、ロザリンは、あの時も営業中だったのだ。

だから、クスクス笑ったのだろう。

矢崎は、煙草をくわえたまま、部屋の中を歩き廻った。少しずつ、謎が解けていく感じなのが嬉しかった。

ロザリンの相手は、多分、日本人だったろう。彼女は、商売用の日本語が出来たし、日本人観光客からなら、いくらでも金がとれると考えていたふしがあるからだ。あの夜だって、甘ちゃんの日本人観光客と、ホテルにいたことが、十分に考えられる。

ロザリンは、その客が眠ってから、部屋の電話を使って、矢崎に連絡して来たに違いない。

だからこそ、彼女は、場所をきかれて笑い出したのだ。矢崎が彼女の立場でも笑うだろう。急に電話を切ったのは、眠っていた客が眼をさましたからではなかったろうか。

矢崎の想像は、飛躍していく。

ロザリンが、「面白い、びっくりするような噂」を聞いたのは、その日本人の客ではなかったのか。

矢崎が、ロザリンと別れたのは、あの日の昼頃だった。二人で昼食をとったあと別れた。その時、彼女は、ロドリゲスのことで、ひどく怯えていた。殺人事件の現場に矢崎を案内したら、そこが、権力者ロドリゲスの所有地と知って怯えたのだ。

だから、ロザリンが、事件のことを嗅ぎ廻って、何か知り、矢崎に電話してきたとは、とうてい思えない。あんなに怖がっていたのだから。

とすれば、偶然、誰かに話を聞いたということが考えられる。それが、夜の客だったとしても、不思議ではない。

（もっと考えてみよう）

と、矢崎は、自分にいいきかせた。

問題は、ロザリンが、矢崎に告げようとした話の内容である。

彼女が死んでしまった今となっては、それを知りうる方法はない。が、想像することは可能だ。

ロザリンは、「面白い、びっくりするような噂」といった。それに、矢崎が、その話を、金を出して買うと確信していたように思える。その辺が、カギになりそうだ。

矢崎は、フロントに電話して、ボーイにコーヒーを運ばせた。

それを飲みながら、考え続けた。

もし、大橋富佐子殺しの犯人が、新聞にのっていた通りの中国系フィリピン人だということなら、ロザリンは、「面白い、びっくりするような噂」などとはいわなかったろう。そんな話なら、矢崎は、金を出しはしない。一ペソだってだ。

(別に犯人がいるという話ならどうだろう)

面白い話ではある。

だが、別に犯人がいるといっても、それが、フィリピン人だというのなら、矢崎にとっては、別に、びっくりする話ではない。

ロザリンが、「面白い、びっくりする」といったのは、当然、矢崎にとってという意味だろう。

矢崎にとって、面白く、びっくりする犯人といえば、二つしかない。

彼が知っているフィリピン人か、あるいは、日本人かの二つだ。

矢崎の知っているフィリピン人といえば、ロドリゲスしかいないが、これだって、名前を知っているというだけのことでしかない。ミス・コンテストの会場で顔を見たが、話しかけたわけでもない。それに、ミスター・ロドリゲスは、権力者だ。力と金のある男は、自分では手を汚さないものだ。

とすると、残るのは、「犯人が日本人」の場合だけになる。

矢崎に、早く日本へ帰れと警告して来たのも、日本人らしい男の電話だった。そのことも考え合わせれば、ロザリンが、矢崎に話そうとしていたことは、「大橋富佐子を殺した真犯人は、日本人だった」という話だったに違いない。

その情報を、ロザリンに話したのは、昨夜、彼女と遊んだ日本人だろう。他には、考えられない。

ひょっとすると、その日本人が真犯人かも知れない。彼は、得意がって、異邦人のマッサージ嬢に、あの事件の真犯人は、おれだとでも話したのではあるまいか。売春婦は、その国の最下層の人間だという意識がある。警察を怖がっている人間だ。だから、何を喋っても大丈夫と考えたのかも知れない。

ところが、ロザリンは、それを、矢崎に話そうとした。驚いた真犯人は、口止めのために、彼女を殺して、マニラ湾に投げ込み、矢崎に対しては、早くマニラを去れと警告した。

（違うだろうか？）

いつの間にか、窓の外が明るくなっていた。

灰皿には、煙草の吸殻が山になり、コーヒーはなくなっている。一睡もしなかったのに、眠気は全く感じなかった。

（大橋富佐子を殺したのは、日本人なのだ）

それは、今、矢崎の確信になっていた。

だが、どんな日本人が、何のために、富佐子を殺したのだろうか？

なぜ、中国系のフィリピン人運転手が、犯人として逮捕されたのだろうか？

疑問が、いくらでも浮かんでくる。そして、この事件の裏に、何かあると、矢崎は、直感した。

金になりそうな何かだ。

矢崎は、ベッドに横になると、眼を閉じた。すぐ日本へ帰る気は、なくなっている。警告してきた男のことが気になるが、事件の裏を調べあげれば、きっと金になるという確信が、その不安を吹き消していた。

昼近くまで仮眠をとり、顔を洗ってから、ボーイを呼んだ。

二十ペソ札（約八百円）を一枚握らせてから、

「可愛いマッサージの女の子を呼ぶには、どうしたらいいんだい？」

と、きいた。

「私にお委せ願えれば、呼んで来ますが」

「いや。自分で頼みたいんだ」

矢崎がいうと、案の定、いやな顔をした。斡旋《あっせん》料が貰えなくなるからだろう。

矢崎が、もう一枚、二十ペソ札を渡すと、ボーイは、急に、ニッコリ笑って、メモに電話番号を書いてよこした。

「そこに電話して下さい。このホテルのマッサージ嬢は、そこから廻って来ます」

ボーイが、姿を消したあと、矢崎は、メモの番号に電話してみた。

「ハロー」

という中年の女の声が、聞こえた。

「夕方になったら、マッサージ嬢をよこして貰いたいんだが」

「あなたは日本の方ね」

相手が、そういって、クスッと笑った。日本人は、英語が下手だし、スペイン訛りがないから、すぐわかってしまうらしい。

矢崎は、苦笑しながら、「イエス」といった。

「ホテル・マニラの三〇六号室だ」

「オーケー。七時に、可愛い娘を行かせます。料金は——」

「一度、来て貰ったから知っているよ。ミス・ロザリンという娘を三日前に呼んだんだ。いい娘だったのに、可哀想なことをしたね」

「イエス」

「一昨日も、彼女に来て貰おうと思っていたのに、僕の友だちのところへ行ってしまったらしい」

「お友だち？」

「イエス。ミス・ロザリンは、素敵なテクニックを持っていると、ノロケていたからね」

「じゃあ、ホテル・ルネタのお客さんのことでしょう。彼女は、そこへ行ってますから」

「そうだ。ホテル・ルネタなんだ。そこの三〇五号室だったね」

「いえ。ホテルのほうは、二一六号室のお客ということでしたけど」

「ああ、その通り。二一六号室だった。どうもありがとう」

矢崎は、電話を切ると、ホテルを出た。

そのホテル・ルネタへ行ってみるつもりだった。

9

ホテル・ルネタというからには、ルネタ公園の近くにあるホテルに違いない。そのホテルか、あるいは、近くで殺されたのだとすれば、ロザリンの死体が、マニラ湾に浮かんでいてもおかしくはない。

マニラ湾は、ルネタ公園に近いからだ。

タクシーを拾い、ホテル・ルネタの名前をいった。やはり、ルネタ公園に近いホテルだった。

部屋数が三十から四十ぐらいの中クラスのホテルである。

ロビーの一隅にある土産物店で、矢崎は、ジャックナイフを買った。本当は、ピストルが欲しかったのだが、そんな物騒なものは、おいそれとは手に入るまい。

矢崎は、高校時代の一時期、ちょっとグレたことがある。別に自慢することではないが、その時、イキがって、ジャックナイフをポケットに忍ばせていた。

矢崎は、二十年も前のことを、ふと思い出したりした。

ジャックナイフを買ったといっても、これは、万一の時の護身用で、使うような事態には、なって貰いたくなかった。ナイフを持っていても、相手が、ピストルを構えたら、何の役にも立たない。

階段を使って、二階にあがり、二一六号室の前へ進んだ。

矢崎の推理が正しければ、一昨日の夜、この部屋に泊った日本人が、ロザリンに秘密を打ち明け、あげくの果ては、彼女の口を封じてしまったのだ。

その日本人客は、まだ泊っているだろうか。泊っているとしたら、どんな男か知りたかった。もし、大会社の役員ででもあれば、面白いし、金になるだろう。

深呼吸を一つしてから、ドアをノックした。返事がない。

すでに引き払ってしまったのだろうか。それとも外出中なのか。

007のように、ピン一本で錠を開ける技術を持っていれば、部屋を調べられるのだがと思いながら、矢崎はノブに手をかけた。

意外なことに、鍵がかかっていない。ノブを廻すと、ドアは、内側に開いた。

一瞬の躊躇《ちゅうちょ》のあと、矢崎は、思い切って、身体を滑り込ませた。

窓にカーテンがおりているので、部屋の中は薄暗かった。

ポケットの中で、ジャックナイフの柄を握りしめながら、矢崎は、部屋の中を見廻した。

ツインの部屋だから、ベッドが二つ並んでいる。その足元に眼をやったとき、矢崎の顔色が変わった。

ワイシャツ姿の男が、俯伏せに倒れ、その背中に、ジャックナイフが、深々と突き刺さっていたからだった。流れ出た血が、白いシャツを、真っ赤に染めていた。

矢崎の背中を、冷たいものが走った。とっさに、どうしていいかわからず、呆然と男の死体を眺めていた。

ふと、遠くで、パトカーのサイレンが聞こえた。その音が、次第に近づいてくる。早く逃げなければ、犯人にされてしまうと思いながら、足が思うように動かない。

「――――！」

ふいに、彼の背後で、誰かが、鋭く何かいった。

腕をつかまれ、引っ張られた。

「早く部屋を出るのよ！」

と、今度は、はっきりと聞こえた。振り向くと、そこに、青ざめたマリアの顔があった。

二人は、非常階段に向かって走り、駆け下りて、ホテルの横へ出た。

一瞬おくれて、マニラ市警のパトカーが、ホテルの入口に到着し、飛びおりた刑事が、ホテルに駆け込んで行った。

「君が殺したのか？」

と、矢崎は、マリアの顔をのぞき込んだ。

ときわ興業

1

矢崎は、マリアに導かれるままに、マニラ湾の浜辺まで逃げた。

椰子並木のところへ来て、マリアは、やっとスピードをゆるめ、一本の椰子の根元に、へたへたと座り込んだ。

矢崎も、並んで腰を下ろした。マリアのぜいぜいという激しい息遣いが、矢崎の耳に聞こえてくる。彼も、わきの下に、びっしょりと汗をかいていた。

しばらくの間は、何かいうのが億劫な気持で、矢崎は夜のマニラ湾を眺めていた。マリアも黙っている。

「危なかったわ」

数分後に、マリアが、やっと、そういった。矢崎に話しかけたというよりも、ひとりごとに近いいい方だった。

矢崎は、ポケットを探って、煙草を取り出して火をつけた。フィリピンでよく売っている安物のシガリロだった。長さが十四、五センチと長くて、二十本で三ペソで売っている。

「君は、なぜ、あそこにいたんだ」

と、矢崎は、きいた。

「あなたと同じ気持」

「同じだって？」

「妹は自殺でも、事故死でもない」

マリアは、じっと、夜の海を見つめたままの姿勢でいった。

「その点は、同感だね。君の妹さんは、誰かに殺されたんだ」

「イエス。だから、誰が妹を殺したか知りたかった。妹が働いていたマッサージ協会にきいたら、最後の客は、そのホテルの日本人だと教えてくれた。それで、妹のことを聞きたくて、あの部屋へ行ったら、あなたが、あんなことになっていた。日本人が、日本人を殺すとは思わなかった」

「ちょっと待ってくれ」

矢崎は、あわてて、相手を制して、

「あの男を殺したのは、僕じゃない」

「でも、あなたは、あの部屋にいた」

「たしかにそうだが、僕も、あの日本人と、ロザリンの間に、どんな話があったのか知りたくて、あのホテルを訪ねたんだ。ドアが開いていたんで、部屋に入ってみたら、奴が、殺《や》られていた。呆然としていたら、パトカーのサイレンが聞こえた。あわてて逃げようとしたら、君に手を引っぱられたんだ。嘘じゃない」

「あなたが殺したんじゃないとすると、誰が殺したの？」

「わからないね。あの日本人が、どんな男かも知らないんだ。名前さえもわかってはいない」

「そう」

マリアは、ポツリといって、肩を落とした。

「これで、妹を殺した犯人が誰かわからなくなってしまったわ」

「こちらも、ロザリンが、何を話してくれるつもりだったのか、わからなくなってしまったな」

矢崎は、舌打ちをした。

ロザリンが、口封じに殺されたように、あの男も何者かに、秘密を守るために殺されたのだろう。

だが、いったいどんな秘密なのだろうか。

それを知りたいと思う。ロザリンを殺し、次に、日本人観光客まで殺したところをみれば、小さな秘密でないことだけはたしかだ。ひょっとすると、日本とフィリピンの二つの国にまたがる、どえらい秘密かも知れない。もしそうなら、その秘密を握ることによって、大金を手に入れられるかも知れないのだが。

（しかし――）

と、矢崎は、また、舌打ちした。

あの日本人が殺されたことで、手がかりが全て失われてしまったような気がする。

「あなたは、すぐ、日本へ帰ったほうがいいわ」

マリアが、真剣な眼で、矢崎を見た。

「なぜ？」

「あなたは、ホテル・ルネタの従業員に顔を見られているでしょう？」

「ああ」

「警察で証言されたら、犯人にされてしまうわ。だから、すぐ、日本へ帰ったほうがいいわ」

「君は大丈夫なのかい？」

「私も、二、三日中に、日本へ行くわ」

「え？」

「社長が商用で、東京へ行くの。それで、秘書として同行するだけだけど」

「それなら、ぜひ、東京で会いたいね。東京へ着いたら、電話してくれないか」

矢崎は、名刺を、マリアに渡した。裏側に、ローマ字で、名前を刷ってある名刺だった。

「なぜ？」と、マリアがきいた。

「なぜ、私と、東京で会いたいの？」

「もちろん、君が魅力的な女性だからさ」

その言葉を証明して見せるように矢崎は、マリアの肩を抱き寄せて、強いキスをした。

だが、それ以上は、すすまなかった。矢崎は、疲れ切っていた。多分、彼女も疲れていたであろうから——。

2

翌日の午前十一時二十四分、マニラ空港発の日航機で、矢崎は、フィリピンをあとにした。

機内で、スチュアーデスが、日本の新聞を配ってきた。

矢崎は、その一つを広げてみた。今日の朝刊だった。多分、東京発の一番機で、マニラへ運ばれてきた新聞だろう。

マニラには、四日間いただけなのに、ずいぶん長い間、日本語の新聞に接していなかったような気がして、なつかしかった。

社会面に、ホテル・ルネタで殺された日本人のことが出ていた。

〈またマニラで日本人殺される。

三日マニラ市内のホテル・ルネタの部屋で「ときわ興業」の社員、永井勉さん（二八）が、背中を刺されて殺されているのを発見された。永井さんは、ひとりで、観光旅行でマニラに来ていて、この災難にあったもので、マニラ市警察は犯人逮捕に全力をあげると言明している。なお、マニラ市では、先に日本人の女性が、観光旅行に来て殺されたばかりである〉

（永井勉か――）

もちろん、その名前に、矢崎は、心当りはなかった。

午後四時過ぎに、成田空港に到着した。連日、三十度を超すマニラから帰ると、小雨が降っているせいか、何となく秋を感じさせた。

矢崎は、東京のマンションに入るとすぐ、大阪の村上社長に電話をかけた。

「社長は、東京へ行っていらっしゃいます」

と秘書課の女事務員が、事務的な声でいった。

矢崎は、村上が、東京で常宿にしている太陽ホテルに、電話しなおした。

村上は、やはり、太陽ホテルのロイヤルルームにいた。

(しかし、なぜ、東京に出て来ているのだろうか)

と思いながら、

「社長ですか。矢崎です」

「何の用かね?」

村上は、ひどく冷たい声を出した。

「ただ今、マニラから帰って参りました」

「そんなことを、いちいち報告する必要はない。君と私とは、もう赤の他人だからな」

「は?」

「君を、昨日馘首《かくしゅ》した。東京営業所へ行って、退職金を受け取りたまえ。私としては、かなり奮発したつもりだよ」

「しかし、社長。私がマニラにとどまったのは、大橋富佐子が殺された事件を調べるためでして――」

「そのことは、もう構うなといった筈だ。すぐ、日本へ帰って来いともな。君は、私の命令にそむいた。そんな社員を置いておくわけにはいかん。だから、馘首した。懲戒免職にせず、退職金を支払うのは、私の温情だと思いたまえ」

「しかし――」

「いいかね。今後は、わが社の社名の入った名刺を使うことも許さん。わかったな」

がちゃんと、音を立てて、村上は電話を切ってしまった。

矢崎は、受話器を持ったまま、しばらくの間、呆然としていた。

村上が、すぐ帰国しろといったのを、命令に反して一日余計にマニラにいたのは事実だ。しかし、たった一日ではないか。

そもそも、今度のマニラ行きそのものが、大橋富佐子のことを調べて来いという村上の命令だった。

それなのに、村上は、急に帰国しろといい出し、一日おくれただけで、矢崎を馘首した。

村上が、野心家で、冷酷な男だということは、よく知っている。だがそれにしても突然の馘首は、どこか異常だった。

（もしかすると、昨日帰っていても、おれは、馘首されていたのではないだろうか）

と、矢崎は思いながら、受話器を置いた。別の理由をつけて、馘首されていたのではなかろうか。

今まで、矢崎は、村上にとって必要な人間だった。

ところが、急に、不必要な人間になったのだろうか。いや、不必要なだけでなく、煙たい存在になったから、ばっさり馘首したのではないのか。

（どうも、そうらしい）

と、矢崎は思った。

向うが、その気で馘首したのなら、今更、何をいっても、始まらない。

矢崎は、車で、退職金を受け取りに出かけた。

3

東京営業所の会計課で、名前を告げると、部厚い封筒が手渡された。

（へえ）

と、意外な気がしたのは、退職金が、予想より、かなり多かったからである。

矢崎は、五年六カ月間、秘書として、村上の下で働いた。

秘書といっても、私設秘書で、こき使われたという感がある。それにしても、せいぜい百万円ぐらいのものだろうと思っていたのに、封筒の中身は、手の切れるような一万円札が三百枚だった。

予想の三倍だった。多くて文句をいうのもおかしなものだが、矢崎は、首をひねってしまった。

村上は、一見すると、豪快に見えるが、ケチな男である。その男が、なぜ、三百万円もの退職金をよこしたのだろうか？

営業所を出たところで、矢崎は、急に、立ち止まって、ニヤッと笑った。

（口止料がプラスされているのだ）

と、気づいたからである。

他に考えようがなかった。大道寺明子のことや、大橋富佐子のことを、黙っていろということなのだろう。

それにしても、村上に渡したヌード写真はどうなったのだろうか。やはり、大道寺明子のヌードだったのだろうか。

車に乗り込んでから、これで、とうとう一匹狼《おおかみ》になってしまったなと思った。別に、寂しいとも、不安だとも思わない。むしろ、さばさばした感じがするくらいだった。

矢崎は、車を浅草に向かって走らせた。久しぶりに、ソープランドで汗を流そうと思ったのである。

大金が入ったことでもあり、高級ソープランドで遊んでみることにした。

入浴料二万円と書かれたソープランドの前に、車を止めた。

店の名前は、「サンクチュアリ」。ひどく、文学的な名前の店だった。サンクチュアリというのは、たしか、秘めたる場所というような意味だったはずである。

ロビーは、さすがに、広々としている。部厚い絨緞が敷きつめられ、待っている間、ル・マルタンを飲ませてくれる。
五、六分待たされて、どこか大道寺明子に似たソープランド嬢が現われた。
二十歳ぐらいだろうか。若いだけに、明子より、すらりとしている。ビキニ姿で、三つ指をつき、「いらっしゃいませ」と、深々と頭を下げた。

個室へ案内されながら、

「大道寺明子に似ているね」

と、矢崎がいうと、相手は、嬉しそうに、ニッコリした。

「時々、そういわれるんです」

「彼女より、君のほうが美人だよ」

「大道寺明子を知っているんですか？　お客さん」

「ああ。知っているよ。マニラで彼女に会ったんだが、ビューティ・コンテストの審査員をしていたよ。まあ、本人は、第二のデヴィ夫人になるつもりらしいがね」

「一度、紹介して貰いたいな」

と、女は、憧れる眼つきをした。

「いいさ」

「嬉しい！」

女は、本当に嬉しそうに、飛び上がった。この女にとって、大道寺明子は、理想の女なのかも知れない。

個室は、普通のソープランドの二倍ぐらいの広さがあった。大理石造りの湯舟には、豊富に湯があふれている。

「まず、お風呂にお入りになってね。ここは、七十分サービスで、時間はたっぷりだから」

服を脱がされて、湯舟に身体を沈めた。女は、ブラジャーを取り、パンティを、くるりと脱ぎ捨てて、真っ裸になると、煙草をもって、近づいてきた。

裸のまま、湯舟のふちに腰を下ろして、矢崎に、煙草をくわえさせ、店のマッチで、火をつけてくれた。

「面白いデザインのマッチだね」

「うちは、チェーン店があって、同じマッチを使ってるの」

「ちょっと見せてくれないか」

矢崎は、マッチを手に取った。

「ときわ興業」

の字が、印刷してあった。

矢崎の眼が光った。マニラのホテル・ルネタで殺された永井という男も、たしか、同じ「ときわ興業」という会社の社員だった筈である。

(同じ会社だろうか)

石鹸をぬりたくった乳房や、草むらを、女が、こすりつけてくる。くすぐったくて、いい気持だ。

「ときわ興業のことだけどね」

矢崎は、石鹸でつるつるするゴムマットの上に腹這いになりながら、背中に蔽《おお》いかぶさっている女に話しかけた。

「仰向けになって」

「うん」

矢崎が、身体を引っくり返すと、女は、舌で彼の身体をしゃぶり始めた。

「ときわ興業のことだけどね」

と、また、矢崎がいった。

「え?」

矢崎のものを、口に含みかけていた女が、顔を上げた。

矢崎は、両手で、女の身体を抱きしめ、動けないようにしておいて、

「ここは、ときわ興業がやっているんだろう？」

「ええ。マッチに、そう書いてあったでしょう。三軒のチェーン店をやってるのよ」

「君は、ここに長いのかい？」

「二年かな。いや、一年八カ月ね。あれ、やらなくていいの？」

「永井勉という人間を知らないかい？　ときわ興業の社員の筈なんだが」

「ナガイ？　知らないわ。うちのマネージャーの名前なら知ってるけど。秋山さんてね、ちょっといい男よ」

「実は、昨日までフィリピンに行ってたんだ。マニラで永井さんという人に、いろいろ世話になってね。その永井さんが、たしか、浅草のときわ興業の人間だといっていたと思うんだ」

「へえ。マニラにいたの。それで、陽焼けしてるのね」

「君も行ったことがあるのかい？」

「うちの人間は、よく行くのよ。わたしも、二回ばかり行ったわ。果物が、安くて、おいしいわね」

「なぜ、マニラによく行くんだい？」

「うちの社長がね。向うの偉い人にコネがあって、日本式のソープランドを、マニラでやってるのよ。フィリピンの女の子も、何人か、こっちの店に来て働いてるわよ」

「そいつは、面白いね」

「だから、あんたのいった永井さんて人も、うちの社員かも知れないわ。マネージャーに聞いてみてあげようか？」

「いや、いいんだ。君は、新聞を読まないみたいだね？」

「ぜんぜん。新聞にソープランドのことなんか出ていないし、ここに来るお客は、セックスが目当てよ。そんなお客に、政治の話をしたって仕方がないでしょう」

「ときわ興業の社長さんの名前を教えてくれないか」

「ねえ。本当に、あれやらなくていいの？」

「ああ。いいさ」

「でも、これだけじゃあ、あたしが困るのよ」

「わかってるよ。ここは本番はいくらなんだい？」

「大二枚は貰うことになってるわ。もちろん、それにふさわしいサービスはするけど」

「オーケー。それだけ払うよ。それなら文句はないだろう？」

「あんたって、いい人ね」

女は、ニッと笑った。

「社長の名前を教えてくれないか」

「岩城功一《いわきこういち》って名前だわ。昔、総会屋みたいな仕事をしていた人ですって。小さいくせに、声の大きな人よ」

「社長は、フィリピンの偉い人にコネを持っているといったね？」

「ええ」

「その偉い人の名前は、知っているの？」

「向うへ行った時、会ったのよ。うちがマニラに出しているソープランドは、うちの社長と、向うのその偉い人とが、共同してお金を出しているの。何ていったっけな？」

女は、小首をかしげた。

「ミスター・ロドリゲスというんじゃなかったかい？」

と、矢崎がいうと、女は、「それだわ！」と、大きな声を出した。

「たしか、ロドリゲスよ。大変な金持なんですって。そのくせ、若くて、ハンサムなのよ。あたしと一緒に、マニラに行った娘の中に、彼に熱をあげてたのがいたわ」

「それで、その女の子は、ミスター・ロドリゲスと、上手くいったのかい？」

「だめだったわ」

「なぜ？　君に似て、美人だったんだろう？」

「そりゃあ、美人だったけど、ミスター・ロドリゲスは、素人の日本娘が好きだったのよ。それに、日本のお偉い人たちが、彼とコネをつけようとして、争って、美人の日本娘を献上したっていうわ。だから、あたしの友だちは、失恋して、当然だったわけよ」

「なるほどね」

「ねえ。本当に、何もしなくていいの？」

「ああ。また来るさ。その時にサービスして貰うよ」

「じゃあ、その時には、あたしを指名してね」

女は、小判形の名刺をくれた。それには、平がなで、「さゆり」と、刷ってあった。

4

意外な収穫を手にして、矢崎は、「サンクチュアリ」を出た。

車に戻ったが、すぐ、走り出す気にはなれず、運転席に腰を下ろしたまま、煙草をくわえて、考え込んだ。

ホテル・ルネタで殺されていた日本人、永井勉が、あのソープランドを経営しているときわ興業の社員であることは、まず、間違いないだろう。

その上、また、ミスター・ロドリゲスの名前が出て来た。

大道寺明子と、代議士の浅倉俊一郎は、ロドリゲスと親しい。そのつながりの底に、何があるのかはわからないが、お互いを利用し合っていると見ていいだろう。

一方、ときわ興業社長の岩城功一という男も、ミスター・ロドリゲスに取り入って、マニラに、日本式のソープランドを開業したり、フィリピン娘を、ソープランドのホステスとして、自分のチェーン店に連れて来て働かせている。もちろん、岩城が、一方的にミスター・ロドリゲスを利用しているわけではあるまい。ロドリゲスのほうも、岩城を利用している筈だ。

ロドリゲスを仲介者にして、岩城と、大道寺明子、浅倉俊一郎とが、知り合いだということも、十分に考えられる。

岩城は、元総会屋だというし、暴力団関係にも、知人が多いだろう。大道寺明子や、浅倉、あるいはミスター・ロドリゲスに近づいて、その秘密を探ろうとする人間を、脅迫したり、時には、消したりするのは、岩城の役目なのではないだろうか。

そう考えると、辻褄《つじつま》が合ってくる。

ロザリンを消したのは、ときわ興業の社員、ホテル・ルネタに泊っていた永井勉だろう。その永井が消されたのは、多分、ロザリンに、秘密めいたことを喋ったことで、同じ、ときわ興業の人間に、責任をとらされたのではあるまいか。

大橋富佐子を殺したのが、マニラの新聞発表にあったタクシー運転手だとは、矢崎は、思っていない。

リー・ウォンという中国系のフィリピン人が犯人で、金欲しさに富佐子を殺したのなら、事件は、それで解決している筈で、ロザリンが消されたり、矢崎が脅されたり、永井勉という日本人が殺されたりする筈がないのだ。

富佐子を殺したのは、日本人に違いない。問題は、なぜ、富佐子が殺されたかだろう。もし、真犯人が日本人だとしても原因が個人的なことなら、事件が次々に発展することは考えられない。

矢崎には、なぜ、富佐子が殺されたか、だいたい、想像がつくようになった。

大橋富佐子は、突然、フィリピン旅行に出かけ、マニラで殺された。あのフィリピン旅行は、大道寺明子が仕組んだものだったのに決まっている。明子は否定しているが、富佐子は、出発する前に、彼女に会っているに違いないからだ。

その時、明子は、大金をエサに、富佐子をマニラに行かせることにしたのだ。

ミスター・ロドリゲスは、日本の素人娘を欲しがっていた。富佐子は、村上社長の二号であり、矢崎ともつき合っていたが、ＯＬで、女子大出の才媛だったことも事実である。富佐子を、ロドリゲスに与えて彼の歓心を買おうと、明子が考えたとしても不思議はない。

富佐子も、多額の報酬を約束されて、心が動き、矢崎や、村上社長に黙ってマニラ行の飛行機に乗ったのだろう。

ところが、富佐子がマニラに着いてから、手違いが生じた。彼女が、ミスター・ロドリゲスを拒否したのかも知れないし、受け入れたが、他のことで何か問題が起きたのかも知れない。とにかく、富佐子は、彼等にとって、面白くない存在になったので、消されてしまったのだ。

こう考えてくれば、すべてが、辻褄が合ってくる。

矢崎は、フロントガラス越しに、ソープランド「サンクチュアリ」の華やかなネオンを見つめた。

彼は、大きな武者ぶるいを感じた。

矢崎は、今、大きな秘密を握ったのだ。まだ、証拠はなく、推理の域を出ないものだが、もし、大道寺明子と浅倉俊一郎が、ときわ興業と、ミスター・ロドリゲスを通じて関係があり、マニラでの連続殺人事件に関係していることが証明できれば、どんな大金だって、脅し取ることが可能だ。

矢崎は、大きく深呼吸をしてから、アクセルに足をのせた。

5

三日後の昼近く、まだベッドに入っていた矢崎は、電話のベルで、眼をさました。毛布にもぐったまま、手だけ伸ばして、受話器を取った。

「ハロー」

という若い女の声が耳を打った。

「ミスター・ヤザキか？」

と、きかれて、電話の主が、マニラで別れたマリアだと気がついた。

今、ホテル・ニューオータニにいるという。矢崎は、電話を切ると、すぐ、ベッドから飛び出して、外出の支度にかかった。

車をホテル・ニューオータニに飛ばす。マリアは、ロビーで、矢崎を待っていた。

明るいベージュのワンピースを着たマリアは、マニラで見た時よりも、魅力的に見えた。椅子の生活をしているせいか、脚の線がきれいだ。

「東京には、一昨日着いたの」

と、マリアがいった。二日間、社長と一緒に、取引先を廻り、仕事がすんだので、休暇が貰えたのだという。

「社長は、朝の飛行機で、マニラに帰ったわ。私は、二日間だけ、プライベートな休日を貰ったの」

「じゃあ、東京を案内しようか？」

「ノー」

と、マリアは首を横に振って、

「今の私は、東京の街には、興味がない。妹が、誰に、なぜ殺されたか知りたいの。ミスター・ヤザキ。何かわかったか？」

　と、矢崎を見つめた。

　彼女の声が、大きくなってくるので、矢崎は、ひやりとした。英語で喋っているのだが、ロビーには、外国人が多い。「殺された」などという言葉を耳にすれば、変な顔をするに決まっている。

「車があるんだ。話は、その中でしたいんだが」

　と、矢崎はいい、マリアを、ロビーから連れ出した。助手席に乗せ、千鳥ケ淵公園まで走らせた。堀端に、車を止めてから、矢崎は、

「君は、秘密を守れるかい？」

　と、きいた。

「ええ。守れるわ」

　マリアが、真剣な顔で、肯いた。

「マニラのホテルで殺されていた日本人のことがわかったんだ」

　と、矢崎は、自分の推理を混ぜてマリアに話して聞かせた。ときわ興業のこと、ミスター・ロドリゲスのこと、大橋富佐子のことも。

　マリアは、じっと、矢崎の話を聞いていたが、彼が話し終わると、唇を嚙んで、

「それなら、妹は、死ななくてもいいのに、死んだようなものね」

「そういえないこともないね。もし大橋富佐子が、マニラに行かなければ——ということは、大道寺明子が行かせなければということだが、富佐子自身も殺されずにすんだ筈だし、君の妹も、殺されずにすんだろうね」

「妹を殺したのは、ホテル・ルネタで死んでいた日本人ね？」

「まず、間違いないと思うよ」

「でも、ミスター・ロドリゲスと、彼と結びついている日本人に殺されたといってもいいわ」

「そうもいえるね」

「大道寺明子という人は、まだ、マニラにいるのかしら？」

「まだ、日本には帰って来ていないよ。昨日の新聞によると、マニラ市内に、大きなカジノが開かれて、そのオープニングに、盛装して出席した彼女の写真がのっていた。なんでも、彼女は、そのカジノの女性マネージャーになるらしい。もちろん、金を出したのは、別の人間だろうがね」

「ミスター・ロドリゲス？」

「かも知れないし、日本の金持かも知れない。カジノには、日本式のソープランドも、ついているそうだ。フィリピンに前からあるギャンブルのハイアライもね。広大な娯楽センターといったところだな」

「金持が集まって、貧しい娘たちが食いものにされるわけね。そして、また、妹みたいに、殺される娘が出るかも知れないわ」

マリアは、暗い眼をして、窓の外を見つめた。

「僕は、証拠をつかみたい」

と、矢崎は、いった。

「大道寺明子、浅倉俊一郎、それに岩城功一が、殺人に関係している証拠が欲しい」

「それに、ミスター・ロドリゲスがね」

「もちろんだ。そのために、協力しようじゃないか」

と、矢崎は、いった。

「じゃあ、妹を殺せと命令したのはその、ときわ興業の社長というわけなの？」

マリアが、眼を光らせて、きいた。

矢崎は、バックミラーの中のマリアの顔をちらりと見やってから、

「かも知れないし、ミスター・ロドリゲスかも知れない。しかし、いずれにしろ、ときわ興業が関係していることだけは確かだと思うね」

「ときわ興業というのは、暴力団？　日本の、何といったかしら――？」

「ヤクザ？」

「そう。そのヤクザ？」

「かも知れないが、表面上は、会社組織になっていて、ソープランドを経営しているよ」

「どんな人たちがいるのか、行ってみようかしら？」

「え？」

矢崎は、びっくりして、マリアの青白い顔を見つめた。

一瞬、冗談でいったのかと思ったが、彼女の顔は、真剣だった。

「君が行ったところで、社長が簡単に会うとは思えないね。万一、会えたとしても、君の妹を殺せと命令したのはおれだと、いう筈がないよ」

「わかっているわ。でも、ソープランドをやってるんでしょう？　あたしが、アルバイトで働きたいといったら、どうかしら？」

「君が？　しかし、無茶だ。休暇だって、明日までしかないんだろう？」

「アメリカ系の会社だから、期日までに帰らなければ、自動的に馘にしてくれるわ」

「ソープランドが、どんなところか知っているのかい？」

「知っているわ。妹が、マニラでやっていたようなことをすればいいんでしょう？」

「頭でわかっていても、君に出来るとは思えないんだがね」

「なぜ？　なぜ、私に出来ないと思うの？　私が、フィリピン人だから？　それとも、私がインテリだから？　そのどちらも、障害になんか、なりはしないわ。女が娼婦《しょうふ》になるのは、簡単なことよ。立ち直るのは大変だけど」

「僕には、わからないね」

「何が？」

「君が、妹のことで悲しがっているのはわかる。犯人を憎むこともだ。しかし、日本へやって来て、ソープランドで働いてまで、妹のためにという気持がわからないんだが」

「私は、ロザリンに借りがあるの」

と、マリアは、堅い表情でいった。

「それがどんなことなのかは、聞かないで頂戴。償い切れる借りじゃないんだから」

「別に聞きたいとも思わないよ」

と、矢崎はいった。

ロザリンとマリアの姉妹の間に、いったい何があったのか。何となく想像ができないわけではない。だが、わかったところで、矢崎には、どうしようもないことだった。

「お願いがあるの」

マリアが、大きな眼で、矢崎を見つめた。

「何だい？」

「これから、そのソープランドに連れて行って貰いたいの」

「後悔しないかい？」

「しないわ」

「じゃあいい。君の好きにしたらいい」

「もう一つお願いがあるの」

「何だい？」

「私は、日本が初めてだから、何もわからない。だから、助けて欲しいの。ソープランドには、一緒に来て貰いたいし、何かの時に、助けて貰いたいんだけど」

「いいよ。マニラでは、君に助けて貰ったからね。東京では、僕が君を助けてあげる。ただし――」

「ただし、なに？」

「僕は、いい人間じゃないよ。金が好きで、正義なんかくそくらえで、君を裏切るかも知れないよ」

「――」

　マリアは、黙って、ニコリとした。

「何か、おかしいことをいったかい？」

「あなたは、いい人だわ」

「よしてくれ」

　と、矢崎は、苦笑して、手を振った。

「そういわれるのが、一番弱いんだ」

6

昼間のソープランド街というのは、何となく、間が抜けて見える。人通りは殆《ほとん》どなく、ネオンは消え、さながら、ゴースト・タウンだ。しかも、何やら、生ぐささも残っている。

午後二時に開店となっていたので、その時間が来てから、矢崎は、マリアを連れて、「サンクチュアリ」をたずねた。

ロビーの奥にある支配人室に通された。

狭い部屋に、ごみごみと、キャビネットや机が置いてある。
三十七、八歳の小柄な男が、
「支配人《マネージヤー》の秋山だ」

と、矢崎たちに、笑顔を向けた。眼鏡をかけ、柔和な顔をした男だが、どことなく、陰を感じる顔つきでもある。

「あんたが、うちで働きたいんだって？」

秋山が、日本語で、マリアに話しかけた。

矢崎が、二人の間を、通訳する形になった。

「お金が欲しいんです」

と、マリアがいう。

「みんな、そういうんだ」

秋山は、ニヤッと笑い、マリアにパスポートと、ビザを出させた。

「フィリピンの娘さんか」

「イエス」

「うちの社長が、マニラで仕事をすることがあってね。その関係で、あんたと同じフィリピンの娘さんが、何人も、ここで働いているよ。だから、働きいいと思うね」

「社長さんて、どんな方なんですか？」

「気前のいい、紳士《ジエントルマン》だよ」

「お会いしたいわ」

「そのうちに、紹介するさ。ところで、そのビザだと、六カ月は、日本で働ける。六カ月でも、心掛け次第では、うんと稼げるよ。あんたと同じフィリピン娘が、月に四、五十万円も、国に送金している。ドルでいうと、一ドル二百円として、二、三千ドルというところかな」

「がんばります」

「うん、今、どこに泊ってるの？」

「ホテル・ニューオータニです」

「そんなところにいたんじゃ、金がかかって仕方がないだろう。うちには、寮があって、他のフィリピンの娘さんたちも、そこに住んでいる。君も、そこに入ったほうがいいね。さて、ここに来た以上、ソープランドというのが、どんなことをするところか、わかっているんだと思うんだが？」

「イエス。ミスター・ヤザキから、聞いています」

マリアが、さらりと、矢崎を見た。その言葉を通訳するのが、照れくさくて、矢崎は、ただ、

「わかっている」

と、だけ、秋山にいった。

「それなら、結構。この仕事で、何よりも大事なのは、若さと、努力、それに、スタイルの良さがあれば、鬼に金棒だ。ちょっと、あんたの身体を見せてくれないかな」

秋山は、事務的にいった。

「完全なヌードにならなければ、いけないかしら？」

マリアが、小声で、矢崎にきいた。

「下着はつけてていいと思うよ。僕は、外に出ていようか？」

「構わないわ。別に」

マリアは、椅子から立ち上がると、無造作に、服を脱いでいった。

素晴らしい肉体が、二人の男の前に、むき出しになった。

真っ白なブラジャーとパンティが、茶褐色に陽焼けした肌を、きわだたせている。豊かな乳房が、ブラジャーから飛び出しそうに見える。

「ほう」

と、秋山は、嘆声を洩らした。

「あんたなら、沢山、お金を儲けられるよ。私が保証する」

「ありがとう。もう服を着ていいかしら?」

「ああ、いいとも」

と、秋山は、満足した顔で、うなずいてから眼鏡の奥の細い眼を、矢崎に向けた。

「聞き忘れたんだが、あなたと彼女と、どういう関係なの?」

「僕が、日本における彼女の身元引受人でしてね。だから、彼女に何かあったら、すぐ、僕に知らせて貰いたいんです」

「いいとも。すぐ知らせますよ。とにかく、いい娘を紹介してくれてありがとう。じゃあ今日中に、ホテルを引き払って、こちらへ来て欲しい」

と、秋山は、矢崎とマリアを見比べるようにしていった。

外に出て、車に戻ると、矢崎はマリアに向かって、

「念を押すようだけど、本当に、ソープランドで働く気かい?」

「イエス。気は変わらないわ」

「何かあったら、すぐ、僕に電話するんだ。僕の電話番号は覚えているね？」

「覚えているわ」

「それから、薬だけは、絶対に駄目だ。疲れたとき、覚醒剤を使うホステスがいるらしいが、そんなことをしたら、身体がめちゃめちゃになってしまう。わかったね？」

「イエス」

と、肯いてから、マリアは、じっと、矢崎を見つめて、

「なぜ、私のことを、そんなに心配して下さるの？」

と、きいた。

ふと、矢崎の顔に、狼狽の色が走った。柄にもなく、顔がはてった。彼は、わざと、乱暴に、

「別に心配はしていないがね。とにかく、君の身元引受人だからな」

と、いった。

7

翌日の朝刊に、大道寺明子が、今日、帰国するという記事がのった。

一般紙は、小さな扱いだったが、スポーツ新聞の芸能欄は、まるで、ミス・ユニバースの大会に優勝して帰って来るような、大きな扱い方だった。

《第二のデヴィ夫人誕生》

と、書いた新聞もある。

《今夜、「クラブ・アキコ」で、帰国パーティ》

とあるのを見て、矢崎は、銀座に出かけて行った。

パーティは、盛況だった。

一万円の会費を払って、店に入ると、政財界のお偉方の顔が多いことに、矢崎は驚かされた。

首相こそ来ていなかったが通産大臣や、建設大臣の顔も見える。財界人の大物は、ほとんど、姿を見せていた。

もちろん、大道寺明子に敬意を表してというより、彼女がコネクションをつけたミスター・ロドリゲスに敬意を表しての出席といったほうが正確だろう。

経済界は、今東南アジアへの進出を考えている。インドネシアへの進出は、すでに大きなものになっているが、フィリピンは、まだ、可能性が大きい。

そのフィリピンの窓口が有力者のミスター・ロドリゲスであり、ミスター・ロドリゲスの窓口が、大道寺明子ということなのだろう。

有名人に、女王《クイーン》のように扱われて、明子は、得意気だった。駆けつけた財界人の中には村上製薬社長の村上の顔もあった。

村上は、この店の実質上のオーナーであり、明子は、彼の女の筈だった。しかし、今夜の村上は、明子を、女王のように扱っている。

その村上に、矢崎は、近寄って声をかけてみた。

村上は、嫌なものでも見るように、顔をしかめて、矢崎を見た。

「なんだ、君か」

「お久しぶりですね。お元気ですか？」

矢崎は、わざと親しげに、笑いかけた。

「元気だよ。この際、君にいっておきたいことがある」

「わかっていますよ。退職した以上、もう、赤の他人だということでしょう？」

「わかっていたら、もう、話しかけんで貰いたいな」

「ご迷惑ですか？」

「ああ、迷惑だな」

「それは、社長、いや、赤の他人なんだから、村上さんと呼ぶべきなんでしょうね。村上さんの考えですか、それとも、大道寺明子の意見ですか？」

「私の考えだ」

村上は、怒った声でいった。

「では、これからは、なるべく、あなたに近づかないようにしましょう。一つだけ、お聞きしたいことがあるんですが」

「私に答える義務があるのかね？」

「あると思いますよ」

「いったい、何を聞きたいんだ？」

「例のヌード写真のことです。あの写真は、どうなりました？」

「あの写真は焼き捨てたよ」

「焼き捨てた？　なぜ、そんなことをしたんです？　あの写真のために、人間が一人殺されているんですよ」

「そんなことは、私は知らん。とにかく、つまらん写真だから、焼き捨てただけだ。そのことで、君に文句をいわれる筋合はない筈だ」

「なるほどねえ」

矢崎は、急に、ニヤッと笑った。

村上の顔が、険しくなった。

「何がおかしいんだ？」

「あなたは、大道寺明子と、何か取引きをしましたね」

「あの写真は、間違いなく、若い頃の大道寺明子ですよ。僕には、確信がある。だから、カメラマンが殺されたり、僕の部屋が引っかき廻されたりしたんだ。その写真を、あなたが、むざむざ焼き捨てる筈がない。だから、あなたは、大道寺明子と、何か取引きしたに違いないんだ。あの写真を焼き捨てる代償に、彼女に、何を約束させたんですか？」

「何だと？」

「そんなことは知らん。私は、くだらん写真だから焼き捨てた。それだけのことだ。もう一ついっておくが、大道寺明子と、私とは、もう、何の関係もない。だから、彼女とのことで、詰らん噂は、流さんで貰いたいな」

「なるほど。それも、取引きの中に入ってるわけですか？」

「馬鹿なことをいうな！」

村上は、顔を真っ赤にして怒鳴ると、足音荒く、矢崎の傍を離れて行った。

村上が、自ら、マニラへ出かけたのは、その翌日だった。

村上のマニラ行は、小さく新聞に出ていた。

《大道寺明子さん、今度は、村上製薬社長と再び、マニラへ。お忙しいことです》

ちょっと、明子をからかうような書き方だった。

この記事では、主役は、あくまで明子で、村上は、脇役に過ぎない。

村上は、自尊心の強い男だし、先日まで、明子のスポンサーを自認していた筈である。

そんな村上が、まるで、明子のお供のような格好でマニラに出かけたのには、それなりの理由があるに違いない。

矢崎は、それを考えてみた。

村上は、トクにならないことはしない男でもある。

明子のお供をして、マニラに行ったのも、何かトクになることがあるからに違いない。

多分、向うでは、明子に、フィリピンの有力者であるミスター・ロドリゲスに紹介して貰うつもりだろうと、矢崎は思った。

それから何をするつもりなのかまでは、矢崎にはわからなかった。

フィリピンで、何か事業を始めるつもりなのか、それとも村上製薬で作っている薬を、フィリピンに輸出するつもりなのだろうか。

そのどちらにしろ、村上は、ミスター・ロドリゲスの援助を必要とするに決まっている。ということは、大道寺明子の力を借りる必要があるということでもある。なぜなら、第二のデヴィ夫人を気どっている彼女が、ミスター・ロドリゲスの日本側の窓口になっている感じがあるからである。

(例のヌード写真の焼却を条件に、明子が、村上にミスター・ロドリゲスを紹介するこ

とを約束したに違いない）

と、矢崎は思った。

村上が、矢崎に向かって、「大道寺明子の秘密を調べろ」と命じておきながら、急に、そのことに熱意を失い、果ては、彼を馘首してしまったのは、その時、すでに、明子に、ミスター・ロドリゲスを紹介して貰うことを約束してあったのだろう。

勝手なものだと、矢崎は、腹が立ってくる。ていよく利用されて、捨てられたという感じもする。

今に見ていろと、矢崎は、思った。もし、村上の秘密をつかんだら、それで、彼をゆすってやる。三百万ぐらいの口止料で、すませはしないつもりだった。

（問題は、村上が、マニラへ行って何をやろうとしているかだな）

とも、矢崎は思った。

それによって、ゆすれる金額も変わってくるからだ。

8

二日後、矢崎は、マリアが働いている浅草の「サンクチュアリ」に行ってみることにした。

昨日マリアの泊っているホテルへ連絡したところ、すでに、引き払っていた。ということは、「サンクチュアリ」で働いているということだろう。まさか、あれだけ堅い決心をしていたのだから、フィリピンに逃げ帰ったりはしていまい。

二万円の入浴料を払ってから、矢崎は、フロントで、

「マリアというフィリピンの娘がいいね。たしか、昨日あたりから、ここで働いている筈なんだが」

「その娘《こ》ならいますよ」

と、フロントの若い男は、笑顔で肯き、インターホンで、呼んでくれた。二、三分して、ビキニ姿のマリアが、狭い階段をおりて来た。

矢崎は、改めて、彼女のスタイルの良さに眼を見張った。

胸が豊かなわりに胴がくびれ、足はすらりと長い。

マリアは、堅い表情でロビーに入って来たが、そこに、矢崎を見つけると、救われたように、ニッコリとした。

「来て下すったのね」

と、英語でいった。

「君のことが心配でね」

「なぜ？」

「君は日本語が出来ないし、この仕事にも慣れていないからね」

「何とかやっているわ」

「どんなふうにやっているのか、ぜひ知りたいね」

「それなら、どうぞ」

マリアは、矢崎と並んで、階段をのぼっていった。

矢崎は、手を、彼女の腰の辺りに回した。

「きれいな身体をしているね」

「ありがとう」

「もう、お客とあれしたのかい？」

「あれ？」

マリアが、いたずらっぽい眼つきになって、矢崎を見た。

二階の個室に入ってから、矢崎は、

「ここは、客とファックまで行く店なんだ」

「そのことなの」

マリアは、あっけらかんとした顔で笑った。

「そのことさ」

「昨日、店のマネージャーから、働くうえでの心得を教えて貰ったわ。うちには、タテマエとホンネがあって、表向きは、ノー・セックスで、マッサージ・オンリーだけど、それでは、商売にならない。だから、セックスでお客を喜ばせなさいって」

「それで、もう、お客をとったのかい？」

「今日、二人来た」

「ファックしたのかい？」

「なぜ、あなたが心配するのか？」

マリアは、向かい合って、矢崎の服を脱がせながら、不審そうに、彼の顔をのぞき込んだ。

矢崎は、一瞬、狼狽の表情を見せてから、

「心配しちゃいけないのかね？」

「あなたは、マニラに来て、私の妹のロザリンをお金で買った。それを怒っているわけじゃないわ。それが妹の仕事だったんだから。あなたはその時、良心の痛みを感じたかしら？」

「いや」

「それなら、同じフィリピン人の私がお客とセックスして、お金を貰っても同じだわ」

「理屈としてはそうだが――」

矢崎は、どういっていいかわからなくなって、言葉を呑み込んでから、

「二人の客というのは、日本人？」

「イエス」

「その二人とセックスしたのか？」

「ノー」

「え？」

「裸になって、お客に触らせたり、丁寧にマッサージもしてあげたわ。でも、セックスはしなかった」

「それじゃあ、客が承知しなかったろう。客の大半は、ソープランドに、セックスしに来るんだから」

「私は、日本語が駄目だから、肝心の時には、お客のいうことがわからないと英語でいってやるの。日本人って、妙な人種ね。私が英語で喋りまくると、シュンとして帰って行くわ」

マリアは、クスクス笑った。

彼女は、面白がっているように見える。だが、こんなお遊びは、いつまでも続きはしないだろう。客の間に、マリアは、本番を拒否するとかサービスが悪いとかいう評判が立てば、マネージャーが黙ってはいないだろう。

彼女を馘にするぐらいならいいが、暴力組織と関係があるらしいこの店では、そんな生ぬるい真似はしまい。暴力を使うか、それとも、薬を使うか、どちらかわからないが、否応《いやおう》なく、本番をやるソープランド嬢に仕立てあげてしまうだろう。

「甘く考えないほうがいいな」

と、矢崎は、マリアの肩を抱くようにしていった。

「わかってるわ」

マリアも、堅い表情になって、呟いた。

「本当にわかっているのかい？　日本の暴力団が、フィリピンの女を日本に連れて来て、売春させているという記事がよく出るんだ。そのあげく、行方不明になってしまった女もいるらしい。君だって、そうならないという保証は、どこにもないんだ」

「わかってる。私だって、馬鹿じゃないわ」

「本当にわかっているんならいいんだが」

「心配してくれて嬉しいわ。今日は私と遊びに来たんでしょう？」

「それがわからないんだ」

矢崎は、彼らしくないいい方をした。矢崎が、女を訪ねる時は、その女を抱きたいか、何か、トクになる話があるかのいずれかだった。

だが、今日はマリアを訪ねた理由が、彼自身にもよくわからない。ソープランドの客として、彼女を抱きたい気持がないといえば、嘘になる。彼女のことが、心配だったたこともある。だが、もっと強い感情が、自分の心の底にあることに、矢崎は、気がついた。

（このおれが、嫉妬している！）

それも、これから、マリアを抱くだろう客に、やきもちをやいているのだ。どこの誰ともわからない男たちに、嫉妬するなんて。

矢崎は、自分自身に、腹を立てた。

「どうなさったの？」

背中に手を廻して、ブラジャーを外しながら、マリアが矢崎を見た。

「君が好きになっちまったらしい。おれらしくないいんだが」

「なぜ、あなたらしくないの？」

マリアが、むき出しになった乳房を、矢崎の胸に押しつけるようにしながら、彼を見上げてきいた。

「今まで、女に惚《ほ》れたことがなかったからね」

「でも、マニラで死んだ女の人は、好きだったんでしょう？」

「大橋富佐子か」

矢崎は、一瞬、遠くを見るような眼つきをした。

富佐子を、好きだったのかと、聞かれれば、好きなタイプだったと言えるだろう。彼女が死んだと知った時、寂しさが彼を捉えたのも事実だった。

しかし、富佐子が村上の女だと知っていても、村上に嫉妬したことは一度もなかった。その程度の愛情だったのだ。

マリアは違う。

(おれは、嫉妬している)

ふいに、矢崎は、彼らしくもなく激情にかられて、マリアの身体を引き寄せると、強く唇を押しつけた。

そのまま、タイルの上に敷いてあるゴムマットに、倒れ込んだ。

マリアも、両手を彼の首に廻してしがみついてきた。矢崎は、マリアのパンティを引きおろし、足の指を使って、脱がした。片手で、彼女の豊かな乳房を愛撫しながら、もう片方の手を、下に滑らせていった。マリアが、腰をくねらせた。が、拒否のポーズというより、逆に、矢崎を誘うような、腰の動かし方だった。

それを証明するように、マリアの秘所は、十分に濡れていた。矢崎の指先が、軽く触れただけで、マリアの息が荒くなった。

矢崎は、ゆっくりと、指先で愛撫を始めた。たちまち、秘所から蜜があふれ出し、矢崎の官能を刺激するような、可愛らしい音を立てた。

これほど濡れる女は、初めてだった。それだけ、刺激を受けやすい体質なのかも知れない。

マリアの喘ぎが高まっていき、身体が、小きざみに震え始めた。

「早く!」

と、マリアが、眼を強く閉じて、矢崎にいった。

「早く、あなたのもので、私を喜ばせて!」

両足が、広げられている。

矢崎が、挿入したとたんに、その両足が、彼の腰にからんできた。

矢崎は、自分が、マリアと一体となっていくのを感じた。マリアが押えた声をあげるたびに、彼女の腰がゆれた。

「ああ!」

と、マリアが、甲高い声をあげて身体を弓なりにそらせた。

それに合わせるように、矢崎も、射精していた。

矢崎の腰にからんでいたマリアの両足が、マットの上に、だらりと投げ出された。

マリアは、余韻を楽しむように、眼を閉じて、じっとしている。
五、六分して、マリアは、ぽっかりと眼を開け、ニッと笑った。
「よかったわ」

「君が好きだよ」

「ありがとう」

「どうしてもここで働く気かい？」

「妹を殺すように命じたのが誰か知りたいの」

「ここの社長の岩城に会えたのかい？」

「会いたいんだけど、彼は、昨日から、マニラへ出かけているわ」

「マニラへ？」

「ええ」

「そいつは面白いな」

矢崎は、大道寺明子と、村上製薬の社長が、マニラへ行っていることを話した。

「恐らく、岩城は、向うで、一緒になるんだろう」

「何のために？」

「わからないね。ただ、彼等が、同じ穴のムジナだという気はするよ」

「ミスター・ロドリゲスも仲間かしら？」

「だろうね。もう一人、日本の政治家の浅倉俊一郎も仲間だと思う。彼等は、多分、利益で結びついているんだ。仲良くしていれば、金が儲かるんだろうね。もし、その過程で、大橋富佐子や、君の妹さんや、永井という男が殺されたのだとしたら、証拠をつかめば、彼等を刑務所に放り込めるよ」

「証拠をつかめると思う？」

「つかんで見せるさ」

「私を助けてくれるのね？」

「それもあるが、僕自身のためでもある。証拠をつかんだら、奴等をゆすって、金を巻きあげてやる。そのあとで、君は、警察に訴えたかったら、そうしたらいい。ただ」

「ただ、なに？」

「君も、金を儲けたほうがいいな。そのほうが幸福になれる」

「――――」

マリアは、黙って、天井を見上げた。

翌日の新聞に、ミスター・ロドリゲスの来日が報じられた。

大道寺明子の招待ということだった。

パーティの夜

1

矢崎のところに、招待状が届いた。

〈フィリピン実業家ミスター・ロドリゲスの来日を記念してパーティを開きます。当日は、ピンク・シスターズのショウもありお楽しみ頂けると自負しております。お出かけ頂ければ幸いです。

場所　銀座クラブ・アキコ

日時　九月二十一日　午後七時より

大道寺　明子〉

招待状に、ナンバーが打ってあるところをみると、限定された人数に出されたものだろうが、なぜ、矢崎によこしたのか、わからなかった。

今や、第二のデヴィ夫人気どりの大道寺明子にとって、村上製薬を馘になった矢崎など、何の価値もない人間だろう。それなのに、招待状をよこしたのは、なぜだろうと、矢崎は考えてみた。

思い当たることといえば、マニラの事件しかない。

大橋富佐子がマニラで殺された事件に、明子が何らかの意味で関係を持ち、そのために矢崎に対して、後ろめたさを感じているのではないだろうか。

少なくとも、富佐子をマニラへ行かせたのが明子だということだけはたしかなのだから、彼女が、後ろめたさを感じて、矢崎を招待した理由もわからなくはない。

矢崎は、改めて、招待状の文句を読み直した。

ピンク・シスターズといえば、今最高に忙しいタレントの筈である。それを出演させることによって、大道寺明子は、自分の持っている力を誇示しているつもりなのかも知れない。

（あのピンク・シスターズが、果たして出演するだろうか？）

矢崎は、ちょっと疑問に思った。

ピンク・シスターズは、出すレコードが、すべて百万枚を突破するという売れっ子で、二年先のスケジュールまで決まっていると聞いたことがある。

ミスター・ロドリゲスの来日が、前から決まっていたとは思えない。それなのに、ピンク・シスターズを、簡単に出演させられるものだろうか。これが、レコード大賞の舞台でもあれば、天下のピンク・シスターズでも、万障繰り合わせて、出演するだろう。だが、九月二十一日のパーティはいわば、明子の個人的な催しに過ぎない。そんなパーティに、本当に、ピンク・シスターズが出演するだろうか。

もちろん、ピンク・シスターズの属しているプロダクションの了解を得たからこそ、招待状に書き込んだのだろう。

(もし、招待状通りなら、明子は、どんな手を打ったのだろうか)

札束に物をいわせたのか、それとも、芸能界の有力者に手を廻したのか。

矢崎は、そんなことにも、興味を感じた。それは、大道寺明子の力を知ることでもあったからである。

2

翌日のスポーツ新聞は、さっそく芸能欄で、この件を取りあげた。

《ピンク・シスターズ、大道寺明子のパーティに出演!》

大きな見出しだった。

それだけ、芸能界では、大きなニュースだということになるだろう。そのために、予定していた地方公演が、一日だけキャンセルされたとも書いてある。

〈それだけの犠牲を払っても、大道寺明子のパーティに出演するメリットは、いったい何だろう？〉

そんな文字も見えた。

どうやら、ピンク・シスターズが大道寺明子のパーティに出演するのは、事実らしい。だが、スポーツ新聞が書いているように、いったい、どんなメリットがあるのだろうかと、矢崎は思った。

二十一日になると、矢崎は、「サンクチュアリ」に電話して、マリアを誘い出した。招待状には、ひとりで出席して下さいとは書いてなかったからである。

新宿で待ち合わせて、矢崎は、マリアと、即製のカップルを作った。

「今夜のパーティには、役者が揃《そろ》うよ」

と、矢崎は、マリアにいった。

「ミスター・ロドリゲスが主賓だし、恐らくときわ興業の社長だって、招待されている筈だ」

「そういえば、社長のミスター・イワキは、一昨日、マニラから帰って来たわ」

マリアは、眼を輝やかせていった。

「会ったのか?」

「いえ。マネージャーが話しているのを聞いただけ。でも、本当に、今日のパーティに、岩城社長は、招待されているのかしら?」

「それは、行ってみればわかるさ。もし、招待されていなければ、われわれの思い違いだったということになる。しかし、招待されていたら、岩城が、大道寺明子や、ミスター・ロドリゲスと親しい証拠になる」

矢崎は、マリアに笑って見せてから、手を上げてタクシーを止めた。

銀座の「クラブ・アキコ」には、七時前に着いたのだが、それでも、すでに、二、三十人の招待客が顔を見せていた。矢崎が予想した通り、同伴者ということで、マリアも簡単に中に入れてくれた。

今夜のパーティのためになのか、店内の装飾もガラリと変えて、前より明るく一層豪華になっている。これだけでも、何百万とかかったろうに、金というやつは、あるところにはあるものだと、矢崎は、失業中の自分のことを考えて苦笑した。

午後七時になると、例の浅倉代議士をはじめとして、政財界のお偉方が、顔を見せ始めた。

芸能人の姿も多くなった。

その中に、作曲家の沢木信太郎の長身を見つけて、矢崎は、おやおやと思った。沢木は、大道寺明子と別れてから、ピンク・シスターズの片方との仲を、芸能週刊誌に書かれたことがある。

その沢木が、明子の主催するパーティに出席し、噂のあったピンク・シスターズが出演するというのも、いかにも芸能界だなと思った。そういえば、ピンク・シスターズの歌は全部、沢木信太郎が作曲したものだった。

七時半頃になると、出席者が広いホールにあふれるばかりになった。三百人はいるだろう。

矢崎は受付をやっている若いホステスに、

「ときわ興業の岩城社長は、もう来ているかな？」

と、きいてみた。

「岩城様ですか」

と、ホステスは、アイウエオ順に並んでいる名簿を調べていったが、首をかしげながら、

「岩城様という方は、ご招待しておりませんが」

「そんな筈はないよ。大道寺明子さんとは、親しい関係の人なんだから」

「でも、この名簿には、のっておりませんけど」

ホステスのいう通り、名簿の〝イ〟のところに、岩城の名前はのっていなかった。

「この名簿にのっていなくて、今日は、出席するという人はいないの」

「いませんわ。ピンク・シスターズは別ですけど」

(おかしいな)

と、思ったが、招待者名簿にのっていないのでは仕方がなかった。

ホールの隅で、シャンペンを飲んでいるマリアのところに戻ると、

「岩城は、今日、呼ばれていないみたいだよ」

と、小声でいった。

マリアの顔に、はっきりと失望の色が浮かんだ。

「それは、彼が、ミスター・ロドリゲスや、ミス・アキコと関係がないということかしら?」

「そうかも知れないが、逆に、暗い関係なので、わざと招待しなかったのかも知れない。何しろ、岩城は、暴力団関係者だからね。大道寺明子は、自分の評判を気にして、表だって、招待しなかったということも、十分に考えられるんだ」

と、矢崎がいったとき、ホールの照明が急に暗くなった。

出席者全員が、「おやッ」というように顔を見合わせたとたん、強烈なスポット・ライトが、正面の舞台に集中し、そこに、純白のドレスを着た大道寺明子が現われ、ニッ

コリと微笑した。

3

なかなか、鮮やかな演出だった。

「本日は、お集まり頂きまして、まことに有難うございます」

と、明子は、マイクに向かってあいさつした。

「本日の主賓のミスター・ロドリゲスは、フィリピンの政財界の有力者で、次期大統領の噂もあるお方です。この度は、日本との友好を深めるために来日されました。では、ミスター・ロドリゲスを、ご紹介いたします」

フィリピン国歌が、バンドによって演奏され、小柄な体をタキシードに包んだミスター・ロドリゲスが現われた。ロドリゲスのあいさつは、簡単なものだが、それが終わったとたんに、彼の周囲を、政界や、財界の人々が取り巻いた。その中には、村上社長の顔もあった。

いずれも、フィリピンでの利権を求めて、ミスター・ロドリゲスに取り入っている感じだった。

「ミスター・ロドリゲスは、フィリピンでは、なかなかの権力者らしいね」

矢崎は、皮肉な眼つきになって、マリアにささやいた。

「彼は、権力の象徴だわ」

と、マリアが、吐き捨てるようにいった。

「インテリには人気がないようだね？」

「学生にもね」

「その男と、日本の商売人が結びつくって、どういうことになるのかな」

「日本の商人と、ミスター・ロドリゲスは肥え太るわ」

「なるほどね」

「何故、日本人は、外国の民衆と結びつかないで、権力者とばかり結びつこうとするの？」

「それは、民衆と結びついたって、金にならないからさ」

矢崎が、笑った時、司会役を買って出たコメディアンの田沼が、特有の甲高い声で、

「いよいよ、お待ちかね、ピンク・シスターズの登場です。皆さま、拍手をもって、お迎え下さい」

と、いった。

バンドが、彼女らのヒット曲を演奏しはじめた。

「今、日本で一番売れている二人組の歌手だよ」

と、矢崎は、マリアにいった。

「名前だけは、フィリピンで聞いたことがあるわ」

マリアが答えた。

拍手が起きた。司会の田沼も、舞台の上手《かみて》に顔を向け、ピンク・シスターズの登場を促すように、拍手している。

若い、カモシカのような脚をしたピンク・シスターズが、颯爽と飛び出してくる筈だった。だが、どうしたのか、いくら待っても、彼女たちが現われない。

バンドの連中は、彼女たちのヒット曲を繰り返し演奏しながら、ちらちら、楽屋のほうに眼をやり出した。

司会の田沼は、明らかに狼狽した顔になっていた。

集まった人々の間からも、何かおかしいというざわめきが起きはじめた。

田沼は、そんな空気を押し止《とど》めるように両手をあげて、「お静かに」と、大声でいった。

「どうやら、ピンク・シスターズの二人は、あまりにも有名人ばかりの集まりなので、気おくれして、ここに出て来られないようです。私が、これから迎えに行って参りますので、少々お待ち下さい」

田沼自身は、機転を利かせたつもりらしい。そういい残して、楽屋のほうへ姿を消したが、すぐ、蒼《あお》い顔で飛び出して来た。

そのまま、人波をかきわけるようにして、大道寺明子に近づくと、彼女の耳元で、何かささやいている。

(何があったのだろうか?)

と、矢崎は、じっと、見守っていた。明子は、傍にいたロドリゲスに、一言、二言何かいってから、田沼と一緒に、あたふたと、楽屋に走り込んで行った。

「おかしいわね」

マリアが、矢崎に小声でいった。

「ああ。何かあったらしい」

「何があったの?」

「どうやら、ピンク・シスターズが、どうかしてしまったらしいな」

「まだ来ていないので、あわてているのかしら?」

「いや、違うな。それなら、まずプロダクションに電話するだろう。それに、司会者が、ピンク・シスターズが来ているかどうか知らずに、紹介する筈がない。来ているのを確かめたからこそ、紹介したんだ」

「それはそうね」

マリアは、肯いたが、彼女自身はピンク・シスターズのことにはあまり興味がないようだった。彼女の眼は、ミスター・ロドリゲスに向けられている。

ロドリゲスは、五、六メートル離れたテーブルに腰を下ろし、村上社長と二人だけで話し込んでいた。

村上の顔に、笑いが浮かんでいるところをみると、彼にとって、何かトクになる話が進んでいるのだろう。

司会の田沼が、マイクの前に戻って来た。

「ええ――、ピンク・シスターズは急に気分が悪くなったそうで、今、楽屋で休んでおりますので、もう少々お待ち下さい――」

田沼が、ハンカチで、汗を拭きながらいった。

(何かおかしい)

と、矢崎は思い、マリアに断って楽屋の様子を伺いに、足を運んだ。

足音を忍ばせて近づいた時、大道寺明子の甲高い声が聞こえた。

「ピンク・シスターズがいなくなったって、いったい、どういうことなの？」

「警察に電話して、来て貰いますか？」

と、若い男の声がいった。

「馬鹿なことをいわないで！」

叱りつけるように、大道寺明子がいう声が聞こえる。

矢崎は、物かげに、じっとかくれて、耳をすました。

どうやら、ピンク・シスターズが消えてしまって、大道寺明子が、あわてている様子だ。

「しかし、誘拐の可能性もありますから、警察に連絡したほうがいいんじゃないでしょうか？」

若い男のほうは、心配そうだ。

「今夜、どんなお客さんがお見えになっているかわかってるの？」

と、明子が、甲高い声でいった。

「主賓のミスター・ロドリゲスをはじめとして、日本の政財界の偉い人たちが、来て下さっているのよ。そんな所へ、警察がやって来たらどうなるの？　私の面目は丸潰れだわ」

「しかし、このままでは、どうしようもありません。何とかしないと」

「あなたは、彼女たちのマネージャーなんでしょう。何故、ちゃんと監督していなかったの？」

「二人は、楽屋で、舞台衣裳に着替えていたんです。いくらマネージャーだからといって、若い娘二人が着替え中の所へは、入れませんからね。楽屋の外で待っていたんです。ところが、時間が来ても彼女たちが出て来ない。それで調べてみたら、もぬけのからだったんです。楽屋に非常口のあることは知っていましたが、まさか、そこから、誰かが彼女たちを連れ出すとは思いませんからね」

「誰が連れて行ったか、見当ぐらいつかないの？」

「つきません」

「彼女たちが、自分で逃げたということは考えられないの？」

「そんなことは絶対にありません」

「でも、あなたのところのプロダクションは、ピンク・シスターズを酷使しているという話だから、彼女たちが、自由を求めて逃げだしたのかも知れないじゃないの？」

「そんなことは、あり得ませんね。たしかに彼女たちのスケジュールはきついですがね。それを承知で芸能界に入ったんだ。十九歳の女の子が月に二百万近く貰っているんですよ。不満があったとは思えませんね」

「じゃあ、誰が、彼女たちを誘拐して、この私に恥をかかせようとしているの？」

「わかりませんよ。だから、警察に知らせたほうがいいと思うんです。手おくれにならないうちに」

「それは駄目よ。警察に電話するなら、このパーティが終わってからにして貰いたいわ」

明子が、そこまでいった時、矢崎は、思い切って、彼女たちの前へ出て行った。

明子と若い男が、ぎょっとした顔で矢崎を見た。

「つい、聞いてしまいましてね」

と、矢崎は明子に向かっていった。

「つい、なんて嘘でしょ?」と、明子は、険しい眼で、矢崎を睨んだ。

「盗み聞きしていたに決まってるわ」

「どちらでもいいですがね。しかし大変なことになりましたね。警察を呼ぶのも、あなたにとってはまずいだろうし、そうかといって、このままだと、ピンク・シスターズを出演させると、招待状に書いたことが嘘になって、あなたは、面目を失うことになる」

「何がいいたいの?」

「そんなに睨むと、せっかくの美人が台無しですよ。僕も一緒に心配しているんです。僕だって、ピンク・シスターズのショウは見たいですからね。それにしても、そろそろ何かいわないと、皆が騒ぎ出しますよ。僕が行って説明して来ましょうか」

矢崎は明子の顔をのぞき込むように見た。

明子は、視線をそらせながら、

「何て説明するつもりなの?」

「そうですねえ。まさか、ピンク・シスターズが誘拐されたらしいなんていえませんからね。不都合があって、急に帰ったとでもいっておきましょうか?」

「不都合ですって？」

「それとも、出演料が不満で帰ったとでもいいますか？」

「矢崎さん」

「何です？」

「私を脅迫する気なのね？」

「正直にいえば、そうです」

矢崎は、ニヤリと笑って見せた。

明子は、彼の腕をつかむと、ピンク・シスターズのマネージャーの傍から引き離して、

「いったい、何が望みなの？」

「情報が欲しいんですよ」

「情報って、何の？」

「大橋富佐子が、何をしにフィリピンに行ったのか」

「そんなこと、私が知るもんですか。彼女は、勝手に、フィリピンに遊びに行ったんでしょう」

「違いますね。あなたが行かせたんだ」

「知らないといったら？」

「すぐパーティ会場へ行って、ピンク・シスターズのことを喋りますよ。なるたけ、あ

なたの名誉が傷つくようにね」

「完全に脅迫じゃないの？」

「そうだといった筈ですよ。大橋富佐子のことだけじゃなく、あなたやミスター・ロドリゲス、それに、村上社長も加わって、何を画策しているのか教えて貰いたいですね。多分、金儲けの相談をしているんだと思いますがね」

「もし、そうだったら、どうだというの？」

「僕も一枚加わらせて貰いたいと思いましてね」

「そうなの」

ふんと、明子は、鼻先で笑って、

「あなたも、相当な悪党ね」

「あなたや、ミスター・ロドリゲスや、村上社長ほどじゃありませんよ。ああ、もちろん、ときわ興業の社長もいましたね」

と、矢崎がいった時、ホステスが入って来て、

「社長さん」

と、明子を呼んだ。

明子は、うるさそうに、相手を睨んで、

「今、忙しいのよ。あとにしてくれない」

「社長さんに電話なんです」

「あなたが聞いておいてよ」

「それが駄目なんです。どうしても社長さんに出てほしいというんです。とても、大事なことだそうですけど」

「仕方がないわね。すぐ行くわ」

と、明子は、いってから、矢崎に視線を戻して、

「私が戻って来るまで、変な真似はしないで頂戴」

「そちらが、こちらの要求を呑んでくれれば、何にもしませんよ」

「わかったわ」

明子は、肯いてから、あたふたと楽屋を出て行った。

4

矢崎は、煙草に火をつけて、マネージャーの青ざめた顔を見やった。

「ピンク・シスターズを連れ出した人間に、本当に心当りはないの？」

「ありませんよ。彼女たちに、敵はありませんでしたからね」

マネージャーは、声をふるわせていった。

「じゃあ、身代金目当ての誘拐かな。彼女たちは、何十億と稼ぐそうだから、億単位の金を要求してくるかも知れないな」

「あなたは、面白がっているんですか?」

マネージャーが噛みついて来た。

矢崎は、首を横に振って、

「事実をいったまでさ。僕が犯人だったら、少なくても、五、六億円は要求するね。それでも、プロダクションは払うんじゃないの。何しろ、彼女たちは、金の卵を生むニワトリなんだから」

「私には、答えられませんよ」

「それとも、最近は、さすがのピンク・シスターズも、威力が無くなって来たのかね?」

「そんなことはありません」

「まさか、誘拐も、人気とりのためのお芝居なんていうんじゃあるまいね?」

「冗談じゃありませんよ。こんな場所で、そんなことをしたら、イメージ・ダウンになるだけです。誰がそんな馬鹿なことをするもんですか」

「しかし、ピンク・シスターズには前科があるからね。紅白出場辞退というあれさ」

矢崎が、からかうように相手に笑いかけた時、大道寺明子が戻って来た。

「あら、まだいらっしゃったの？」

と、明子は、不審そうに、矢崎を見た。

矢崎は、おやッと思った。さっきここを出て行く時と、彼女の様子が変わっていたからだった。

「ここにいるように、あなたがいったんですよ」

と、矢崎はいった。

「そうだったかしら」

明子が笑った。馬鹿にしたような笑い方だった。やはり、何かあったのだ。

「あなたは、約束した筈ですよ。ピンク・シスターズのことを黙っている代りに、いろいろと喋ってくれるとね。もう忘れたんですか？」

腹が立ったので、矢崎の語調も、自然に荒くなった。

明子のほうは、逆に、いよいよ落ち着いた顔色になった。

「何も約束した覚えはないんだけど……」

「じゃあ、ピンク・シスターズが消えてしまったことを喋っていいんですね」

「どうぞ。お好きなように」

「どうぞ――？」

「ええ。喋りたければどうぞ。でもピンク・シスターズは、どこにも帰っていないわ。

ちゃんと、ここにいるのよ」

「しかし、現に、楽屋から消えたんじゃないんですか？」

「とんでもない」

と、明子は、笑った。

「ほら。お聞きなさいな」

「え？」

「彼女たちの歌が始まるわ」

明子のいう通り、会場のほうで、バンドが、演奏を始めた。

そして、ピンク・シスターズの歌声も聞こえて来た。

矢崎は、物もいわずに楽屋を飛び出すと、会場に戻った。自分の眼で本当に、ピンク・シスターズが歌っているのかどうか、確かめたかったからである。

舞台で、フットライトを浴びて、歌い踊っているのは、まぎれもなく、ピンク・シスターズの二人だった。

(どうなってるんだ？　これは)

矢崎は眉をひそめ、唇を嚙んだ。

(あの電話だ)

と、思った。

ホステスが、呼びに来て、明子は楽屋を出て行った。そして戻って来たとたんに、急に強気になったのだ。

誘拐犯が電話して来て、ピンク・シスターズを帰すといったのだろうか？　しかし、そんな間の抜けた犯人がいるとは思えない。

(わからないな)

矢崎が、首を振った時、マリアが近づいて来た。

「何処へ行っていたの？」

「ちょっとした事件があってね。奥の部屋へ行っていたんだ」

「どんな事件？」

「それは、あとで話してあげる。こちらも何か変わったことはなかったかい？」

「ミスター・ロドリゲスは、相変わらず、もてているわ」

そのロドリゲスは、まだ村上社長と話し込んでいる。

「あの日本人と、ずっと話しているのかい」

「ほとんどね。あの人は、何をする人？」

「製薬会社の社長さ。ミスター・ムラカミだ」

「製薬会社？」

「日本では、金貸しの次に儲かる商売だよ。ひょっとすると、村上はフィリピンに薬を売り込むつもりかも知れないな」

「それで、ミスター・ロドリゲスのご機嫌をとっているのかしら？」

「薬の輸入には、政府の許可が必要だからね。フィリピン政府に影響力のあるミスター・ロドリゲスに、村上が接近しようとするのは、当り前かも知れない」

「日本の薬は、今までにも、フィリピンに入っているわ。ホテルの売店なんかには、日本のドリンク剤が置いてあるもの」

「それは知っているよ」

矢崎は、肯いた。マニラへ行った時、ホテルに、日本のドリンク剤が並んでいたのを覚えている。あの時は、ただ、置いてあるなと思っただけだが、もし、日本の薬が、洪水のようにフィリピンに流れ込んだらどうなるのだろうか。

ピンク・シスターズの歌が一つ終わって、大きな拍手が起きた。

大道寺明子が、彼女たちを舞台からおろし、政財界の有名人に、一人一人、紹介し始めた。ピンク・シスターズのために紹介しているというよりも、明子が、自分の威勢を示すために、彼女たちを引き廻している感じだった。

矢崎は、下手な英語で、ミスター・ロドリゲスにあいさつしているピンク・シスターズの二人を眺めていた。

彼女たちは、いったい、何処にいたのだろうか？　問題の電話の後、すぐ、舞台にあがったところをみると、この近くにいたことだけはたしかだと、矢崎は思った。

彼女たち自身の意志で、楽屋から抜け出していたのだろうか。それとも誰かが、連れ出したのだろうか？　いずれにしろ、何のために、そんなことをしたのかが問題だ。

ミスター・ロドリゲスへのあいさつを終えたピンク・シスターズに向かって、

「ちょっと、君たち」

と、矢崎は、声をかけた。

「楽屋を抜け出して、何処へ行っていたんだい？」

「――――？」

ピンク・シスターズの二人が、びっくりしたように、振り向いた。その眼が、明らかに狼狽している。

彼女たちは、助けを求めるように、大道寺明子を見た。

「何にもなかったわ」

と、大道寺明子が、矢崎に向かっていった。

「何にもなかったですって？」

矢崎は、ニヤッと笑った。

「そう、何にもなかったのよ」

明子は、そう繰り返し、ピンク・シスターズを、楽屋に追いやってから、矢崎に向か

って、

「なにも、このパーティをぶちこわさなくてもいいでしょ？」

と、小声で文句をいった。

「別に、ぶちこわす気はありません。ただ、事実を知りたくてね」

「新聞記者でもないあなたが？」

「友人に新聞記者がいましてね。特ダネを欲しがっているんですよ。第二のデヴィ夫人であるあなたや、ピンク・シスターズに関するニュースなら、飛びついてくるでしょうね。特に、ピンク・シスターズが誘拐されかけたり、それが、大道寺明子主催のパーティの席上だったということになったりすれば、僕に、十万や二十万のお礼をくれるんじゃないかな」

「私を、脅してるのね？」

「とんでもない。今もいったように事実を知りたいだけですよ」

「何もなかったのが事実よ。誘拐なんか、どこにもなかったのよ」

「しかし、楽屋でのことは、どう説明するんです？」

「楽屋の何ですって？」

明子は、とぼけた顔になった。

「ピンク・シスターズは、楽屋から消えてしまった。大騒ぎになった。これは、事実なんだ」

「証拠があるのかしら？」

「ピンク・シスターズのマネージャーが証言してくれるだろうし、彼女たち自身もね」

「そうはいかないと思うわね。彼女たちにしろ、マネージャーにしろ、自分たちのマイナスになることを証言するかしら？　第一、ピンク・シスターズを誘拐したのなら、犯人たちは、何故、すぐ返して来たの？　私も、プロダクションも、犯人にお金を払ってないわよ。そんな時間はなかったもの。こんなおかしな誘拐があると思う？」

「たしかにおかしいことはおかしいですね」

「でしょう？　それなら、詰らないことは、喋らないほうがいいわね」

「弱味を突っつくなということ？」

「私のためにいってるんじゃなくて、あなたのためにいってるの。矢崎さんは、いくつになったのかしら？」

「三十歳は過ぎましたよ」

「働き盛りね」

「まあ、そうでしょうね。それが、どうかしましたか？」

「ねえ、芸能界は、暴力団とのつながりが多いところだわ。ピンク・シスターズのことで、あることないこといいふらしたりすれば、あなたが、危ない目にあわないかと、それが心配なのよ」

「つまり、今度は、あなたが僕を脅しているわけだ」

「いいえ。私は、親切心でいっているだけ」

明子は、それだけいうと、パーティの輪の中に入って行ってしまった。

パーティは、まだ続いていたが、矢崎とマリアは、「クラブ・アキコ」を出た。

すでに、十一時を廻っていたが、銀座は、まだ、まだ、宵の口の感じである。省エネ時代といっても、ネオンは輝やき、人通りは続いている。

タクシーが、なかなか拾えないこともあったし、マリアと話しながら歩きたいこともあって、矢崎は、彼女と肩を並べ、有楽町の駅の方向に歩いて行った。

夜のせいか、マリアのつけている香水の匂いが、強烈に、矢崎の鼻をくすぐってくる。甘い香りだ。自然に、彼女の腰に手を廻すような形で、歩いた。

「君は、もう、マニラに帰ったほうがいいよ」

と、矢崎はいった。

「それは、私を心配してくれているのか？」

「ああ、君を心配しているんだ。これ以上、東京にいて、しかも、ソープランドで働いていたら、君は、めちゃくちゃになっちまうよ」

「ノー。私は、大丈夫だ。たとえ、日本人のお客とセックスしても、自分を失ってはいない。それに、妹を殺した本当の犯人を見つけ出すまでは、マニラに帰る気はないわ」

「それは、僕がやってあげるよ」

「ノー」

「僕を信用できないということかい？」

「ミスター・ヤザキ。私は、あなたを信用している。あなたは、悪い人じゃない。少なくとも、私に対し……」

「それで？」

「しかし」

といってから、マリアは、ちょっとの間、黙っていた。

「だけど、何だい？」

「私の目的は、妹を殺した犯人を見つけ出すこと。でも、あなたの目的はお金」

「それは、前にいった筈だよ。目的は違っても、協力は出来る筈だ。僕は、君の妹や、大橋富佐子を殺すことを命じた黒幕を見つけ出して、金をゆすり取りたいと思っている。真犯人を見つけたいという点では、君と僕は、協力できるんだ。そうだろう？」

「イエス。でも、見つけたとたんに、あなたと私との利害が対立することになるわ。恐らく、あなたは、私を邪魔に思い、私は、あなたを憎むようになるわ。私には、それが怖い」

「そうなると、信じているようだね？」

「イエス」

「困ったな」

「あなたは、お金はいらないと誓えるか、矢崎？」

マリアは、足を止め、まっすぐに、矢崎を見つめた。

強い眼で見つめられて、矢崎は、思わず視線をそらせてしまった。

「誓ったら、君は、安心してマニラへ帰り、あとを僕に委せるかい？」

「イエス。あなたは、誓えるか？」

（誓える）

と、答えるのは簡単だった。しかし、矢崎の欲しいのは、やはり、金だった。それも大金なのだ。人に使われることには、あきあきしている。

「君のほうこそ、妹さんの仇討ちなんか止めないか。それで、二人で、呑気に、優雅に暮らそうじゃないか。どうだい？　僕が大金を手に入れたら、一度しかないんだ。苦労して暮らすより、楽しく暮らしたほうがいいじゃないか。人生は短いし、君が、妹さんの仇を討ったとしても、自己満足だけで、一ペソにもならないよ」

矢崎がいうと、マリアは、ふいに、彼に顔を寄せてキスをした。

矢崎は、彼女が、こちらの考えに同調してくれたのかと思って、喜んだが、顔を離した時、マリアの顔に浮かんでいたのは、悲しさだった。

「あなたは、いい人だし、正直な人だわ。ミスター・ヤザキ」

「僕は悪人だよ」

「ノー。あなたはいい人。でも、あなたのいう通りにしたら、私は、一生苦しむことになる。だから、私は自分の道を歩いて行くより仕方がない」

マリアは、急に身をひるがえすと、あっという間に、人波の中に消えてしまった。

矢崎は、二、三歩、追いかけて、足を止めてしまった。追いついて、捕まえたところで、同じ押問答が繰り返されるだけだと、わかっていたからである。

（勝手にしろ！）

と、矢崎は、呟いた。

（今どき、仇討ちなんか流行らないぞ。今の世の中は、金のある奴だけが、幸福になれるように出来てるんだ）

5

自宅近くで、タクシーをおりたのは、午前二時に近かった。

マリアと別れたあと、ぶぜんとした気持をなだめるために、三軒ばかり、有楽町のバーを飲み歩いたからである。

車をおりたとき、酔いが残っていて、ちょっとよろけた。

タクシーが、走り去るのへ、「バイ、バイ」と手を振ってから、マンションの入口を入ろうとした矢崎は、眼の前に、黒い人影が立ちはだかるのを見た。

「どけよ」

と、いったとたんに、いきなり、右肩のあたりを突かれて、よろよろとよろけて、地面に膝をついてしまった。

「何をするんだ!」

と、怒鳴った。

とたんに、今度は背後から、背中を、思いっきり蹴られた。

激痛が、背筋を走り、思わず、矢崎は、うめき声をあげた。

その場に、うずくまろうとすると、前にいた男が、上衣の襟をつかんで、立ち上がらせた。

「しっかりしろよ」

と、その男が笑った。

「誰だ? 誰なんだ?」

矢崎が、きく。答えの代りに、相手は思い切り腹を殴ってきた。

「うッ」

と、うめいて、矢崎は、くの字になって、地面に腰をおとした。げっぷのように、口から、吐いた。

「汚ねえな」

片方の男が、ニヤニヤ笑いながらいう。

酔っている上に、いきなり、パンチをくらって、矢崎は、抵抗する力を失ってしまっていた。

よろよろと立ち上がり、男にもたれかかっていくのが精一杯だった。

今度は、あごを殴られた。よろけると、背後にいた男が、突き飛ばした。矢崎は、また地面に倒れた。唇が切れて、血が流れ出した。

片方の男が、地面に片膝をつき、矢崎の髪の毛をつかんで、無理矢理、顔を引き起こした。

もうろうとして相手の顔がよく見えない。

「矢崎さんよ」

と、男がいった。

「おれの声が聞こえるか？」

「ああ」

と矢崎はいった。

「じゃあ、よく聞くことだ。つまらねえことに首を突っ込むんじゃない。命取りになるぜ」

「つまらないことって、何のことだ？」

「お前さん、バカじゃねえのか」

「ただ首を突っ込むなといわれたって、何のことかわからなきゃ、直しようがない」

矢崎は、やけくそになっていった。

「教えてやれよ」

と、背後の男がいった。

「今夜、ピンク・シスターズのことで、変ないちゃもんをつけたそうじゃねえか」

髪の毛をつかんだ男がいった。

「あのことか」

「わかっていたら、つまらねえことはしねえことだ」

男は、そういって、つかんでいた髪を放した。

矢崎は、また、のろのろと立ち上がった。

「わかったのか。おい」

「わかったよ」

「いや。こいつは、まだよくわかっちゃいねえぜ」

背後の男が、冷たい声でいった。

「よくわからしてやったほうがいいかも知れねえな」

前に立った男が、ニヤリと笑い、殴りつけてきた。あごが砕けたような痛みを感じながら、矢崎は、相手に向かって、武者ぶりついていった。

突き放され、殴られ、蹴飛ばされた。次第に、意識がかすれてくる。

矢崎が、動かなくなったあとも、二人の男は、二回、三回と、蹴とばしてからマンションの裏にとめてあった車に乗って走り去ってしまった。

6

降り出した雨が、仰向けに倒れている矢崎の顔を濡らした。その冷たさで、矢崎は、意識を取り戻した。

意識が戻るとともに、身体中の痛みも戻ってきた。胸も、脛《すね》も、背中も、ずきずきと痛む。

「畜生！」

と叫んで、立ち上がった。が、その時になって、右手に、何かつかんでいるのに気がついた。

夢中で、相手に武者ぶりついていった時、無意識に、相手の服から引きちぎったものらしい。

右手を開くと、掌《てのひら》の中に、金色の金属片がのっていた。掌に血がにじんでいるのは、あまりに堅くにぎりしめていたので、切ったのだろう。

矢崎は痛む足を引きずるようにして、自分の部屋に入ると、ベッドに腰を下ろしてから、改めて、その金属片を、明りの下で眺めた。

バッジだった。

「ときわ」

という三字が彫り込んである。

(あの、ときわ興業のバッジだろうか)

矢崎には、他に考えられなかった。

(だが――)

と、矢崎は、首をかしげてしまった。

待ち伏せていた二人の男が、ときわ興業の人間だとすると、妙なことになってくるからだった。

ときわ興業は、どこかで、大道寺明子や、フィリピンのミスター・ロドリゲスとつながっている。だから、二人の男が、「大道寺明子や、ミスター・ロドリゲスに近づくな」とか、「マニラの事件に首を突っ込むな」と脅したなら、よくわかる。

だが、男たちがいったのは、「ピンク・シスターズのことに首を突っ込むな」ということだった。

ときわ興業は、ソープランドが主で、芸能界には関係がない筈だ。ピンク・シスターズが属しているプロダクションは、名古屋に本拠地がある筈だった。

それなのに、何故、ときわ興業の男たちが、ピンク・シスターズのことを口にしたのだろうか？

考えているうちに、矢崎は、「あッ」と思った。

（そうだったのか）

新しい犠牲

1

矢崎は、薬業界の業界紙の記者をしている久保田に電話をかけた。

「矢崎だ」

と、彼がいうと、

「まだ生きていたのか」

という声が戻って来た。

「相変わらず、口が悪いな」

「これでも、最近は、紳士的に振る舞っているつもりだよ。君が、村上製薬を辞めたという話を聞いたんだが、何かヘマをやったのかい？」

「かも知れない」

「かも知れないって、どういうことだ？」

「そのことで、話があるんだ。久しぶりに会わないか」

「金になる話かい？」

「場合によっては、金になるかも知れない。そういう話だ」

「それなら歓迎だ。例のところで、六時に会おうや」

久保田は、それだけいうと、いつもの通り、さっさと、電話を切ってしまった。頭が切れる男なのだが、早呑み込みするところが、この男の欠点だった。

夕方六時に、新宿の小さなバーで会った。

久保田は先に来て飲んでいた。矢崎の顔を見ると、

「会社を馘になったにしては、いい顔色をしているじゃないか」

「村上の秘書をしている時より、必死に生きてるからね」

矢崎は、久保田の隣りに腰を下ろし水割りを頼んだ。

久保田には、会社の秘密を話して、金を貰ったこともある。矢崎が小悪党としたら、久保田も小悪党なのだ。

「君に調べて貰いたいことがあるんだ」

と、矢崎は、煙草を取り出しながら、久保田にいった。

「電話でいっていた金になる話かい？」

費を払うよ」

「場合によってはだ。とにかく、調べてくれれば、もし金にならなくても、君には、実費を払うよ」

「どんなことなんだ?」

「村上製薬は、フィリピンに進出しようとしている」

「その噂なら聞いているよ。村上社長が、フィリピンの有力者のミスター・ロドリゲスに接近していることは、噂になっているからね。例の大道寺明子が、その仲介役を買っているらしい」

「ああ。その通りだ。そのくわしいことを知りたいんだ。村上製薬を辞めてしまうと、会社のことには、まるっきり知識がなくなってね。調べてくれるかい?」

「そりゃあ、調べてもいいが、どうもわからないことがある」

「何だ?」

「フィリピンは、アメリカとの関係が深いところだ。医薬品も、アメリカのものが、大量に輸入されている。それに、人口は三千万。そう薬の需要があるとも思えないんだがね。進出するとしたら、人口が多くて、日本と関係の深いインドネシアあたりのほうが、有利だと思うんだが」

「だから、よけい、村上の真意が知りたいんだ。金になるからこそ、ミスター・ロドリゲスに近づいているんだと思う」

「なるほどな。調べてみよう」

「頼む。ただ一つだけ、注意して貰いたいことがある」

「君に頼まれたことは、黙っているよ」

「そうじゃない。ひょっとすると、君は、危険な目にあうかも知れない。それを承知しておいて貰いたいんだ。おれも、先日、痛い目にあっている」

「村上製薬が、暴力団を養っているなんてことは、聞いたことがないがね。君を殴った奴というのは、いったい誰なんだ？」

「殴っただけじゃなくて、蹴飛ばされたよ。最初から、殺す気はなかったらしい」

「相手は、わかっているのか？」

「ああ。ときわ興業の連中だ」

「ときわ興業？」

「浅草で、ソープランドを三軒やっている。社長の名前は、岩城功一だ」

「なぜ、そのときわ興業が、村上製薬のことに首を突っ込んでくるんだ？」

「金の匂いがするからだろうな。それに、ときわ興業は、マニラで、日本式のソープランドを一軒やっているし、フィリピンの女を、浅草のソープランドで何人か使っている」

矢崎は、喋りながら、マリアのことを考えた。彼女は、どうしているだろう？

「村上製薬の社長、フィリピンの有力者、第二のデヴィ夫人気取りの大道寺明子、それに、ソープランドを経営する暴力団。にぎやかなことだね」

「やってくれるかどうかは君の自由だ。危険がわかっている以上、無理強いは出来ないからね」

「狐や狼が群がっているところを見ると、君のいうように、金になる話らしい」

「そうさ」

「われわれも、首を突っ込むことが出来れば、大金が手に入るのかね？」

「多分ね」

「その金は、君とおれとで山分けかい？」

「ああ、それでいい」

「よし。それなら、引き受ける」

久保田は、ニヤッと笑い、「乾杯だ」と、ウイスキーグラスを持ち上げた。

2

久保田と別れると、矢崎の足は自然に、浅草に向かった。

タクシーを拾って、浅草に行き、「サンクチュアリ」に入った。

「フィリピン娘のマリアさんを頼むよ」

と、フロントでいうと、しばらく待たされた。

二十分ほどして、若い客を送って水着姿のマリアが、二階からおりて来た。ソープランドでは、見なれた光景だが、相手がマリアだと、矢崎は、辛《つら》くなってくる。

マリアは、堅い表情で、矢崎を見て、

「いらっしゃい」

と、日本語でいった。

ここで働くようになってから覚えた日本語なのだ。矢崎には、それが嬉しいよりも、それだけ、彼女が汚れてしまったような気がして仕方がない。

自然に、矢崎も、むっとした顔になった。

二人は、黙って、二階の個室に入った。

マリアが黙って、矢崎の服を脱がせにかかる。

「さっきの若い男と、セックスしたのか？」

矢崎が、きいた。

「イエス。それが、ここでの私の仕事だから」

マリアは、視線をそらせていった。

「仕事か」

「イエス。私の仕事」

マリアの手が矢崎を裸にすると、彼はいきなり、彼女の手をねじあげるようにして、その場に押し倒した。

水着を引きむしり、前戯も何もなく、矢崎は、彼女の上にのしかかっていった。

マリアは、眼を閉じ、眉を寄せて苦痛に耐えているようだった。それが、一層、矢崎をいらだたせた。

彼女の乳首を噛んだ。

「痛い——」

マリアは、小さく叫んだが、止めてくれとはいわなかった。矢崎は、勝手に焦り、勝手に射精して果ててしまった。マリアの右の乳房には、はっきりと、矢崎の歯形がつき、うっすらと、血がにじんでいる。

矢崎は、それを、舌でなめた。

「痛かったろう?」

「大丈夫」

マリアは、矢崎を見上げて微笑した。

「こんなことをする気はなかったんだが、君の顔を見ている中《うち》に、いらいらして来てね」

矢崎は、マリアに軽くキスをした。

「怒ってはいないわ」

「社長の岩城に会うことは出来たのかい？」

矢崎は、マリアから身体を離しながらきいた。

マリアは、起き上がると、手桶《ておけ》で、自分にも、矢崎にも、湯をかけてから、

「昨日、会ったわ」

「どんな男だった？」

「四十五、六歳で、眼のきつい人だった。でも、昨日は、ひどく機嫌がよくて、私たちにも、マニラで買って来た葉巻をくれたわ」

マリアは、裸のまま、鏡台のところへ行くと、木の箱に入った葉巻を取り出し、その中の一本を、矢崎にくわえさせた。たしかに、フィリピンの葉巻だった。

マリアは、マッチで火をつけてくれてから、

「一人に三本ずつくれたのよ」

「岩城という男は、いつもそんなに気前がいいのかな？」

「他の従業員に聞いたら、あんなに機嫌のいい社長を見るのは、初めてだといっていたわ。きっと、何かいいことがあったに違いないって」

「やっぱりね」

「何か心当りでもあるの？」

「村上製薬の社長が、ミスター・ロドリゲスに取り入って、何かやろうとしている。大道寺明子を仲立ちにしてね。多分金儲けだ。ときわ興業の岩城は、うまくその仲間に入ったんだと思う。だから、ご機嫌だったんだ」

「彼等は、フィリピンで、何をやろうとしているの？」

「わからないが、僕の友人が、それを調べてくれることになっている」

「その人、信用できるの？」

「あいつも金を欲しがってる。だから、信用できるんだ」

3

その後、三日間、久保田からは、何の連絡もなかった。

矢崎は、新聞を丹念に読み、テレビのニュースの時間には、必ずスイッチを入れていたが、村上製薬が、マニラに進出するというニュースは聞くことが出来なかったし、新聞にものらなかった。

四日目に、久保田から電話が入った。夜の九時頃である。

久保田は、ご機嫌だった。

「酔ってるのか？」

と、矢崎がきくと、久保田は、

「あははは」と、笑い、

「ちょっと酔ってる。だが、頭は冴《さ》えてますよ。例の村上製薬の件、尻尾をつかまえられそうだよ」

「尻尾？」

「ああ、何故、村上製薬が、あまりうまみがなさそうなフィリピン市場に出ようとしているのか、わかりかけて来たんだ」

「それは、何なんだ？　村上は、何をやろうとしているんだ？　ミスター・ロドリゲスと組んで」

「うん。これから人に会うんだ」

「何だって？　よく聞こえないんだが」

「カラオケのせいだろう」

「バーかスナックで電話してるのか？」

「ああ。これから人に会う。それではっきりしたことがわかる筈だよ」

「誰に会うんだ？」

「村上製薬の人間だよ。社長に近い人間だ。まあ、秘密を聞き出すんだから、ある程度の金はつかませる必要があると思っている。今日は、おれが出しておくが、後で、必要経費として、君に請求するぜ」

「ああ、そうしてくれ。その結果は今日中にわかるんだろう？」

「相手が、話してくれればな。どちらにしろ、明日、もう一度、電話するよ。上手くいけば、おれたちも、彼等の仲間入りをして、大金にありつける」

「気をつけてくれよ」

「大丈夫さ。これから、花を買っておかなければならないので、電話を切るよ」

「花？」

「そうだ。花さ。小道具に必要なんでね」

「すると、今夜会う相手は、女か？」

「ああ。なかなかの美人だぜ」

電話の向うで、久保田は、クスリと笑いながら、電話を切った。

女というのは、いったい誰のことだろうかと、電話が切れてから、矢崎は、しばらく考えていた。

女で、しかも、村上製薬が、フィリピンで何をしようとしているかを知っているとなれば、どんな地位にいるか想像がつく。大橋富佐子がマニラで死んだあと、彼女の後釜になった秘書あたりだろう。

久保田は、美男子ではないが、女には親切で、もてる男である。相手が女なら、上手くやるだろうという気がした。

翌日。矢崎は、一日中、自宅のマンションから動かず、久保田からの連絡を待った。だが、昼になっても、夕方が来ても、久保田からの連絡は入らなかった。

七時を過ぎた頃になって、矢崎は心配になり、久保田の自宅に電話を入れてみた。久保田は、三年前に結婚して、田園調布に住んでいた。まだ、子供はない筈だった。

電話口には、奥さんが出たが、久保田は、まだ帰っていないという。冷たい、突き放したようない い方に夫婦の間が、あまり上手くいっていないことを、矢崎は感じた。

落ち着けないままに、矢崎は、夜の町へ出た。浅草へ行き、マリアに会いたかったが、その留守に、久保田から電話があってはと考え直して、また、マンションに帰って来た。

しかし、とうとう、久保田からの電話がないままに、一日がたってしまった。

朝になり、朝刊が投げ込まれる音で、矢崎は、浅い眠りから眼覚めた。

昨日は、午前三時頃まで、眠れずに起きていたのである。

矢崎は、ベッドからおり、ドアについている郵便受けから朝刊を抜き出した。ついでに、冷蔵庫を開け、二、三日前の牛乳を取り出し、それを飲みながら、ベッドに戻った。

仰向けに寝転んで新聞を広げた。

政治は、相変わらず、国民と無関係に動いている。

スポーツ欄も、最近は、興味を失った。夢を与えてくれなくなったからである。スポーツ自体が面白くなくなったのか、それとも矢崎自身が年とったせいなのか、彼にもわからない。

社会面を開いた。そのとたん、次の記事が、眼に飛び込んできた。

〈業界紙の記者の死体、多摩川に浮かぶ。

昨日午後十時頃、丸子多摩川付近で、男の死体が岸辺に浮かんでいるのを、夜釣りに来た鈴木晋さん（五〇）が発見し、警察に届けた。警察の調査によると、この人は、『薬物情報』記者の久保田進さん（三七）で、外傷もあり、警察では、事故死、殺人の両面から調査を開始した〉

4

矢崎は警察に呼ばれ、そこで、死体となった久保田に再会した。

一昨日、電話で話したことがまるで、遠い昔のことに思えてくる。

「私は広田です」

と応対した中年の刑事は、矢崎にいった。

「仏さんの持っていた手帳に、あなたの名前と、電話番号が書いてあったので、お呼びしたわけです」

「その手帳を見せて頂けませんか？」

と、矢崎が頼むと、広田は、

「今は駄目です。われわれの調べが終わればお見せできると思いますが、ほとんど、何も書き込んでありませんよ」

「そいつはおかしいですね。彼のメモ魔は有名なんです。それが、手帳に何も書いてないなんて、信じられませんね」

「頁が、だいぶ破られていましてね。自分で破いたのか、他人が破いたのかわかりませんが」

「久保田は殺されたんですか？　それとも、事故死ですか？」

「まだ、どちらとも断定できずに困っているのですよ。それで、あなたの協力を仰ぎたいんですが、久保田さんに最後に会われたのは、いつですか？」

刑事にきかれ、矢崎は、一瞬、どう答えようかと迷った。

久保田が何を見つけ出したかそれを知りたかった。彼が弾んだ声で電話してきたところをみれば、何か、村上製薬の秘密をつかんだに違いない。それも、金になる秘密だった筈だ。

しかし、その秘密が、公けになってしまっては、金にならなくなる。

「最近は会っていません」

矢崎は、嘘をついた。

「そうですか」

と、広田刑事は、ちょっと、がっかりした顔つきになった。

「しかし、久保田さんの手帳に、あなたの電話番号が書いてあったのは、何故でしょうか?」

「会いませんでしたが、一昨日、電話をくれました。それででしょう」

「どんな電話でした?」

「彼とは、私が、村上製薬に勤めていた頃からのつき合いなんです。一昨日、久しぶりに電話をくれましてね。たまには、一緒に飲もうじゃないかといわれたんです。それで楽しみにしていたんですが」

「それだけの電話ですか? 誰かに会うというようなことは、いっていませんでしたか?」

そんな質問を、広田刑事がしたところをみると、他殺、事故死のどちらとも断定していないといいながら、警察は、どうやら、他殺に傾いているようだった。

「そんな話はしていませんでしたが――」

「そうですか。ところで、『ローヤルウィッグ』というのが何のことかわかりますか?」

「ローヤルウィッグ？」

「そうです。片仮名で、『ローヤルウィッグ』です」

「それが、彼の手帳に書き込んであったんですか？」

「いや。久保田さんの部屋のカレンダーに、書き込んであった文字です。家族に聞いてみても、何のことだかわからないということでしてね。私としてはひょっとすると、これは薬の名前ではないかと思っているのです。ところが、どこの製薬会社でもその名前の薬は作っていません」

「新しく発売される新薬の名前じゃありませんか？　ローヤルという名前からすると、栄養剤みたいな感じですが」

「われわれも、そう考えました」

広田は微笑した。

「そうなんですか？」

「いや、どこの製薬会社でも、そんな名前の新薬は、作る予定はないということでしたね。もちろん、企業秘密ということもあるんでしょうが」

「村上製薬にも、問い合わせされたんですか？」

「ええ。しかし、あの会社も、当分新薬の発売はなしという返事でしたね」

と、広田はいった。

だが、矢崎は、その言葉を、そのまま、鵜呑みには出来なかった。

この刑事もいうように、製薬会社には秘密が多い。警察にきかれたからといって、簡単に、新薬の情報を明かす筈がない。村上製薬も同様だろう。

（ローヤルウィッグ）

と、矢崎は、口の中で呟いてみた。

たしかに、栄養剤にふさわしい名前だ。

久保田は、電話で、村上製薬の秘密をつかんだといっていた。その彼が、自分の部屋のカレンダーに書き込んでいたとすれば、彼がつかんだという秘密と、何らかの関係があったと考えるのが自然だろう。

（しかし——）

と、矢崎は考えた。

（ただ単に、村上製薬で、『ローヤルウィッグ』という新薬を発売するだけのことなら、製薬会社の当然の仕事であって、久保田が鬼の首でも取ったように喜ぶことではないのではないだろうか）

5

矢崎は、警察を出た。

久保田の死を惜しむ気持はなかった。友人といっても、もともと、利害関係で結ばれただけの仲だった。

むしろ、久保田まで殺されたかという恐怖のほうが強かった。

もちろん、おれは、久保田みたいに、むざむざ殺されるものかという気持もある。

久保田は、村上製薬の秘密をつかんだと、電話で、はしゃいでいた。多分、そのはしゃぎ過ぎが、彼の命取りになったのだ。浮かれて、無防備の状態で、相手に会いに行った。だから、殺されてしまったのだ。

矢崎が、警察を出る時、彼の遺体は、解剖のために、大塚の監察医務院に運ばれて行った。解剖が行なわれれば、恐らく、他殺であることが、はっきりするだろう。

久保田は、電話で、これから、女に会いに行くといっていた。

いや、電話口の久保田が、あまりにも、はしゃいでいたので、矢崎が、「今夜会う相手は、女か？」と、聞いたのだ。

久保田は、電話の向うで笑いながら、「ああ。なかなかの美人だぜ」といって、電話を切ったのだ。

今の状態で、女というと、まず考えられるのは、大道寺明子である。

彼女でないとすると、村上社長の新しい秘書ということになる。

久保田も、情報を、村上社長に近い人間から仕入れたようにいっていた。一昨夜、どちらに会ったにしろ、そこには、女だけでなく、恐しい殺し屋が待ち構えていたのだ。

矢崎は、歩きながら、腕時計に眼をやった。もう六時を過ぎている。陽が沈み、夕闇が、周囲に立ちこめてきていた。

矢崎は、手を上げてタクシーを止め、銀座へ向かった。大道寺明子に会って、久保田のことを聞いてみたくなったのだ。

「クラブ・アキコ」は、時間が早いせいか、まだ、客の数は少なかった。その少ない客の中に、村上社長の姿が見えた。大道寺明子は、村上の相手をしていた。

矢崎は、カウンターで一杯飲んでから、水割りの入ったグラスを手に持って、そのテーブルに近づいて行った。

「失礼」

と、いって、割り込む格好で、二人の間に腰を下ろした。村上は、露骨に嫌な顔をしたが、会社を辞めてしまえば対等だという意識が、矢崎にあったから、平気な顔で、

「やあ」と、二人に声をかけた。

「君か」

村上は、初めて気がついたというように、声を出して、

「今、ママさんと話をしているんだ。あとにしてくれないかね。何か、私に用があるようだが」

「村上さんに用じゃなくて、僕は、大道寺明子さんに用があるんですがね」

「あたしに、何の用かしら？」

大道寺明子は、微笑した。別に、矢崎を歓迎しているわけではなく、客商売をやっているので、反射的に、笑いが浮かんでしまうのだろう。

「僕の友人が死にましてね」

「そう。でも、あたしとは、何の関係もないわね」

「友人の名前は、久保田といいましてね。村上さんも、ご存知の男です。そうでしょう村上さん」

「私が？」

村上が、堅い表情できいた。

「業界紙の記者をやっていた久保田です。村上製薬の提灯《ちょうちん》記事も、何回か書いていますよ」

「ああ、あの男か」

「そうです。あの男が、多摩川で、死体で浮かんでいたんです。ご存知なかったんですか？　ニュースでやっていましたが」

村上に向かっていいながら、矢崎は、明子の表情を見ていた。だが、彼女の顔色に別に変化はなかった。

だが、久保田のことを、全く知らないと決めることは出来ない。知っていて、とぼけているのかも知れないからだ。

「私は忙しくて、それどころじゃないんだ」

村上が、そっけない調子でいった。

「あなたは、どうです？　久保田は、女に会いに行くと張り切っていて、その後、たしかに殺されたんです。僕は、ひょっとすると、あなたに会いに行ったんじゃないかと思っていたんですが、違いますか？」

「あたしに？」

明子は、びっくりしたように、特徴のある大きな眼を、矢崎に向けた。

「ええ。違いますか？」

「あたしは、その久保田さんとかいう人は、全然、知らないし、もちろん、会ったこともないわ。お気の毒だけど」

「おかしいな」

「何が？」

「あなたに会いにいったんだとばかり思っていたんですがねえ」

「その人、あたしに会いに行くと、矢崎さんにいったの？」

「いや具体的な名前はいいませんでしたが」

「じゃあ、いいかげんなことはいわないで欲しいわね」

「村上さんは、ご存知ありませんか。彼が、どこの誰に会いに行ったかを」

「私が知るわけがないだろう？」

「しかしねえ。村上さん。彼は、『ローヤルウィッグ』のことで、どこかの女に会いに行き殺されたんですよ。『ローヤルウィッグ』のことで」

矢崎が、ずばりと、その名前を口にしたとたん、村上の顔に、はっきりと、狼狽の色が走った。

（やっぱりだ）

と、矢崎は、思った。

やはり、『ローヤルウィッグ』というのは、村上製薬が関係している何かなのだ。

「知らんな！」

村上が、語調を荒くした。しかし、勢い込んで否定すれば否定するほど、矢崎は、自分の推理の正しさに確信を持った。

「『ローヤルウィッグ』ですよ」

と、矢崎は、ニヤッと笑って見せた。

「何のことか、私にはわからんね」

村上は、吐き捨てるようにいった。

「たしか村上製薬で、近く売り出す予定の新薬なんじゃありませんか？」

「そんな計画は、うちの会社にはないよ。夢でも見ているんじゃないのか？」

「いや。久保田は、死ぬ前に、僕に、村上製薬の『ローヤルウィッグ』の秘密をつかんだといい残しているんですよ。彼が殺されたのも、そのためだと、僕は思っているんです。これでも、『ローヤルウィッグ』のことは知らないというんですか？」

「知らんね」

「しかし、あとになって、『ローヤルウィッグ』という新薬が、村上製薬から発売されたりすると、面倒なことになりますよ。何しろ、警察は、この名前が久保田殺しと関係があるものと考えて捜査しているようですからね」

「君は、社長の私を脅迫するのかね？」

「僕は、もう、村上製薬の社員じゃありませんよ。馘にしたのをお忘れですか？」

「何が欲しいんだ？」

「僕は、ただ友人の久保田がなぜ殺されたのか、その理由を知りたいだけですよ」

「村上さん」と、見かねたように、明子が、村上に声をかけた。

「何です？」

「どうせわかることだから、この人に話してあげたら?」

「ミスター・ロドリゲスの承諾を得ずに話して構わないかね?」

「彼には、あたしが了解をとるわ」

「じゃ、いいだろう」

　と、村上は、肯いてから、矢崎に視線を戻して、

「うちは、近々、フィリピンのマニラ市に、フィリピンとの合弁会社を作ることになった」

「なるほど」

「フィリピンは、君も知っているように、一年中暑い国だ。当然、体力の消耗も激しい。もちろん、フィリピンにも、さまざまな栄養剤はあるが、ミスター・ロドリゲスから、近代的な栄養剤、疲労回復剤を、合同で作ってくれないかと頼まれてね。幸い、向うに既存の工場設備があるということなので、来年からでも新しい栄養剤を、作ろうと思っているのだ」

「その商品名が、『ローヤルウィッグ』ですか?」

「そうだ。私としては、利益は二の次で日比親善に少しでも役立てばいいと思っているんだよ。うちで開発した薬が、フィリピンの人たちの体位向上に貢献できると思うと、こういう仕事をしていて、本当によかったと思っているのだ」

「その通りよ」

と、明子も、傍からいった。

フィリピンで、『ローヤルウィッグ』という栄養剤を発売するというのは事実だろう。だが、日比親善などというのはきれいごとで、裏に何かあるのだ。そうでなければ、久保田が小躍りし、その久保田が無残に殺されることもなかった筈だ。

（しかし、裏に何があるのだろう？）

6

三日後、村上の言葉を裏書きする記事が新聞にのった。

《フィリピンで日比合弁の製薬会社発足》

という見出しだった。

日本側からは、村上製薬が、資金と技術を提供し、第一歩として、栄養剤『ローヤルウィッグ』を製造販売すると書いてある。

それを記念して、マニラ市内の一流ホテルで、パーティが開かれる予定との記事もあった。

パーティは、十月六日だった。恐らく、村上社長も、大道寺明子も出席するだろう。

ときわ興業社長の岩城も、あるいは、その前後にマニラ入りするかも知れない。岩城にとって村上製薬と大道寺明子は、金のなる木だろうからである。

矢崎も、マニラへ行く決心をした。『ローヤルウィッグ』という栄養剤に、どんな謎がかくされているのかそれを知りたかったからである。

矢崎は、浅草の「サンクチュアリ」に行き、マリアに会った。

呼び出すわけにはいかないので、いつものように、客として、個室にあがった。

マリアを抱けるのは楽しいのだが、その一方で、彼女が、会うたびに、水商売になれていくのが、悲しくもある。

「明日、一緒にマニラに行こうじゃないか」

と、裸のマリアを抱きしめて、その耳元でいった。

「マニラで何があるの？」

「関係者全員が集まるんだ」

「ここの社長も行くのかしら？」

「恐らく、出かけるだろうね。十月六日に、マニラで、大きなパーティがある。村上製薬と、ミスター・ロドリゲスが手を結んだのを記念するパーティだよ。当然、大道寺明子も参加するだろうし、ここの社長にも、招待状が来る筈だ。このパーティが、獲物を分け合うパーティならばね」

「なぜ、ここの社長に、招待状が来るとわかるの？」

マリアは、矢崎の首に両手を廻した格好で、下から、じっと、彼を見上げた。

矢崎は、軽く、マリアにキスしてから、

「理由は二つさ。マニラで、大橋富佐子や、君の妹さんを殺したのは、岩城の手下たちで、殺しを引き受けて、ミスター・ロドリゲスや、大道寺明子に、恩を売った。これが第一の理由だよ」

「でも、殺しの報酬は、貰っているんでしょう？」

「もちろん、払っている筈だよ。大道寺明子や、ミスター・ロドリゲスは、それで、岩城には、何の係《かか》わりもないと考えたんだと思う。村上製薬とのことでは、岩城を除外して、事を進めようとしたふしがある。ミスター・ロドリゲスが来日した時の歓迎パーティに、岩城は、呼ばれていなかったからね」

「それで、ピンク・シスターズを、誘拐したのね？」

「誘拐しておいて、大道寺明子を、電話で脅かしたのさ。ミスター・ロドリゲスの歓迎パーティの席で、肝心の芸能人が消えてしまったら、ホスト役の大道寺明子の責任になる。メンツが立たない。それで、彼女は、岩城の要求を呑んで、ピンク・シスターズを返して貰った」

「その要求というのは？」

「決まっているよ。獲物の分け前を要求したのさ」

「私には、よくわからないんだけど、どんな獲物なのかしら」

「僕にもわからない。だから、それを知りたいんだ。獲物が何なのかわからないんじゃ、どうしようもないからね」

「ミスター・ヤザキは、それを探って、彼等を脅迫するのね？　ここの社長と同じように、獲物の分け前にあずかるために」

「僕は、金が欲しいんだ。ただし、前にいったように、君が、妹さんの仇討ちするのを邪魔はしない。それは誓ってもいいよ」

「ありがとう」

「一緒にマニラへ行く気になったかい？」

「ここの社長が行くのなら、私も、もちろん、マニラに帰るわ」

「オーケー。決まった」

と、矢崎はいった。

7

矢崎は、再び、成田空港からマニラへ向かった。

今度は、マリアが一緒である。

ロビーで、マニラ経由バンコク行の便を待っていると、華やかな空気を振り撒《ま》きながら、若い女の一団が入って来た。

いずれも、二十代前半に見える七人の娘たちである。美人揃いだった。

そのせいか、外国人客の中には「おやッ」という表情で振り向く者が多かった。

矢崎も、彼女たちに視線をやり、じっと見つめていたが、それは、必ずしも、美人揃いのせいだけではなかった。

七人の中に一人、リーダー格で、あれこれ指示している女の顔に、見覚えがあったからである。

最初は、どこかで見たような女だなと思いながら、はっきりと思い出せなかったが、搭乗ゲートに向かって動き出したとき、彼女たちも、同じゲートに並んで来た。

(同じ飛行機か)

と、思ってから、矢崎は、やっと彼女をどこで見たのかを思い出した。

大道寺明子の店「クラブ・アキコ」で見たのだ。

あの店のホステスである。

(たしか、店での名前は、ユミコといった筈だ)

大道寺明子が、銀座の店を開いた時からいるホステスだから、古顔である。明子の信頼も厚いのではないだろうか。

そのユミコが、若くて美人揃いの女たちを引き連れて、何処へ何しに行くのだろうか？

他の六人の中には、どう見ても、水商売の女には見えない者も、何人かいる。

ホステスたちのレジャー旅行というのでもなさそうである。

わざと足をおくらせて、彼女たちの傍を歩いていると、話し声や、明るい笑い声が聞こえてくる。

「マニラのナイトクラブには、日本の一流クラブより立派な店もあるのよ」

そんなことを喋っているユミコの声が、矢崎の耳に入ってくる。

(やはり、マニラに行くのか)

と、矢崎は思った。

フィリピンは、三十五、六度の暑さで、景色のいいセブ島あたりに泳ぎに行こうとか、水着を忘れたから、向うで買わなきゃあ、といった話が続いている。

「何か気になることがあるのか？　ミスター・ヤザキ」

と、マリアが、不安気にきいた。

「マニラで殺された大橋富佐子のことを考えていたんだ」

「あなたの恋人ね」

「昔のね」

「特にことわることはないわ」

マリアが、微笑した。

矢崎は、ちらりと、もう一度、ユミコたちのグループに眼をやってから、

「あそこにいる女性たちは、ひょっとすると、第二の大橋富佐子かも知れないんだ」

「なぜ？」

マリアは、大きな眼を、一層大きくして、矢崎を見つめた。

「彼女たちは、どうやら、大道寺明子に誘われて、フィリピンに行くらしい。殺された大橋富佐子も、いい金になる仕事があるからと、大道寺明子に誘われて、フィリピンに行ったんだ」

「いいお金になる仕事って、どんな仕事だったのかしら？」

「わからない、肝心の富佐子が死んでしまったからね。だいたいの想像はつくんだが」

「セックスに関係したこと？」

「多分ね。こんな言葉は使いたくないが、人身御供《ひとみごくう》にされたんじゃないかと思う」

「ミスター・ロドリゲスへの人身御供？」

「イエス。大道寺明子は、彼のご機嫌をとるために、富佐子を欺《だま》して、フィリピンに行かせたんだと思うね。富佐子の他にも、何人かの日本女性を、ミスター・ロドリゲスに

抱かせたんだろうと思う。ところが、富佐子だけは、嫌がった。だから、殺されたんだ」

「彼女は、あなたへの愛から、断ったのかしら？」

「それほど、僕は自惚《うぬぼ》れは強くないよ」と、矢崎は、笑った。

「たしかに、富佐子は、僕に惚れていた。だが、彼女は、村上社長の女でもあったんだ。良くも悪くも、セックスには、かなりルーズだったよ。マニラでミスター・ロドリゲスに迫られたとしても、それが金になるなら、殺される危険までおかして、拒絶はしなかった筈だ」

「それなら、なぜ殺されたの？」

「僕は、こう考えている。ミスター・ロドリゲスの要求が、異常なセックスだったんじゃないだろうかとね。それで、我慢できずに、富佐子は、拒絶した。ミスター・ロドリゲスにしてみれば、恥をかかされたわけだ。富佐子の口から、それが洩れるのを恐れた。そこで、富佐子を送って来た大道寺明子に文句をいった。驚いた明子は、ときわ興業の連中を利用して、富佐子を殺させたんだ。ミスター・ロドリゲスについてそのセックス面で、妙な噂を聞いていないかな？」

「そうねえ」

　マリアは、しばらく考えていたが、

「こんな噂を聞いたことがあるわ。セブ島に、彼の素晴らしい別荘があって、彼は、自家用機で、行くらしいんだけど、時々、その別荘で、セックス・パーティが開かれるというの」

「セックス・パーティね」

「そのパーティでは、裸の女たちがセリ市にかけられて、政財界のお偉方に抱かれるという噂だわ」

「富佐子も、そのパーティに送り込まれたんだろうな」

「あそこにいるグループも、ミスター・ロドリゲスへの新しい犠牲というわけね」

「犠牲かどうかは、彼女たち自身の考え方によって変わってくるだろうがね。セックス・パーティが好きな女なら、結構、楽しんで、金を貰って日本へ帰って来るかも知れない」

「嫌いな女だったら？」

「また、富佐子みたいに殺される女性が出てくるかも知れないね」

「許せないわ。恐らく、そのパーティには、フィリピンの女性も、日本の実業家や政治家へのなぐさみものとして、参加させられるんだと思うわ」

「そうだろうね。特に、日本人の男は、外国の女が好きだからね」

矢崎が、いってから苦笑したのは、彼自身もそんな日本男性の一人だったからである。

8

矢崎とマリアを乗せたボーイング747SRは、マニラへ向かって飛び立った。

マリアは、さすがに、久しぶりに帰る故国がなつかしいのだろう。じっと、窓に顔を押しつけるようにして、移り変わる眼下の景色を眺めていた。

機内は、相変わらず、男の団体客が多い。マニラや、バンコクへ、女を買いに行く一団であろう。これでは、東南アジアの人々から、日本人観光客が、セックスアニマルと呼ばれるのは、当然かも知れない。

窓の下に北部ルソンの山脈が見えてきた。

「フィリピンだわ」

と、マリアが、嬉しげに呟いた。

ジャンボ機は、マニラ湾上で半円を描いてから、ぎらぎらと暑い太陽の照りつけるマニラ国際空港に着陸した。

「マニラだわ」

と、マリアが、また呟いた。

二人が、税関を抜けて、空港待合室へ出ると、ユミコたちの女ばかりのグループは、そのまま、フィリピンの国内航空のカウンターのほうへ歩いて行く。

「ミスター・ロドリゲスの別荘は、セブ島にあるといったね？」

と、矢崎は、マリアを見た。

「ええ。セブ島は、景色のいい所だわ。死んだ妹も、お金が儲かったらセブ島に住みたいといっていたの」

「それは、彼女から聞いたことがあるよ。どうやら、日本から来た女性たちは、セブ島へ行くらしい」

「ミスター・ロドリゲスの別荘に呼ばれているのね」

「そうだろうね。そこには、村上社長も、大道寺明子も来るに違いないよ。マニラで、祝賀パーティが開かれるのだが、本当のパーティは、セブ島の別荘で開かれるらしい」

「そこには、ときわ興業の社長も現われるかしら？」

「現われないほうがおかしいね」

「じゃあ、私たちも、セブ島へ行きましょう」

「マニラで、会わなければならない人がいるんじゃないのかい？　それなら、僕が一人で、先にセブ島へ行ってもいい。君は、明日、セブ島に来たまえ」

「明日でも、間に合うかしら？」

「十分間に合うさ。恐らく、セブ島の別荘でのセックス・パーティは、何日も続けられる筈だからね」

「じゃあ、私は、明日、セブ島に行くわ」

「オーケー」と、矢崎はいった。

空港内で、マリアと別れた矢崎はセブ島行のフィリピン航空に乗った。ユミコたちも一緒だった。矢崎はユミコに知られるのを恐れて、サングラスをかけ、英字新聞で顔をかくしていた。

一時間少しで、ジェット旅客機はセブ空港に到着した。

頭上の空は、マニラよりも一層、青く見えた。陽射しも強烈だ。

ユミコたちは、空港に迎えに来ていた大型車二台で、どこかへ運ばれて行った。どこへ行ったかは、調べるまでもない。ミスター・ロドリゲスの別荘へ行ったのだ。

もし、そこへもぐり込むことが出来れば、富佐子がなぜ殺されたかも、村上製薬がフィリピンで何をやろうとしているかも、わかるに違いないのだが。

9

矢崎は、空港案内所で、ミスター・ロドリゲスの別荘が、どこにあるかをきいてみた。

「あの方の別荘なら、すぐわかりますわ」

と、案内嬢は、ニッコリ笑って、

「車で十五、六分のところに、ビバリーヒルズという別荘地があります。ええ、アメリカのハリウッドと同じ地名ですわ」

「ミスター・ロドリゲスの別荘も、そこにあるわけですか?」

「ええ。そこで、一番大きな家をお探しなさい。ミスター・ロドリゲスの別荘ですから」

と、案内嬢は、また、ニッコリした。

やはり、ミスター・ロドリゲスの別荘は、ここでも有名らしかった。

矢崎は、一度、その別荘を下見しておこうと思い、空港を出て、タクシーを拾った。

タクシーは、水路にかかった橋を渡った。

そのあと、椰子の並木道をしばらく走り、小高い丘に向かって、舗装した道路をのぼり始めた。

その丘が、ビバリーヒルズだった。

矢崎は、タクシーを捨て、歩いてみることにした。

なるほど、高級別荘地らしく、大きな家が並んでいる。マニラの街もアメリカ的な色彩が濃かったが、この別荘地も同じである。名前からしてビバリーヒルズとつけているように、青々とした芝生の前庭があり、大きな車庫に、アメリカの高級車が入っているといった家が多い。

アメリカと違っている点といえば、人件費の安いこの国らしく、芝生の手入れをしている使用人の姿が、ちらほら見えることだった。

中には、中国風の建物もあった。このフィリピンでも、華僑《かきょう》が、経済の分野で活躍しているということなのだろう。

丘の一番高い所に、ひときわ大きな邸《やしき》があった。門のところには、拳銃を腰にぶら下げたガードマンが二人立っている。どちらも、三十歳ぐらいの男で、サングラスをかけた無表情な顔はちょっと無気味だった。

門から建物までは、幅の広い道路が延び、その両側は、椰子並木になっていた。

突然、頭上に爆音が聞こえた。

強い太陽を、手でさえぎるようにしながら頭上を見上げると、白とブルーの二色に塗りわけられたヘリコプターが、ゆっくり旋回しながら、降下してくるのが見えた。

まるで、矢崎に向かって降りてくるような感じだったが、そのヘリコプターが降下したのは、眼の前の別荘の裏側だった。裏庭にはヘリポートも作られているようだった。

矢崎は、門柱のところに、ロドリゲス・ジュニアの名前を読み取ってから、引き返すことにした。

その日は、海沿いに建てられたリゾートホテルに泊ることにした。

このセブ島で、一番大きなリゾートホテルだというそのホテルに入ると、ここにも、日本人の団体客が、二組もいた。この頃は、どんな辺鄙《へんぴ》な場所へ行っても、日本人がいる感じがしてならない。フィリピンの保養地といわれるセブ島なら、二組ぐらい日本人の観光客がいても、おかしくはないかも知れなかった。

一組は、日本の航空会社のパック旅行の人たちだったが、もう一組は飛行機の中で一緒だったユミコたちだった。

プール脇のテラスで夕食をとる時一緒になった矢崎は、彼のほうから、ユミコに声をかけた。

最初、ユミコは、明らかに当惑した顔で、彼を知らない人間のように振る舞おうとした。

だが、矢崎は、しつっこく、「僕だよ」と、彼女にいった。

「銀座のクラブ・アキコで、よく会った筈だよ」

「ええ。わかったわ」

と、ユミコは、仕方がないというように肯いたが、同行している女たちのほうを見て、

「今日は、彼女たちと一緒なの。だから、悪いけど」

「みんな美人だね。もちろん、君もだが」

「ありがとう」

「君たちが、何処へ行くかは、知っているよ」

「あたしたちは、五日間の予定で、フィリピンの観光旅行をしていくことになっているんだけど」

「その観光旅行の中に、ミスター・ロドリゲスの別荘でのパーティも入っているわけだね」

「何のことかわからないわ」

「おや、彼女たちには、まだ、話してないのかい？」

矢崎が、ニヤリと笑って見せると、ユミコは、

「ちょっと、こっちへ来て」

と、プールの反対側へ引っ張って行った。

照明に浮き上がったプールでは、アメリカ人らしい若いカップルが、水をかけ合ってはしゃいでいる。

プールサイドには、五、六メートル置きにテーブルが並んでいた。

ユミコは、その一つに、強引に、矢崎を座らせて、

「彼女たちの前で、変なことはいわないでよ」

と、怒った顔でいった。

矢崎は、落ち着き払って、煙草をくわえた。

「事実をいっただけだよ。それがいけなかったのかな」

「ミスター・ロドリゲスなんて知らないわ」

「そいつはおかしいなあ」

と、矢崎は、笑った。

「クラブ・アキコで、この間、ミスター・ロドリゲスの歓迎パーティをやったじゃないか。君も、あのパーティに、コンパニオンで出ていた筈だよ。その君が、ミスター・ロドリゲスを知らないとはね」

「――――」

「君は、大道寺明子に頼まれて、彼女たちを、ミスター・ロドリゲスの別荘に連れて来たのさ。あそこで開かれるセックス・パーティは有名だからね」

「そんなパーティなんか知らないわ」

「それなら、彼女たちに、僕がそのパーティのことを話してやろうかね。前にも、一人、日本の女が瞞《だま》されてやって来て、そのパーティに出るのを拒んで殺されたことがあることもさ」

矢崎が、立ち上がるジェスチュアを見せると、ユミコは、あわてて、

「待ってよ！」

と、矢崎の腕をつかんだ。

「何だい？」

「変なことを、彼女たちにいわないでよ」

「変なことかねえ」

「何が欲しいの？」

「何だって？」

「お金が欲しいの？」

「まるで、僕が君を脅迫しているみたいないい方だな」

「現に、脅迫してるじゃないの」

ユミコは、眉を吊《つ》りあげるようにして、矢崎を睨んでいる。

矢崎は、わざと、おどけて、

「怖いねえ。食いつきそうな顔をしてるじゃないか」

「茶化さないで頂戴。お金が欲しいのかも知れないけど、あたしは、お金は持ってないわよ」

「僕も、今のところ、金に不自由はしていないよ。もちろん、金ってやつは、いくらあってもいいものだけどね」

「じゃあ、何が欲しいの？」

「僕も、ミスター・ロドリゲスの別荘で開かれるパーティに、出席したいと思ってね。

招待されるように、取りはからって欲しいんだな」

「あたしには、そんなことは出来ないわ」

「もちろん、君には無理だろうさ。だが、大道寺明子には、出来る筈だよ。彼女も、フィリピンに来るんだろう？　いや、もう来ているんじゃないか。彼女に問い合わせてみたらどうかね？」

「聞いてはみるけど、期待はしないで欲しいわ」

「いや。期待してるよ。もし、僕が出席できなかったら、日本に帰ってから、ミスター・ロドリゲスの別荘で開かれるセックス・パーティについて、あることないこと、新聞に喋ってやるつもりだ。幸い、あそこにいる女の子たちという証人もいることだからね」

「部屋ナンバーを聞いておくわ」

「二〇九号室だよ。断っておくが、僕が欲しいのは、色よい返事でね。怖いお兄さんなんか、部屋によこさないでくれよ」

「何のことかわからないわ」

「それも、大道寺明子が、よく知っているさ」

と、矢崎は、いってから、立ち上がった。

「もういいかね。まだ、夕食の途中だったものでね。早く戻らないと、スープがさめてしまうんだ」

「いいわ」

と、ユミコがいった。

10

夕食をすませると、矢崎は、自分の部屋に戻った。

フィリピンのホテルは、たいていそうだが、この部屋もアメリカ的というのか、全体に大きく作ってある。ベッドも大きいし、衣裳ダンスも馬鹿でかい。

冷房は、あまりきいていなかった。矢崎は、上半身はだかになって、大きなベッドに、仰向けに寝転んだ。

いつもの矢崎なら、さっそく、女のマッサージでも頼むところだが、今日は、そんな気になれなかった。

仰向けになったまま、煙草に火をつけた。

さっき、ユミコにアタックしたのが、成功だったかどうか、矢崎自身にもわからなかった。わかっているのは、ユミコが、大道寺明子に、相談するだろうということだけだった。

問題は、大道寺明子の出方である。

彼女は、誰かに話をするだろうか？　ミスター・ロドリゲスには、相談するだろう。彼の別荘で行なわれるパーティだからだ。

その他に、パーティに出席する日本人としては、明子のパートナーである浅倉代議士、村上製薬社長、それに、ときわ興業の岩城も考えられる。明子は、彼等にも相談するだろうか？

岩城なら、容赦なく消してしまえというだろう。すでに、何人も殺しているからだ。彼が、フィリピンに来ているとすれば、彼の手下も、来ているに決まっている。

矢崎は、急にベッドから起き上がると、あわてて、ドアのチェーンロックをかけた。岩城の手下に殺されるのは、真っ平だと思ったからだ。

窓にも、鍵をかけた。

もし、彼等が、矢崎を殺す気になったら、これから殺しに行くと、紳士的に断ったりはしないだろう。いきなり部屋に入って来て、頭をぶん殴るに違いない。気を失わせておいて、どこかへ運ばれるだろう。

そして、翌朝、プールか、海に、死体となって浮かんでいるという寸法だ。ここの警察は、多分、事故死として処理するだろう。異国の人間が一人や二人死んだところで、その死因がおかしいと、マスコミも、大衆も、騒ぎはしまい。

そう考えて、チェーンロックをかけたのだが、こちらは、ピストル一丁持っていない。相手が、矢崎を殺す気になったら、もはや、この国から逃げ切れまい。そんなことを考えると、ベッドに横になっていても、眠れはしなかった。

もし、オーケーの決定だったら、どんなふうに連絡してくるだろうか？

大道寺明子が、自ら、電話してくるだろうか？　矢崎は、ちらりと、枕元の電話に眼をやった。

矢崎をミスター・ロドリゲスのパーティに招待するということは、殺すよりは、買収したほうがいいと判断することである。

(そう判断して貰いたいものだ)

と、矢崎は思った。

午前三時頃まで起きていた。が、電話は、とうとうかかって来なかった。

そのあと、うとうとした。眼覚めたとき、窓のカーテン越しに、熱帯の強烈な太陽が射し込んでいる。

反射的に、ドアに眼をやったが、チェーンロックは、かかったままだ。窓にも異常はない。

(とにかく、昨夜は、おれを殺しには来なかったのだ)

と、思い、矢崎は、ベッドからおりた。

時刻は、午前十時を廻っていた。朝食の時間は過ぎてしまっていたが、食欲がなかった。

正午になったら、空港に、マリアを迎えに行かなければならない。

シャワーを浴びて眠けをさましてから、矢崎は、着替えをして部屋を出た。

フロントに、鍵《キー》を預けながら、

「二〇九号室の矢崎だが、何か伝言はなかったかね？」

と、フロントマンにきいてみた。

口ひげを生やしたフロントマンはメモの束を繰っていたが、

「何もございません」

「そうか」

矢崎は、がっかりした。ミスター・ロドリゲスのパーティにもぐり込めないと、何もかもわからないままに、日本へ帰らなければならないことになりかねなかったからである。

「日本人の女性ばかりのグループは何をしているか知らないかね？」

「朝食のあと、お出かけになりました」

「何処へ？」

「さあ。多分、海岸へ泳ぎに行かれたんだと思いますが」

「それならいいんだ」

矢崎は、ホテルを出ると、タクシーで空港に向かった。

マリアを乗せたフィリピン航空のボーイング737は、十数分おくれて到着したが、彼女は、元気だった。

矢崎は、マリアを連れて、ホテルに戻りながら、ユミコに圧力をかけたことを話した。

「それで、ミスター・ロドリゲスのパーティに招待される可能性はあるの?」

と、マリアは、タクシーの中できいた。

「今朝までは、何の反応もなかったよ」

「黙殺する気かしら?」

「わからないね。僕がうるさい存在だと思えば、殺すだろう。大橋富佐子や、君の妹のようにね」

タクシーが、ホテルに着き、矢崎がフロントで鍵《キー》を貰おうとすると、フロントマンが、鍵《キー》と一緒に、白い封筒をくれた。

「何だい?　これは?」

と、矢崎がきくと、

「さっき、ミスター・ヤザキに渡してくれと、メッセンジャーが持って来たものです」

と、フロントマンがいった。

封筒の中には、香水をふりかけたカードが入っていた。
パーティへの招待状だった。

セックス・パーティ

1

〈貴下を、来る六日午後七時より、小生の別荘で開かれるパーティに、ご招待申しあげることは、小生の限りなき喜びとするものであります。

ロドリゲス・JR

矢崎様〉

招待状には、そう印刷されていた。

矢崎は、それをマリアに見せた。

二人は、プールサイドの椅子に腰を下ろした。

「出席なさるの？」

と、マリアが、きいた。

「もちろん」

矢崎は、笑顔を見せて、肯いた。

「あなたは、殺されるかも知れないわ」

マリアは、心配そうだった。

「向うが殺すつもりなら、こんな招待状をよこさずに、昨夜《ゆうべ》の中《うち》に殺しているさ。どうやら、このリゾートホテルにも、ミスター・ロドリゲスは出資しているらしいから、マスター・キーぐらいは、簡単に入手できる筈だ。僕は、昨日、錠を下ろし、チェーンロックをかけて寝たんだが、殺す気なら、簡単に殺されていたさ。チェーンロックなんか、カッターを使えば、簡単に切られてしまうからね」

「じゃあ、相手は、あなたをパーティに招待して、買収する気なのかしら？」

「多分ね。僕は、それにのって、彼等が、何を企《たくら》んでいるのかを、探ってみるつもりだ。それがわからないと、大金をゆすり取ることだって、出来ないからね」

「どうしても、警察には、頼まないつもりね？」

「金が欲しいんだ」

「彼等の秘密をつかんで、分け前にあずかるということは、彼等と同じ悪人になってしまうことだわ。それでもいいの？」

マリアは悲しそうに、矢崎を見つめた。

「日本には、〝毒をくらわば皿まで〟という諺《ことわざ》があるんだ。僕は、もう、引き返せないところまで来てしまっているし、引き返す気もない。君も、僕と一緒に、ぜいたくをする気になれないか？　村上製薬が、ミスター・ロドリゲスと手を組んで、フィリピンに進出したということは、それなりの利益があげられると計算したからだ。だから、上手く食いつけば、何万ドル、いや、何十万ドルという分け前にあずかれると、僕は計算している。その金で、フィリピンに土地を買ったっていい。このリゾートホテルだって買えるよ。僕が、社長でも、君が社長でもいい。どうだい？　二人で金を手に入れて、こんなリゾートホテルを経営してみないか？」

矢崎は、柄にもなく、真剣に、マリアにいった。口説いたといってもよかった。

矢崎は、日本に未練はなかった。このフィリピンで、マリアと生活するのも悪くないと思っていた。ここは、物価は安いし、気候もいい。日本がなつかしくなったら、時々、遊びに行けばいいのだ。

マリアは、戸惑いの眼になって、矢崎を見た。

「今、いったことは、私に対するプロポーズなの？」

「そう思ってくれてもいいよ。大金を手に入れても、一人じゃあ詰らない。出来れば、君と一緒に暮らしたいのさ」

「幸福になれる筈がないわ」

「大金と、僕の愛情があってもかい？」

「表面上は、幸福になれるでしょうね。私だって、ヤザキが好きだし、こんなリゾートホテルを持てたら素晴らしいと思うわ。でも駄目」

「なぜ、駄目なんだ？」

「それは、正しくないことだわ」

「ねえ。マリア」

矢崎は、彼女の両肩をつかむと、じっと、その顔をのぞき込んだ。

「この世の中には、二通りの人間しかいないんだ。成功した奴と、駄目な奴さ。勝者と敗者といってもいい。金をつかんだ人間が、金のない人間を支配するんだ。この国でいえば、ミスター・ロドリゲスは勝者で、支配者だ。僕は、負け犬は真っ平だし、支配されるのも嫌いだ。第一、負け犬で、他人に支配されていたら、いくら二人の間に愛情があったって、幸福になれっこない。それくらいのことは、君にだってわかる筈だ。いいことか悪いことかは別にして、今の時代は、幸福だって金で買えるんだ。だから、僕は、金が欲しい。それも、大金がだよ」

「あなたは、一つのことを忘れているわ。ミスター・ヤザキ」

「良心の問題だったら、僕の良心は、決して痛まないよ。大金と、美しい君を手に入れられて、なぜ良心が痛むんだ？」

「私自身の問題なの」

と、マリアは、静かな調子でいった。

「どういう意味だい？」

「私は、自分を欺せないわ。一時的には、あなたと幸福に暮らせるかも知れない。あなたの愛情と、ぜいたくな生活が、私の良心を麻痺《まひ》させるかも知れないわ。でも、駄目。殺された妹に、何もしてやれなかったことが、きっと、私を苦しめるわ。それに、私を傷つけ、あなたをも傷つけることになるに決まっているわ」

「君の妹には、盛大な葬式をしてやればいいじゃないか。君の親戚がびっくりするような盛大な葬式をさ。それで、彼女の霊も浮かばれるんじゃないかな」

「誰のお金で、盛大なお葬式を出すの？」

と、マリアはいった。

「妹を殺した人間たちから貰ったお金で、お葬式を出してやっても、妹は、決して喜びはしないわ」

「もっと、リラックスした考え方は出来ないのかな。誰の金だろうと、金は金じゃないか」

「私は駄目なの。ごめんなさい」

マリアは、眼を伏せていい、ふっと、立ち上がってしまった。

これで二度目だなと、矢崎は思った。矢崎の提案は、二度、拒絶されたことになる。

(マリアには、おれの誘いは、悪魔の誘惑に聞こえるのだろうか?)

2

五日に、マニラの一流ホテルで、正式に、新しい栄養剤『ローヤルウィッグ』の発表会があったが、それには、矢崎は、出席しなかった。

それは、型どおりの発表会で、矢崎の知りたい秘密は、見つけられまいと思ったからである。

フィリピンの新聞は、この新薬のことを大々的に報道した。

矢崎とマリアは、朝食のあと、プールサイドのテーブルに腰を下ろして、その新聞を読んだ。

矢崎は、もう、マリアに、自分の考えを強制するのを諦めていた。この美しいフィリピン娘は頑として譲ろうとしない何かを持っているのだ。

新聞によれば、『ローヤルウィッグ』の有効性は、マニラ市にある研究所の分析によって、確かめられたという。

もっとも、その研究所の名称が、ロドリゲス研究所となっているから、有効性が確認されるのは、当然かも知れなかった。

分析結果も出ていて、「特に、疲労回復に有効である」とも、書いてあった。そのため、まず、軍隊内で使用され、生産量があがり次第、フィリピン全土で販売される予定だという。

五〇ccの小さなアンプルが、一本、五ペソ（日本円で約二百円）だとも書いてあった。フィリピン人の生活程度を考えれば、かなり高額の栄養剤である。

「軍隊の中で、兵隊に飲ませるのは国が払うんだから、いくらでも売れるだろうが、一般に市販されて、売れると思うかい？」

と、矢崎はマリアにきいてみた。

「政府が、効力があるというお墨つきを与えれば、売れるかも知れないわ。たしかに一本五ペソというのは、私たちには高価だけど、一日一本飲めば、健康が保てて、医者にいかなくてすむということにでもなれば、喜んで飲むと思うわ」

「そうかね」

「貧しいから、高い薬を買わないだろうというのは、間違いよ。貧しければ貧しいほど、病気が怖くなるからよ。医療制度の完備していないこの国では、治りにくい病気にかかったら、それで、アウトよ。だから、この『ローヤルウィッグ』の宣伝さえ上手ければ、無理をしてでも、飲むと思うわ」

マリアは、ゆっくり考えながらいった。

彼女のいう通りかも知れないと、矢崎は思った。そして、村上も、ミスター・ロドリゲスも、この栄養剤が売れると判断したからこそ、今度の発表になったに違いない。

「この栄養剤が、本当に、疲労回復に効果があるとしたら、あなたには彼等をどうすることも出来ないんじゃないの？　ミスター・ヤザキ」

マリアは、心配そうにきいた。

「その通りだよ」

「それだけじゃないわ」

「というと？」

「この『ローヤルウィッグ』が、あまり効かなくても、それだけでは、どうしようもないんじゃないかしら。栄養剤なんて、もともと、そんなに効果があるものじゃないんだから」

「イエス。だが、ノーでもある」

「なぜ？」

「何か不正があるんだ。この栄養剤の効果とは別の不正がね。そうでなければ、僕を、わざわざ招待して、丸め込もうとする筈がないよ」

それは、矢崎の確信だった。

明日六日のパーティに出席したら、その不正が何なのか、見つけ出す必要があった。

3

六日は、午前中に、セブ島全体を、強いスコールが通過した。

猛烈なスコールで、一時は、数メートル先も見えなくなり、巨大な滝の中に放り込まれた感じだった。

舗装されていない道路は、たちまち、一面の泥沼になったが、スコールが通り過ぎると、また、ぎらぎらする熱帯の太陽が顔を出し、みるみるうちに、道路は乾いていった。

夕方六時半に、矢崎は、マリアをリゾートホテルに残して、ビバリーヒルズにあるミスター・ロドリゲスの別荘へ出かけた。

別荘へ着いたのは、七時少し前だった。

煌々《こうこう》とライトに照らし出された玄関には、高級車が横付けされ、招待客がおりてくる。

そんな中で、タクシーで乗りつけるのは、照れ臭かったが、仕方がなかった。

矢崎が、真っ赤な絨緞を敷きつめた入口を入って行くと、盛装したミスター・ロドリゲスが、着物姿の大道寺明子と並んで、客を迎えていた。

矢崎が、招待状を、ボーイに渡して、二人の前に進んでいくと、明子は、一瞬、眉をひそめたが、すぐ、笑顔になって、

「いらっしゃい。今夜は、十分に楽しんで下さいね」

と彼女の方から声をかけてきた。

明子はロドリゲスに、矢崎を紹介した。

ロドリゲスは、サングラスの奥から、じっと矢崎を見た。

「ミスター・ヤザキは、何をしている人かな？」

矢崎のことを、よく知っていながらわざわざきいたのか、あまりよく知らないのか、わからなかった。

「昔は、ミスター・ムラカミの秘書をしていたことがあります」

と、矢崎は、わざといってみた。

だが、サングラスの奥のロドリゲスの眼に、別に警戒の色は浮かばなかった。ただ、微笑しただけである。

矢崎は、追い打ちをかけるように、

「この度は、村上製薬と共同で、栄養剤『ローヤルウィッグ』を売り出されるそうで、おめでとうございます」

と、いった。

「ありがとう。まずは、軍隊への納入で手一杯で、一般に市販されるのは、二、三カ月先のことになるだろうね」

「失礼ですが、本当に効くんですか？『ローヤルウィッグ』というのは」

矢崎がきくと、明子のほうが、きッとした顔になった。

ロドリゲスは、笑って、

「効果がなければ、軍が採用する筈がないよ。いい薬だということは、私が保証する。今夜のパーティの席にも、置いておく筈だから疲れたと思ったら飲んでみたまえ」

といってから、それなり、矢崎を無視して、次の客に、笑顔で、声をかけていた。

矢崎は、パーティの開かれる大広間の方に歩いて行った。

広間の入口のところに、バニースタイルの若い女が二人いて、矢崎が近づくと、

「これをかぶって頂くことになっていますから」

と、仮面を差し出した。顔の上半分が、すっぽりとかくれる仮面だった。受け取って、顔につけると、何やら秘密のパーティらしき雰囲気になって来た。

広間には、すでに十四、五人の客が集まっていた。

男の方が圧倒的に多かった。誰も彼も、仮面をつけているので、村上や、岩城、それに代議士の浅倉が、そこにいるのかどうか、よくわからなかった。

バニースタイルの娘たちが、シャンペンを運んで来た。

矢崎は、グラスを受け取って、口に運んだ。年代物のシャンペンらしく、口当りが柔らかい。
十二、三分して、ロドリゲスが、マイクの前に立った。
「今夜は、お集まり頂きまして、ありがとうございます。皆さまに、お楽しみ頂くために、種々、工夫をこらしておりますので、ゆっくり、お楽しみ頂きたいと思います。まず、これから、皆さまに、ここでだけ通用する貨幣をお渡し致します」

ロドリゲスがいい、数人のバニー嬢たちが、客の一人一人に、金貨の入った袋を渡していった。

矢崎は、貰った袋を開いてみた。

金貨が二十枚入っていたが、その金貨には、ロドリゲスの顔が彫ってあった。たしかに、ここだけで通用する金だった。

「では、その金貨で、皆さまが買えるものを、これからお見せ致しましょう」

ロドリゲスが、にこやかにいい、広間の中央に設けられた舞台に現われたのは、ビキニ姿の若い女たちだった。

総数二十人の美女たちだった。

布地の部分が、極端に小さい、最新型のビキニを身につけての登場だった。

会場の男たちの間から、期せずして、大きな拍手が生れた。

ユキコが連れて来た日本人の女たちも、その中にいたし、フィリピンの女もいる。日本の男の眼は、スペイン系の美人に集まっているようだった。

女たちは、腰に番号札をつけていた。

パーティの客は、その番号を目当てに、気に入った女に、手持の金を賭けるのである。形を変えた人身売買だが、パーティの招待客は、子供にかえったように、嬉々《きき》として、女の品定めをしている。

「この美女たちの他にも、楽しいものが、いくらでも出て来ますから、大切なお金を、あわてて、お使い果たしになりませんように」

と、ロドリゲスが、笑いながらいった。

矢崎は、十二番の日本の女に、思い切って、二百ペソ全部を賭けた。ユキコが連れて来た女の中では、一番、素直そうに見えたからである。

「十二番の女性は、ミスター・ヤザキが落札しました」

と、進行係の女の子が、スペイン訛りの英語でいった。

矢崎は、舞台からおりて来たその女を連れて、裏のプールサイドへ歩いて行った。

「君の名前を教えてくれないか」

と、矢崎がいった。

女は、矢崎に腕をからめながら、

「名前なんか、どうだっていいじゃないの。今は、あたしは、奴隷で、あなたに買われたんだから」

「それでも、名前がないんじゃ、呼びにくいよ」

「京子とでも呼んで。東京の生まれだから。それにしても、あなたって、変な人ね」

「何がだい？」

「日本人の男なら、日本の女よりフィリピンの女を買う筈だから」

「僕は国産品愛用でね」

と、矢崎は、笑った。

「あたしの部屋へ行く？」

「君の部屋って？」

「セリ市に出された女には、一つずつ部屋が与えられているの。買って下さったご主人さまをおもてなしするためにね」

京子は、「12」のナンバーのついた鍵を、矢崎に見せた。それが、個室の鍵《キー》だという。

「その部屋は、盗聴されてるんじゃないのかな？」

と、矢崎が、用心深くきいた。

「盗聴って、誰が？」

「ミスター・ロドリゲスさ」

「彼って、そんな趣味があるの？」

「趣味というより、実用さ。政府の高官に、女をあてがっておいて、そのファックシーンを写真に撮ったり、声を録音したりしておけば、大変に役に立つからね」

「そんなふうに、あたしたちや、あの部屋を使っているの？」

京子が、眉をひそめて、矢崎を見た。

「他に考えようがあるかい？」

「でも、こんな所を歩いてたら、疑われるわよ。散歩をするために、女を買う男なんか、いる筈がないんだから」

京子が、当然のことをいった。

彼女の言葉を裏書きするように、ユニホーム姿のガードマンが、不審気にこちらを見ていた。その腰にぶら下げられている拳銃が不気味だった。

「じゃあ、お楽しみといこうか」

矢崎が、誘うと、京子は、かえって、ほっとした顔になった。その表情を見て、矢崎は、

（相当、脅かされているな）

と、思った。

4

ひどく、けばけばしい部屋だった。どこか、東京のラブホテルの部屋に似ていた。

天井には、大きな鏡がついている。が多分、その向うではビデオ・カメラが狙っているに違いない。

どこかにマイクがかくされていることも確かだと思った。が、それを探す気はなかった。そんなことをすれば、相手に警戒されるだけである。

大きなダブルベッドの枕元に例の栄養剤のアンプルが二本並べておいてあった。

『ローヤルウィッグ』というやつだ。

京子は、ビキニ姿のまま、ベッドに腹這いになると、手を伸ばして、その一本を手に取った。

「これ、疲労回復に効くんですってね」

「そうらしいね」

「飲んでみましょうよ」

京子は、ふたを取り、のどをごくんといわせて、一口で飲んだ。

矢崎も、別の一本を手に取って、口に運んだが、半分飲んだだけで、元通りふたをしめると、そっと、上衣のポケットにしまい込んだ。

「あんまりおいしくないわね」

と、京子は、からになったアンプルを、屑籠《くずかご》に放り投げた。

「薬はあまり、美味《うま》くないものさ」

「あなたも、早く、裸になって。あたしだけ、こんな格好じゃ、おかしいもの」

京子は、矢崎の服を脱がせにかかった。

「君の仲間は、まだいたんじゃないのかい？」

裸になって、京子の身体を抱き寄せながら、矢崎は、彼女の耳元でささやいた。

「ええ。いたわ」

「どこにいるんだい？」

ひょっとすると、富佐子の時に想像したように、このパーティに出ることを拒んで、消されてしまったのではないかと思ったのだが。

「あたしたちを、連れて来た人がいるでしょう？」

「ユキコかい？」

「そう。彼女の女なのよ」

「つまり、レズってこと？」

「ええ。だから、今夜のパーティでも、二人で、レズ・ショウを見せることになってるのよ」

と、京子は、いってから、急に、下腹部を押しつけてきて、

「変な気分になってきたわ。もっと強く抱いて」

「そういえば、肝心のところが、だいぶ濡れて来てるじゃないか」

「ふーん」

と、京子は、鼻を鳴らしてから、矢崎の身体を、舌を使ってなめ始めた。胸から、腹へ、そして、最後に、矢崎のものを口に含んでのリップ・サービスだった。テクニックは、上手くはなかったが、京子は一生懸命だった。髪が乱れ、白い顔に、べっとりと、汗をかいている。

矢崎は、危うく、射精しそうになったのを、こらえて、彼女の顔を引き起こした。彼女の顔が、紅潮している。

矢崎は、ゆっくり身体を入れかえて、自分が上になると、彼女の両足を広げていった。京子は、眼を閉じて、小さく喘いでいる。

矢崎が、ファックした瞬間、「あッ」と、声を上げ、強い力で、しがみついて来た。

終わったあと、二人一緒に、バスに入って、シャワーを浴びた。シャワーを出している限り、盗聴される心配は、なさそうだった。

「君も、大道寺明子に、いいアルバイトがあるからと、誘われたのかい?」

シャワーを浴びながら、矢崎が聞いた。

「ええ」

「君の本職は何だい? バーのホステスには見えないけど」

「売れないイラストレイター」

「なるほどね」

「あたしと一緒に来た人の中には、女子大生もいるわ」

「フィリピン旅行が出来て、お金になって、といわれたのかい?」

「ええ。それに、日比友好に役立つ仕事だともいわれたわ」

「たしかに、日比友好に、役立つだろうって」

「でも、日本人のあなたに買われて良かったわ」

「なぜ?」

「英語で、きわどい言葉をいろいろと教えられたんだけど、いざとなったら、口に出来やしないもの」

京子はふッふッと笑った。

「拒否した女は、いなかったのかい?」

「マニラに着いて、何をするのか、本当のことを聞かされた時は、みんな動揺したわ。

でも、今更、帰れないし、脅かされたりもしたし――」

「ユキコが脅したのか？」

「脅したのは、男の人。ちょっと、ヤクザみたいな日本人。お前たちに帰られたら、ミスター・ロドリゲスに対して、面子《メンツ》が立たないといっていたわ」

「年齢四十五、六歳で、頬骨のとがった男じゃないかい？」

「そう」

「じゃあ、岩城だ」

「怖い人？」

「まあね。シャワーを止めたら、こんな話はしないほうがいいな」

矢崎はそういってから、シャワーを止め、軽く、京子にキスした。服を着て、ビキニ姿の京子と広間に戻ると、彼女のいったレズ・ショウが始まっていた。

レズ・ショウというより、S・M・ショウといったほうが、当たっていた。

ぴっちりした革の衣裳をつけ、革のブーツをはいたユキコが、真っ裸の女を連れて、舞台にあがっている。

裸にむかれた女は、間違いなく、京子たちと一緒にいた一人だった。まだ、十八、九にしか見えなかった。

その細い首には、頑丈な犬の首輪がつけられ、それにつながれた鎖の先は、ユキコが握っていた。

ユキコが、右手に持った鞭《むち》で、ぴしりと、床を叩くと、裸の女は、怯えたように、ぴくんと身体をふるわせ、ユキコの足元に、ひれ伏した。

舞台に出るまでにも、何度か、鞭打たれたらしく、女の肌には、何本ものみみずばれがあった。

(京子は、この女が、ユキコとレズの関係だといったが、本当は、このパーティへの参加を拒否したので、レズ・ショウを表看板に、痛めつけているのかも知れない)

と、矢崎は、思った。

その証拠に、裸の女の顔には、レズ特有の甘えの表情は全くなかった。そこに浮かんでいるのは、明らかに、恐怖だった。

「おなめ！」

と、ユキコが、甲高い声で命令し、女の鼻先に、ブーツの爪先を持っていった。女が眼を閉じて、顔をそむけたとたん、ユキコは、女の盛り上がったヒップめがけて、思い切り、鞭を振り下ろした。

女が、すさまじい悲鳴をあげて、身体をエビのように折り曲げた。

ユキコは容赦しなかった。鎖を引っぱりながら、二回、三回と、女の尻を、鞭打った。

首輪でつながれている女は、鞭をさけることが出来ず、悲鳴をあげ続けた。

仮面をつけた客たちは、さっきセリ落とした女を膝の上に抱いて、楽しそうに、舞台の上のショウを眺めている。時々、抱かれた女たちの間から、小さな声があがるのは、興奮した客が、女の乳房を、強くつかんだりするからだろう。

豊かなヒップが、赤くはれあがった女は、ユキコが、鞭打ちを止めても、しばらくの間、ぜいぜい、息を吐いていた。

「もう一度、命令するよ。さっさとおなめ！」

と、ユキコがいった。

裸の女には、もう抵抗する気力はないようだった。四つん這いになり、尻を高くあげて、女は、ユキコのブーツをなめ始めた。その眼に、涙があふれていた。

ユキコは、満足そうに、女が奉仕するのを見下ろしていたが、急に、鎖を引いて、止めさせると、見守っている客たちに向かって、

「会場のお客さまに申し上げます」

と、あざやかな英語でいった。

「このメス犬をお買いになる方は、ありませんか？　まだ調教は不十分でございますが、その点は、ご自身で、調教なさるのも、ご一興かと思います」

「ひどいわ」

と、矢崎の耳元で、京子がいった。

「君は、さっき、ユキコと彼女はレズの関係だといった筈だよ」

「あれは、レズじゃないわ。レズは、もっと優しいもの」

「そうらしいね」

「可哀想だわ」

「君も、抗《あらが》っていたら、あんなふうにされていたかも知れないよ」

客の中の何人かが、手をあげた。裸の女は、眼を閉じ、唇を噛みしめている。ユキコは、鎖を強く引き、女を仰向かせた。ユキコは、その客に、女の顔をよく見せようと、そ れを見て、無理矢理、口をこじあけると、革製の猿ぐつわをはめてしまった。そうされると、女は、もう、口を閉じられなくなり、半開きになった口元から、よだれを流して、苦しそうに、喘ぎ始めた。

「他所《よそ》へ連れてって」

と、京子が、矢崎に哀願した。

「可哀想で、見てられないわ」

「じゃあ、プールで泳ぐかい？」

「ええ。いいわ」

二人は会場を出ると、また、裏庭にあるプールサイドへ歩いて行った。フィリピンでは、夜半になっても、三十度近い暑さである。

プールの水面が、夜間照明をうけて、青くきらめいている。

矢崎は、裸になって、プールに飛び込んだ。

京子も、続いて、飛び込んだ。二人は、プールの中で、抱き合った。

「あなたもミスター・ロドリゲスに取り入って、利益にあずかろうとしている日本人の一人なの？」

京子が、矢崎の肩につかまりながらきいた。

「ああ、そうだよ」

と、矢崎は、肯いた。

だが、本当に利益にあずかれるかどうかは、まだ、わからないのだ。

5

午前零時を過ぎても、パーティは、続いている。

ミスター・ロドリゲスの言葉によれば、このパーティは、三日三晩続けられるという。

矢崎は、二つのことを、一刻も早くしたいと思った。

一つは、リゾートホテルにいるマリアへ電話すること、もう一つは栄養剤『ローヤルウィッグ』の成分を調べることだった。成分は、一応、発表されているが、それが事実かどうか知りたかった。

だが、パーティの参加者は、三日間は、帰ってはいけないのだという。

電話は、邸の中に、いくつかあったが、すべて、邸内の交換を通すようになっていた。盗聴される恐れは十分にあったが、矢崎は、一刻も早く、マリアと連絡を取りたかった。

矢崎は、プールサイドの電話を取った。

「交換です」

という高い女の声が聞こえた。スペイン訛りの強い英語だ。

矢崎は、リゾートホテルの名前をいった。

「そこにつないで貰いたい」

「あなたのお名前は？」

「スズキ。日本人のね」

と、矢崎は嘘をいった。

「ちょっとお待ち下さい。ミスター・スズキ」

と、交換手がいった。

矢崎が、煙草をくわえた時、ガウンを羽織った京子が、シャンペンを運んで来てくれた。

「はい。ご主人さま」

と、京子は、シャンペンを、矢崎の前に置いてから、

「電話？　どこへ？」

「ちょっと、知り合いの所へね」

と、矢崎がいった時、交換手が、

「つながりました。どうぞ」

「そちらに、ミス・マリアという若い女性が泊っている筈なんだ。呼んでくれないか」

矢崎は、シャンペンを置いて、送話口に向かっていった。

「何号室かわかりますか？」

フロントが眠たげな声を出した。午前一時に近いのだから、当り前なのかも知れない。

「二〇一二号室」

「ちょっとお待ち下さい」

「あなたの恋人？」

シャンペングラスを手に持って、京子が、笑いながら矢崎にきいた。

「いや、友人だよ」

「へえ。お友だち？」

京子が、クスクス笑った。

矢崎が、眉をひそめた時、フロントの声が、電話に戻ってきた。

「ミス・マリアは、電話にお出になりませんが」

「呼んでくれれば、起きる筈なんだがね」

「部屋にいらっしゃらないんです」

「いないって？　外出しているということ？」

「それが、キーをお持ちになったまま、外出されたようでして」

「おかしいな」

「お帰りになったら、そちらへ、連絡するように、申しあげますか？」

「いや。またかけるよ」

矢崎は、受話器を置いた。

マリアは、外出するとはいっていなかった。マニラには、親戚や知人がいるのは知っているが、このセブ島に、知人がいるという話は聞いていない。

(この島で、私用があるようなことも、いっていなかったが――)

矢崎は、次第に、不安になってきた。

マニラで死んだ、大橋富佐子や、ロザリンのことが思い出された。

矢崎は、今、一番危ないのは、自分だと思っていたが、考えてみれば、マリアだって危険なのだ。

「どうなさったの？」

と、京子が、きいた。

「顔色がよくないわ」

「広間では、今、何をやってる？」

「バンブー・ダンスをやっているわ。それに、午前三時からは、カジノも開かれるんですって」

6

矢崎は、どうすべきか、迷った。

マリアのことなんか心配せずに、自分のことだけを考えようと、自分にいい聞かせてみた。

もともと、彼女とは、考え方が違うのだ。あれだけ、何度も、説得したのに、マリアは、とうとう、妹の仇を討つという意志を変えようとしなかった。そんなことをしたって、一円にも、いや、一ペソにだって、ならないのに。

「あと、五時間しかないわ」

と、京子が、矢崎を見た。

矢崎は、現実に引き戻されて、

「え？」

　ときいた。

「何だって？」

「そのミス・マリアって人は、よっぽど、あなたの大事な人なのね」

「いや。単なる友だちさ。それ以上でも、それ以下でもないよ」

「そうは見えないけど」

「あと五時間しかないって、何のことだい？」

　と、矢崎は、話題を変えた。

「あなたの、あたしに対する所有権」

「ほう」

「朝の六時になったら、契約が切れて、明日は、また、新しく、セリ市が開かれるんですって。だから、このパーティの間、あたしたち奴隷は、三人のご主人さまに買われることになるわけ」

「なるほどね」

「明日も、あなたに、また買って貰いたいわ」

「もう金がないよ。全部、使っちまった」

「大丈夫。明日になれば、また、お金が出るわ」

「それなら、また、君を買うさ。僕も、君が気に入ったからね」

「ありがとう」

「ただ、君に、頼みたいことがある」

「ミス・マリアを探してくれというのなら駄目よ。あたしたちは、この邸から外に出られないんだから」

「彼女は、僕が探すよ。頼みたいのは、別のことだ」

「どんなこと？」

「それは、その時になったらいう」

と、矢崎はいった。

午前三時に、カジノが開かれると、邸内は一層、賑やかになった。

ギャンブルは、セックスと同じ興奮を呼ぶものらしい。

矢崎は、カジノをちょっとのぞいてから、邸内を歩いてみた。

どこか、抜け出せる場所があったら、リゾートホテルに行って、マリアの安否を調べたいと思ったのだが、邸内のいたるところにガードマンが、頑張っていた。

裏庭に設けられたヘリポートには、アメリカ製の小型ヘリが止まっていた。もし、ヘリの操縦が出来たら、これに乗って、邸から逃げ出せるのだがと思ったが、矢崎に操縦できるのは、自動車だけだ。

プールサイドまで戻って来ると、

「やあ、君」

と、仮面をつけた男から、日本語で声をかけられた。

矢崎が、黙っていると、相手は、仮面を取った。

村上だった。

村上は、機嫌がよかった。それが当然かも知れない。ミスター・ロドリゲスに取り入って、フィリピンで、新しい栄養剤の売り出しに成功したのだから。

「なかなか面白いパーティじゃないか。え。矢崎クン」

村上は、ニコニコして、フィリピン人のウエイターに、

「シャンペンを二つ持ってきてくれ」

と、頼んでから、矢崎に、

「座らないかね」

と、いった。

プールサイドのテーブルに、向かい合って腰を下ろした。

東の空が、ようやく、白みはじめて来ていた。

「ご機嫌ですね」

と、矢崎は、煙草をくわえて、火をつけながら、村上にいった。

「まあね。昨夜買った女も、スペイン系の素晴らしい美人だったし、カジノでも、儲けさせて貰ったよ。こんなパーティなら、何日続いても、あきないね」

「栄養剤でも、相当、儲かるんじゃありませんか」

「いや。あれは、日比親善のためのサービスのようなものだよ。採算は度外視してやっているんだ。まあ、私の力が、少しでも、フィリピン人の健康に役立てばいいと思っているのさ」

「ちょっと、信じられませんね」

「信じて欲しいね。私だって、儲けを忘れて、仕事をすることもあるんだよ」

村上がいったとき、ウエイターが、シャンペンを運んで来た。

「どうだね。日比親善のために、乾杯といこうじゃないか」

村上は、シャンペングラスを、手に取って、矢崎にいった。

「ミスター・ロドリゲスには、どのくらいのコミッションを払うんですか？」

「コミッションはなしさ。彼も、日比親善のためにということで、今度の件については、コミッションなしで、私に協力してくれたんだ。話のわかる男だよ」

「大道寺明子も、報酬なしで、協力したというわけですか？」

「もちろんさ」

「浅倉代議士も？」

「その通り」

「まさか、ときわ興業社長の岩城まで、日比親善に協力しているなんていうんじゃないでしょうね？」

「彼を知っているのかね？」

「会ったことはありませんが、どんな男かは知っていますよ。表向きは、ソープランドのおやじで、裏では、典型的な暴力団のボスですよ。あの男も、日比親善に一役買っているんですか？」

「いけないかね？　彼は、なかなかの人物だよ」

村上は、平然といった。

矢崎は、思わず笑い出した。

「別におかしくはないだろう」

村上は、相変わらず、楽しそうにいった。

「しかし、岩城という男は、人殺しですよ」

「証拠があるのかね？」

「証拠というよりも、あなたや、大道寺明子が、よく知っている筈ですがね。あなたも、大道寺明子も、ミスター・ロドリゲスも、岩城がどんな男かを知っていて、利用しているんじゃありませんか？」

「何のことかわからんね。第一、私は、あの男を利用したことはない。大道寺明子もだろう。ところで、君のことだが」

「何です？」

矢崎は、シャンペングラスを手に持ち、じっと、相手を見つめた。

「何か、私が、このフィリピンで、大きな利益を得ようとしているように見ているらしいが、今もいったように、私は、日比親善が目的で、利益をあげることは、考えておらんのだ」

「信じられませんね」

「事実だよ。従ってだ。君がもし、何かの分け前にあずかろうというような気持で、私たちに近づいて来たのだとしたら、それは、大変な心得違いだよ」

「それは、警告ですか？」

「いや、親心からの忠告だよ。このパーティを楽しんだら、一刻も早く、日本に帰って、何か仕事をやることだね。ぬれ手で粟《あわ》などという面白い話は、この世にはないものだよ」

「あなたが、そんなふうにいえばいうほど、今度の事業には、何かあるなと思いたくなって来ますがねえ」

「どうも、君は疑ぐりぶかい男だねえ」

「当然でしょう。今度の事業のことを調べていた久保田という男が、殺されているんです。業界紙の記者で、あなたも、ご存知の男ですよ。彼は、今度の事業には、甘い話があるといっていたんです」

「ガセネタだよ」

「そうは思いませんね。久保田は、ガセネタで興奮するような男じゃないし、ガセネタだったら、殺されることもなかった筈ですよ」

「どうも、困った男だねえ」

村上は、小さな溜息をついてから、腰を上げ、パーティ会場のほうへ歩いて行った。

「嘘ばかり、つきやがって」

と、矢崎が、いったとき、小柄な男が、ゆっくりと近づいて来て、彼の横に腰を下ろした。

仮面をつけていなかった。ひと目で、日本人とわかる男で、

「矢崎さん」

と、小声でいった。妙に冷たい雰囲気を持った男だった。

「あんたが、岩城さんか？」

と、矢崎は、相手を見つめた。

「そうです」

と、肯き、岩城は、微笑した。

矢崎は、自然に、身構えるような気分になりながら、

「何の用だ？」

「一応、自己紹介しておいたほうがいいと思いましてね」

「それだけかね？　村上に頼まれて、脅しに来たんじゃないのか？」

「なぜ、私が、あなたを脅さなければならんのですか？」

「僕が、村上を、脅したからさ」

岩城は、急に、クスクス笑い出した。

「何がおかしいんだ？」

「ちょっと、考え過ぎじゃありませんかねえ」

と岩城は、また、小さく笑ってから、急に思い出したように、

「そうだ。あなたに、お伝えすることがありましたよ」

「何だ？」

「ミス・マリアという女のことですが、彼女は、私が預かっていますよ。もともと、うちの店で働いていた女ですからね」

新薬の秘密

1

「マリアを？」

矢崎は、呆然として、岩城の顔を見つめた。

岩城はニヤッと笑った。それはやはり、ヤクザの顔だった。いや、もっとはっきりいえば、人を殺すことを、何とも思っていない男の顔だった。

この男は、間違いなく、矢崎がおとなしくしていなければ、マリアを殺すだろう。恐らく、大橋富佐子や、ロザリンを殺したようにである。

矢崎は、素早く頭の中で計算した。

今、ここで、岩城たちに反抗すれば、マリアが殺されるだけでなく、矢崎自身も、フィリピンの海に沈められかねない。

それに、村上たちが不正を働いている証拠をつかまなければ、大金をゆすり取ることも出来ない。

「わかったよ」

と、矢崎は、岩城にいった。

「僕だって、命は惜しいし、ミス・マリアを危険にさらしたくもない。ここのところは、このパーティを楽しんで、おとなしく日本へ帰ることにするよ」

「村上社長に、妙なことでまたうろつかないと、約束するかね？　今は、日本の対外援助の内容が、いろいろと問題にされている。合弁事業も同じだ。こんな時に、村上製薬とミスター・ロドリゲスの事業について、とやかくいうのは、日比親善を傷つけることになるんだ」

岩城は、身体を小さくゆするようにしながらいった。

（おや、おや。ヤクザのボスが日比親善を口にする時代になったのか）

と、矢崎は、内心、呆《あき》れてしまったが、口では、

「なるほどね」

と、いった。

「わかったのか？」

「わかったよ。僕が何もしなかったら、ミス・マリアは無事なんだろうね？」

「もちろんだよ。彼女は、無事に日本へ行き、今まで通り、うちのソープランドで働くことになる。それだけのことさ」

「それならいい。僕は、血を見るのが嫌いなんだ」

「おれもさ。これで、交渉は成立ということだな。そう考えていいんだな？　矢崎さん」

「オーケー」

「じゃあ、せいぜい、このパーティを、楽しみたまえ」

岩城は、また、ニヤッと笑って、会場のほうへ歩いて行った。

彼の姿が消えてしまった瞬間、矢崎は、どっと、冷たい汗が、わきの下に流れるのを感じた。

もちろん、その一方で「くそッ」という激しい反発も感じていた。岩城なんかに脅されてたまるものかという気持である。とにかく、一刻も早く、『ローヤルウィッグ』の秘密を見つけ出さなければならないと、自分にいいきかせた。

業界紙の久保田記者は、その秘密を知ったために殺されたとみられるが、あれは、用心が悪く、のこのこと、女に会いに行ったのがいけなかったのだと思っている。久保田も、あの時、有頂天にならず、用心深く行動していたら、殺されずにすんだろうし、大金を手に入れていた筈だ。

（おれは、久保田みたいには、絶対にならないぞ）

と、矢崎は、自分にいいきかせた。大金を手につかむ前に、殺されてたまるものかと思った。

「負けてたまるか」

と、口に出していったとき、ふいに、背後から、

「何をひとりごといってるの？」

と、日本語で、女から声をかけられた。

振り向くと、水着姿の大道寺明子が、矢崎を見て笑っている。

「何かいいましたか？」

と、矢崎は、とぼけた。

明子は、彼の傍に近づいてきて、

「負けてたまるかって、いったみたいだけど」

「そうでしたか」

「そういったわ。何のことなの？」

「カジノでちょっとばかり負けましてね。それで、つい、負けてたまるかなんて、口走ったんでしょう」

「そうなの」

「そうですよ」

「パーティは、楽しんでいらっしゃる？」

「ええ、楽しんでいますよ。なかなか面白いパーティだ」

「なぜ、日本の女と楽しんでいらっしゃるの？　わざわざフィリピンまで来て」

「いけませんか？」

「別に、いけなくはないけど」

「京子というあの女が、気に入ったからですよ。それだけのことです」

「そう。私と一緒に泳がない？」

「さっき、泳いだばかりだから、遠慮しておきますよ」

「そう」

明子は、あっさり肯くと、矢崎の横をすり抜けて行き、ビキニ姿の身体を躍らせて、プールに飛び込んだ。

2

陽が昇り、また、会場では、女のセリ市が開かれた。

矢崎は、京子と約束した通り、再び、彼女を買い、個室に入り、ベッドにもぐり込んだ。

考えてみれば、昨日から、ぜんぜん、寝ていないのである。

「とにかく、寝かせて貰いたいよ」

と、矢崎はいい、裸で、京子と抱き合ったまま、眠り込んだ。

矢崎は、あまり夢を見ないほうだがマリアの夢を見た。

裸のマリアが、鎖につながれて仮面をかぶった女に、鞭打たれている夢だった。彼女の肌に、たちまち、赤いみみずばれが出来ていく。

マリアの悲鳴が聞こえてくる。

「やめろ！」

と、矢崎は、夢の中で叫んだ。いや叫んだつもりだったといったほうがいいだろう。

マリアには、聞こえないらしく、いぜんとして、悲鳴をあげ続けている。

その中《うち》に、鞭を持った女が、仮面をとった。

（大道寺明子――）

あの明子なのだ。

「畜生！」

と、矢崎が、歯がみをしたとき、明子が鞭を持ったまま、ニヤッと笑った――。

そこで、眼がさめた。

（夢か――）

と、思いながら、じっとりと汗をかいているのに気がついた。

京子が、心配そうに、矢崎の顔をのぞき込んでいる。

「何かいったかい？」

矢崎は、ベッドの上に起き上がって、京子にきいた。

「ずいぶん、うなされていたわ。大きな声で、何か叫んでいたけど、よくわからなかった」

「それならいいんだ。あの女は、どうなったのかね？　首輪をはめられて、メス犬みたいに扱われていた女は」

「今日も、同じショウに出されることになってるわ。それが、好評だったからですって。可哀想だわ。あの子も。別に、ああいう趣味があるわけじゃないんだから」

京子は、本当に、悲しそうな顔をした。

「彼女は誰かに買われたのかい？」

「昨日は、ショウのあと、ここの地主の一人に買われたんですって。生まれつきのサディストの老人だったらしいわ。とても、ひどい目にあわされたらしいの」

「可哀想にね」

「あたしが反抗していたら、あたしが、あれと同じ目にあってたんだと思うと、ぞッとするわ」

「あるいは、殺されていたかも知れないよ」

「まさか――」

「彼等は、そのくらいのことをする連中さ」

と、矢崎は、声をひそめていった。

京子は、半信半疑の眼で、矢崎を見つめていたが、

「あたしに頼みってどんなこと？」

と、きいた。

矢崎は、この部屋に仕掛けられているだろう、盗聴装置のことを、ちらりと考えてから、

「このパーティが終わったら、君は、日本へ帰るんだろう？」

「ええ。もちろん」

「東京へ帰ったら、もう一度会って貰いたいんだ。僕も、間もなく、日本へ帰るんでね」

「そんなことなの？」

「ああ。君が好きになったのさ。このパーティだけで別れるのが惜しくなったんだよ。いけないかな」

「そんなことはないけど、ミス・マリアというあなたの恋人のことは、どうなったの？」

「彼女のことはもう解決したんだ」

「解決したって？」

「無事に親戚の家へ帰ったらしい」

「そうなの。それならいいんだけど」

京子は、微笑してから、裸の身体をすり寄せ、唇を合わせてきた。

3

三日間のパーティが終わり、矢崎は、疲れ切ってリゾートホテルに戻った。

京子たちは、ロドリゲスの別荘から、直接、東京に帰されるということだった。

矢崎は、念のために、ホテルで、マリアのことをきいてみた。

「あの方は、もう、ここには、いらっしゃいません」

と、フロントがいった。

「三日前の電話じゃあ、外出中ということだったんだがね」

「それから、連絡がありました」

「ミス・マリアから？」

「はい。ミス・マリアから、電話がありました。急用が出来たので、マニラへ帰った。そういう電話でした。ああ、それから、ミスター・ヤザキによろしくと」

「本当に、彼女の声だったかね？」

「ご自分で、マリアと名乗られましたからミス・マリアだと思ったんですが。どうかされたんですか？」

「いや。何でもない」

と、矢崎はいった。

電話の主が、マリア本人だったか、それとも、他の女だったかは、わからない。だが、いずれにしろマリアは、マニラからもう、日本へ連れ出されてしまっているだろう。

矢崎も、すぐ、ホテルを引き払うことにした。

東京に帰って、マリアの健在を確かめたいこともあったが、もう一つ、至急、やらなければならないことがあったからである。

チェックアウトして、飛行場に行くと、サングラスをかけた男が、尾行しているのに気がついた。

矢崎が、マニラ行のフィリピン航空のジェット機に乗ると、その男も、乗って来た。

（ご苦労なことだ）

と、矢崎は思った。ちゃんと、日本へ帰るかどうか、見届けるつもりなのだろう。

多分、岩城の手下だろうという気がした。

マニラ空港で、成田へ飛ぶ日航の便を待っている間も、三十五、六歳に見えるその男は、矢崎の傍を離れようとしなかった。

成田行のボーイングジャンボの中でも、男は一緒だった。

成田へ着いたのは、午後八時近く、久しぶりの日本の街は、夜の空気の中に沈んでいた。

東京まで行くバスに乗り込む時になって、やっと、男の姿が消えてくれた。恐らく、矢崎がおとなしく日本へ帰ったことを電話報告に行ったに違いない。

自分のマンションに帰りつくと、矢崎は、まず、浅草の「サンクチュアリ」に電話をかけた。

「これから、おたくへ遊びに行きたいんだけど、この間の娘が、今日来ているかな？」

と、矢崎は、きいた。

「どの娘ですか？」

若い男の声がきき返した。

「二十五、六歳のフィリピンの女の子だよ。サービスが良かったんでね」

「彼女は、今日は休みです」

「休み？　残念だなあ。いつ行ったら、彼女に会えるんだい？」

「ちょっとお待ち下さい」

男の声が、いったん消えた。しばらくして、電話に戻って来ると、

「明日は、出て来ることになっています」

「それなら、明日行くことにするよ。彼女のサービスが忘れられなくてね」

「お待ちしております」

と相手は、いった。

電話を切ると、矢崎は、一応ほっとした。どうやら、マリアは、殺されずに、東京に帰ったらしいと、わかったからである。

岩城たちにしても、彼女を殺すよりは、ソープランドで働かせたほうがいいと計算したのだろう。ただ彼女の監視は厳しくなると覚悟しなければならなかった。

矢崎は、ベッドに入った。ひどく疲れたような気がするのは、三日間続いたあのパーティのせいだろう。

翌日、眼がさめたのは、昼近かった。

矢崎は、車で、S大の研究室に出かけた。この研究室には大学時代の友人の見谷《みたに》が、主任研究員として働いている筈だった。

秀才肌の見谷とは、あまり親しくなかったし、大学を出たあとも、ほとんど会ってい

ない。

だから、矢崎が訪ねて行くと、見谷は、あまり、いい顔をしなかった。金でも借りに来たと思ったのかも知れない。

矢崎は、単刀直入に、

「君に、分析して貰いたいものがある」

と、いい、フィリピンから持って来た、『ローヤルウィッグ』を取り出した。パーティで、半分ほど飲み、残りの半分を、ひそかに持ち出して来たのである。

この研究室に持って来るに際しては、わざと、他のびんに入れかえてきた。相手に先入観を与えてはいけないと思ったこともあるし、また、この研究室が、ひょっとして、村上製薬とつながっているかも知れないと考えたからでもある。

大学の研究室に、製薬会社のヒモがついていることは、よくあることだった。

「このドリンク剤の成分を分析して貰いたいんだよ」

「しかしねえ。うちの研究室は、忙しいんだ」

「そこを、何とかして貰いたいんだがね」

矢崎は、ふところから、十万円の札束を取り出して、無造作に見谷の前に置いた。

「これでどうかね？　なるべく早く、成分を知りたいんだよ」

4

翌日、結果を知るために、矢崎は再び大学の研究室に友人を訪ねた。

「分析の結果は、出たかい？」

と、きくと、

「ああ、わかったよ。これが、分析の結果だ」

と、薬の成分比を書いたデータ表を見せてくれた。

「これ貰っていいのかい？」

「いいさ。君のものだからね。そのデータから見ると、一種の栄養剤みたいだな」

「効果のある栄養剤だと思うかね？」

と、矢崎が、データ表を見ながらきくと、友人は笑って、

「どうかねえ。しかし、もし君が、それを売ろうとしても、売れないよ」

「売れない？　なぜだ？」

「その中に医師の処方がなければ扱えない副腎皮質ホルモンが含まれているからだよ。少なくとも、日本国内で販売しようとしても、薬事法違反で摘発されてしまうから、やめたほうがいいね」

「副腎皮質ホルモンだって――？」

「そうだよ」

「わかったぞ！」

突然、矢崎は、大声で叫び、ぱちんと指を鳴らした。

「どうしたんだ？　いったい」

「いや。いいんだ。どうもありがとう」

矢崎は、データ表をポケットに押し込むと、見谷に礼をいって、外へ飛び出した。足が自然に、躍ってしまう。口笛を吹きたくなった。

（見つけたぞ！）

と思う。

『ローヤルウィッグ』の秘密をつかんだのだ。

なぜ、村上が、ミスター・ロドリゲスのご機嫌をとってまで、合弁会社をフィリピンに作り、『ローヤルウィッグ』を売り出したかということである。

これなら、殺された久保田が、小躍りする筈だった。

一年前、村上製薬では、新しい栄養ドリンク剤として、『スーパーエイト』を発売した。宣伝効果があったのか、なかなかの売れ行きを示したのだが、ある医師が、その成分を調べ、医師の処方がなければ扱えない副腎皮質ホルモンが含まれていることを突き止めて発表した。

『スーパーエイト』は発売禁止になったが、その時点で、何万ケースという大量の在庫があった。好評に気を良くして、大量生産してしまったのである。

その時、社長の村上は、記者たちに質問されて、

「会社の損害は膨大だが、欠陥のあるものを販売するのは、村上製薬の本意ではない。今までに販売したものも、お求めに応じて、引き取らせて頂くし、生産したものは、すべて廃棄するつもりである」

と大見得を切った。

ところが、村上は、日本で売れなくなった『スーパーエイト』を、フィリピンで売ることを考え、大道寺明子を通じて、ミスター・ロドリゲスに近づいていたのだ。

『ローヤルウィッグ』と名前を変えたところで、中身は、『スーパーエイト』と全く同じなのだ。ラベルだけを取り代えて、販売しているに過ぎない。

これを国内で販売したら、たちまち、インチキがばれてしまっただろう。それをフィリピンで販売した。しかも、フィリピンとの合弁会社で売り出し、さし当たっては、軍隊内で支給するという形にしたのだから、日本で問題にならない筈である。

村上は、矢崎に向かって、

「利益は二の次で、日本とフィリピンの親善が目的だ。私の仕事が、フィリピン人の健

康に少しでも役立てば嬉しい」

と、殊勝なことをいっていたが、廃棄処分する筈だった栄養剤が、そのまま、売れたのだから、大変な利益だ。

しかも、『ローヤルウィッグ』は、これからも、どんどん販売されていくというから、村上製薬の利益は、膨大なものになるだろう。赤字になる筈だった栄養剤が、一躍、村上製薬のホープになったのである。村上が、必死になる筈だし、ミスター・ロドリゲスや、彼との間の橋渡しをしてくれた大道寺明子には、恐らく多額の謝礼が支払われたに違いない。

ときわ興業社長の岩城も、そのおこぼれにあずかったことだろう。

(今度は、おれが、そのおこぼれにあずかる番だ)

と、矢崎は、ほくそ笑んだ。

5

矢崎は、自分のマンションに戻ると、まず、手紙を書くことから始めた。

久保田のように、彼等に消されないための用心である。

宛名のない手紙だった。

〈大道寺明子は、フィリピンの有力者ミスター・ロドリゲスに近づくため、何人かの日本人女性を、彼の別荘で開かれるセックス・パーティに斡旋した。

その中の一人、村上製薬の社長秘書大橋富佐子は、それを拒否したため、マニラで殺された。

犯人は中国系フィリピン人といわれているが、真犯人は、日本の暴力団ときわ興業の人間である。

この事実を知ったフィリピンの女性、ミス・ロザリンも殺された。村上製薬の社長、村上信也は、大道寺明子を通じて、ミスター・ロドリゲスに取り入り、フィリピンに、合弁会社を作り、栄養剤『ローヤルウィッグ』の販売に乗り出した。

このドリンク剤は、ミスター・ロドリゲスの強力な推薦があるため、現在、フィリピンの軍隊に納入されている。販売量は、更に増大する見込みである。

しかし、この『ローヤルウィッグ』を、大学研究室で分析した結果、別表のとおりのデータが報告された。

このデータは、一年前、同じ村上製薬が発売した『スーパーエイト』と全く同じである。この『スーパーエイト』は、発売三カ月後に、東京の医師が調べたところ医師の処方を必要とする副腎皮質ホルモンが含まれていることが分かり、発売禁止になったものである。村上製薬は、大量に生産してしまった『スーパーエイト』の処分に困り、今回、フィリピンで、『ローヤルウィッグ』と名前を変えて売り出したのである。これによって、村上製薬は、マイナスをプラスに転化し、膨大な利益をあげるだろう。この件には、若手政治家で、日比親善協会の代表者、浅倉俊一郎も関係している。以上はすべて真実である。

矢崎　亮〉

書き終わると、矢崎は、近くの文具店へ行き、大学研究室のデータと一緒に、コピーをとった。

マンションに戻り、本物を、まず封筒に入れて、封をした。

問題は、これを何処へかくしておくかである。

信頼できる友人がいれば、その友人に預けておき、自分に万一のことがあれば、警察に届けてくれと頼んでおける。

だが、一匹狼を自認してきた矢崎には、そんな友人は、一人もいなかった。

唯一、信頼できる人間は、ミス・マリアだが、彼女は、今、彼等の手の中にあるし、彼女が自由だとしても、妹の仇を討つことだけを願っているマリアは、この手紙とデータをすぐ日本の警察に差し出してしまうかも知れない。

この部屋のどこかにかくしておいたら、多分、彼等に家探しされて、見つけ出されてしまうに違いない。

相手には、ときわ興業という、その道のプロがいるのだ。

銀行の貸金庫に入れておけば、一応、安全である。貸金庫を開けるには、本人が行かなければならないからである。しかし、矢崎は、どこの銀行にも貸金庫を持っていなかったし、信用がなければ、貸金庫は貸して貰えない。

ラジオか、カメラの中にかくして質屋に預けることも考えた。しかし預けた時の預り証を、相手に取られたらどうにもならないし、その預り証をかくす方法に苦労しなければならない。

厳重に油紙に包み、家の近くか、あるいは、車で郊外に出て、土に埋め、目印の棒でも立てておくことも考えた。しかし、気まぐれな犬が掘り起こしてしまうかも知れない。

考えあぐねた末、矢崎は、もっとも簡単な方法をとることにした。

ただし、この方法だと、せいぜい十日間ぐらいの安全しか保障できなかった。ただし、その間なら、手紙とデータ表は、絶対に、誰にも見つかりはしない。

（一週間もあれば、彼等に、金を出させることは出来るだろう）

と、矢崎は、計算した。

6

コピーした分を、封筒に入れたあと、それに、次のような手紙を書き添えた。

〈このコピーの本物は、ある人間に預けてある。もし、私の身に何かあった場合は、すぐさま、警察に差し出されることになっている。私の要求は金だ。

『ローヤルウィッグ』つまり『スーパーエイト』を、フィリピンで販売することで、村上製薬は億単位の利益をあげることだろう。

ミスター・ロドリゲス

大道寺明子

浅倉俊一郎

岩城功一

彼等も、そのおこぼれにあずかっているに違いない。

私も、その一員に加えて貰いたい。

もう一つ。ミス・マリアを完全に自由にすること。

この要求が入れられぬ時は、この本物を、警察に提出する。

手紙が着き次第、すみやかに電話せよ。
期限は、今から三日間とする。

矢崎　亮〉

この手紙を同封したあと、矢崎は宛先を、しばらく迷ってから、大道寺明子宛にして、翌日、速達にして投函した。

返事を待つ間、矢崎は、浅草の「サンクチュアリ」に出かけた。

電話をかけた時には、マリアは、すぐ店に出るという返事だったのに、店に行ってみると、

「彼女はいませんよ」

という返事が戻ってきた。

「いないって、この店をやめたということかい?」

と、矢崎はきいた。

フロントの若い男は、

「さあ、マネージャーがいないのでよくわかりませんね」

と、肩をすくめて見せた。

この男も、ときわ興業の社員の一人の筈である。当然、マリアの行方を知っているに

違いないのだが、いわせることは難しそうだった。

ただ、マリアは、殺されていないだろうという確信が、矢崎にはあった。もし、彼等が殺す気だったら、矢崎がフィリピンにいた時に、彼女の死体が海に浮かんでいた筈だからだ。

大道寺明子宛の速達を出してから三日目の昼頃、電話がかかってきた。

「あたしよ」

と大道寺明子の声がいった。

（やっぱり、電話してきたな）

と、矢崎は、ほくそ笑みながら、

「それで？」

「あなたの手紙を、読んだわ。なかなか面白かったわ」

「ただ面白いだけですか？　それじゃあ、話になりませんね。警察へ行くより仕方がないのかな」

「待ってよ」

と、明子が、あわてていった。

「手紙の件で相談したいことがあるから、今日の午後二時に、銀座のあたしの店に来て貰いたいの」

「午後二時？」

「ええ。お客のいない時間がいいでしょう？」

「あなたの店へ行くと、どういうことになるのかな？」

「それは、わからないわ。村上製薬の社長さんもお見えになる筈だから、あなたの態度次第では、いい結果が出るかも知れないわ」

「僕の態度次第では——か」

「来るわね？」

「もちろん、伺いますよ。そのつもりで、あの手紙を書いたんだから」

と、矢崎はいった。

午後一時に、矢崎は、マンションを出て、タクシーを拾った。

銀座へ着いたのは、一時四十分である。約束した時間より、二十分も早く行っては、相手に甘く見られかねない。矢崎は、わざと、近くにあった喫茶店に入って、時間を潰した。

こんな時の行動は難しい。相手に甘く見られてもいけないし、さればといって、怒らせてしまってもいけないのだ。

午後二時きっかりに、矢崎は、「クラブ・アキコ」のドアをノックした。

ドアを開けてくれたのはサングラスをかけた岩城だった。

奥には、村上信也もいた。

代議士の浅倉の姿はなかった。政治家というやつは、こんな時には、いつも、背後にかくれてしまうのだ。

「お揃いですね」

と、矢崎は、明子、村上、それに岩城の顔を見廻した。

村上は、苦虫を噛み潰したような顔で、矢崎を見返した。

「君は、セブ島で私が忠告したことを聞いていなかったようだね？」

「そんなことをしていたんでは、金儲けが出来ませんからね」

と、矢崎は笑った。

「もしフィリピンの人たちが、日本で販売禁止になった薬を、売りつけられていると知ったら、どうなるでしょうねえ？　それでなくても、潜在的に反日感情の強いところなんだから」

「いくら欲しいんだ？」

と、村上がきいた。

「僕の欲しいものは、手紙の中に書いておきましたよ」

と、矢崎は、三人に、というより、村上に向かっていった。

「具体的にいって欲しいといっているんだよ」

村上は、舌打ちするような調子でいった。

「かなり具体的に、書いておいたつもりですがねえ。今、ミス・マリアは、何処にいるんです？」

「私は知らん」

村上は、首を横に振って、ちらりと、岩城に眼をやった。

「彼女なら、うちのソープランドで働いているよ」

と岩城がいった。

「昨夜『サンクチュアリ』に行ったが、店に出ていなかったがね」

矢崎は、岩城にいった。

「昨日は、カゼをひいて休んでいたのさ。今日は、ちゃんと店に出ているよ。嘘だと思ったら、遊びに行ってみることだな。ただし、金は払って貰うよ」

岩城が、サングラスの奥から、矢崎を見つめた。

「じゃあ、行ってみよう」

と、矢崎は、笑った。

多分、今夜行けば、マリアは、店に出ているだろう。矢崎の手紙を見て、あわてて、彼女を解放したことは、眼に見えている。

「もう一つの要求を聞こうか」

村上が、矢崎にいった。

矢崎は、村上に視線を移して、

「その前に、村上製薬が、今度の『ローヤルウィッグ』のフィリピンでの販売で、いくらの利益をあげるのか教えて貰いたいですね」

「たいした額じゃないよ」

「とぼけて貰っては、困りますねえ。『スーパーエイト』は、販売を禁止されて、売れない在庫が、山になっていたじゃありませんか。それが売れることになった。しかも、日本での値段よりも高値です。フィリピン軍隊で常用されるとなると、増産ということにもなる。一年間で、二、三十億円の売り上げは堅いんじゃありませんか？」

「売り上げが即、利益じゃないよ」

「そんなことはわかっています。薬、特に栄養剤の場合は、原材料費は安いですからねえ。少なくとも、十五、六億円の利益にはなる筈ですよ。ミスター・ロドリゲスに、二、三億円のリベートを払っても、十分な利益がある。大道寺明子さんは、いくら貰ったんです？」

矢崎は、明子に眼をやった。

彼女は眼をそらせてしまった。

「彼女のことは、どうでもいいだろう」

と、村上がいった。

「それに、彼女は、私の会社がフィリピンに進出するのに、大いに力を貸してくれた。それに比べて、君は、いったい何をしてくれたのかね？　邪魔ばかりしていたんじゃないのかね？」

「僕は、あなた方の秘密を握った。それがすべてじゃありませんか？　僕が『ローヤルウィッグ』の秘密をバラせば、それで、あなた方の儲けはパーになる。それどころか、フィリピン人を食い物にした悪徳商法ということで、村上製薬は、社会の指弾を浴びることになりますよ。それでいいのなら、どうぞ」

「こんな奴は、叩き殺してやればいいんだ」

岩城が、吐き捨てるようにいった。

「まあ、待ち給え」

と、村上が、あわてて、岩城を制して、

「お互いに、感情的になってはいかん。今は、協調が大事だ」

「その通り。仲良くやりたいですねえ」

矢崎は満足そうに、笑った。相手が仲たがいしてくれればくれるほど、こちらの取り分は、大きくなる。

「いくら欲しいんだ？」

と、村上がいった。

「そうですねえ」

「利益の何パーセントとか、誰と同じなどのいい方はいかん。話にならん。だから、はっきり、金額をいいたまえ。払える金額なら払う」

「差し当たって、一億円」

「一億円？」

「村上製薬とフィリピンの合弁会社は、今後も、『ローヤルウィッグ』の生産と販売を続けて行くだろうから、それが続いている限り利益の二パーセントをさらに頂く。いってみれば、株主の一人になったのと同じようなものですよ。それで、手を打とうじゃありませんか」

「株主だって？」

村上の顔がゆがんだ。

「そうですよ。ここにいる人間に、ミスター・ロドリゲスと、浅倉代議士を加えた六人は、いわば、一蓮托生《いちれんたくしょう》というわけでしょう？　僕も入れて、全員が、村上製薬とフィリピンの合弁会社と、『ローヤルウィッグ』がインチキだということを知っている。つまり、危険と利益の両方を分かち持つ株主ということになるんじゃありませんか。僕だって、あなた方から金を貰えば、犯罪者の仲間入りをすることになる。一時金として一億円、他に配当として、利益の二パーセントぐらい頂いても罰は当たらないと思いますがね」

「高過ぎる」

村上は、むっとした顔でいった。

「なぜです？」

「君は、われわれの仕事に、何の貢献もしていないからだ。そんな人間に、法外な金は払えんよ」

「あの手紙と同じものが、警察へ届いてかまわないんですか？」

「二千万円なら、すぐ払ってやる。何もせずに、二千万もの大金が手に入るんだ。文句はないだろう？」

「話にはなりませんね」

矢崎は、一言《いちごん》のもとに、はねつけた。

「それなら、明日、同じ時刻にここに来てくれ。その時に、君の要求を受け入れるかどうか結論を出すから」

「受け入れるか、どうかではなくて、受け入れるか、警察に逮捕されるかどちらかですよ」

と、矢崎は、脅かした。

「お前さんの一人ぐらい、簡単に消せることを忘れるなよ」

岩城が、横から矢崎を睨んだ。

「もちろん、あんたの怖いことは分かってるよ」

と、矢崎は、岩城にいった。

「大橋富佐子や、ロザリンや、永井勉や、それに、久保田たちが、殺されたことは、ちゃんと覚えているからね。だが、僕が死んだら、告発の手紙が、警察に届くことも、忘れないで貰いたいね」

「おれたちを甘く見るなよ！」

岩城が、噛みつきそうな顔になった。さすがに、暴力団のボスだけに、ぞっとする怖さがあって、矢崎も、思わず、背筋に冷たいものが走るのを感じたが、

「まあいいじゃないか」

と、村上が、あわてた感じでいった。

このあと、村上は、矢崎に向かって、

「とにかく、明日の二時まで待ってくれ。ミスター・ロドリゲスとも、相談しなければならないからね」

7

そのあと、明子がすすめてくれた酒を飲んで、矢崎が、自分のマンションに帰ったのは、六時に近かった。

ドアを閉めてから、明りをつけて、「うむ」と、小さく唸《うな》った。

居間も寝室も、めちゃくちゃに、引っかき廻されているのだ。

六畳の和室などは畳までめくられていたし、ふすまも、ずたずたに切り裂かれていた。

(ご苦労なことだ)

と、矢崎は、怒るよりも、おかしくなった。

矢崎が、明子の店で、村上と話し合っている最中に、岩城の手下が、本物の手紙と、データ表を求めて、矢崎の部屋を引っかき廻したのだろう。

本棚の本も、一冊残らず床にばらまかれているところをみると、頁の間にはさんでいるかも知れぬと考えて、一冊、一冊、調べたらしい。

見つかったと、電話が入ったら、矢崎は、無事に帰って来られなかったに違いない。岩城が脅した通り、消されてしまっていたかも知れない。

部屋を片付けるのも面倒なので、矢崎は、マンションを出ると、車で、浅草に出かけた。

「サンクチュアリ」に入った。まだ、この時間では、客は少ない。フロントで、マリアの名前をいうと、昨日とは違って、

「ああ、その娘ならいますよ」

と、あっさりいった。

マリアは、矢崎の顔を見ると、泣き笑いの表情になった。

矢崎は、彼女の身体を抱きかかえるようにして、個室へ歩きながら、

「大丈夫かい？」

と、きいた。

「大丈夫よ」

マリアが、笑う。

個室に入ると、矢崎は、彼女を抱き寄せて、キスした。

「痛めつけられたんじゃないかと、心配していたんだ」

「ちょっとだけね。でも、私は、気が強いから平気」

「何か、きかれたかい？」

「あなたとの関係をきかれたわ」

「それで、何と答えたの？」

「私の素敵な恋人だといってやったわ。いけなかった？」

「かまわないさ。本当の恋人だからね」

矢崎は、マリアを安心させるように微笑を見せた。

二人は、裸になると、ベッドの上で、ただ抱き合った。セックスもせずに、肌と肌を押しつけ合うのも、時には、いいものだと矢崎は思った。マリアの身体を、じっと抱きしめていると、彼女の肌のぬくもりが、こちらに伝わってくる。

「僕は、奴等の秘密を、とうとうつかんだよ」

と、矢崎は、ささやいた。

まともに抱き合っているので、鼻と鼻がぶつかった。

「どんな秘密？」

と、マリアがきいた。矢崎は、彼女の唇に軽く触れてから、

「村上製薬が、フィリピンで販売を始めた『ローヤルウィッグ』という栄養剤の秘密だよ。この秘密が公けになれば、販売禁止になることは確かだね」

「その秘密を、あなたは、お金にかえる気なのね？」

「君には悪いが、どうしても、金が欲しいんだ。大金がね」

「でも、彼等からお金を貰ってしまえば、彼等の仲間入りしたことになってしまうわ」

「わかってるさ」

と、矢崎は、いった。

「もともと、僕は悪人でね。君に会う前から、会社の秘密を、ライバル会社に売っては、小遣いを稼いでいたんだ」

「でも、人殺しはしなかったでしょう？」

「ああ、勇気がなかったんでね」

「そんないい方は、よくないわ」

「でも、半分は事実さ、小悪党は、勇気がないから、本物の悪党になれないんだ。そんなものさ」

「彼等は、たくさん、人を殺してるわ。日本人も殺しているし、私の妹もね。彼等から、お金を貰うということは、その人殺しの仲間入りしてしまうことになるのよ」

「大金を手に入れるためには、自分の手も汚さなければならないよ」

「なぜ、私に話したの？」

「君には、内緒にしておけなかったんだ。残念ながら、君を助けてはあげられないが、今、どんな状態なのかだけは、教えておきたくてね」

「彼等を脅して、あなたは、危険じゃないの？　私の妹は、秘密を知ったから殺されたんだわ。あなたは、彼等に殺されるようなことはないの？」

「心配してくれるのかい？」

「イエス」

と、肯き、ふいに、マリアの大きな眼が、うるんでくるのがわかった。

矢崎は、女の涙というやつが苦手だった。あわてて眼をそらせた。

「僕は大丈夫だ」

と、彼は、眼をそらせたままでいった。

「僕が死ねば、彼等の犯罪を明らかにした手紙が警察に届くようになっているんだ。あの手紙がある限り、僕は安全だよ」

「それならいいけど――」

「お風呂に一緒に入らないか。今日は、僕が洗ってやるよ」

矢崎は、抱いていた手を離していった。


「サンクチュアリ」を出て、自分の車に乗り、走り出すと、バックミラーに、白い車が入った。

矢崎の車が、左に折れると、その車も左に折れてついてくる。

（つけているのか？）

矢崎は、スピードを急にあげたり下げたりしてみた。そのたびに、相手の車も、同じように、スピードを加減して、一定の距離を保って、ついてくる。明らかに、矢崎を尾行しているのだ。

（ご苦労なことだ）

と、矢崎は、苦笑した。

恐らく、岩城の命令で、彼の手下が運転しているのだろう。

目的はわかっている。矢崎が、誰に会うか調べているのだ。誰に会うか調べて、彼の手紙を預かっている人間を探し当てようとしているのだ。

（お気の毒に）

と、矢崎は、冷笑した。

彼を尾行しているようでは、相手に、手紙のかくし場所はわかるまい。

その夜、ゆっくり眠り、翌日になると、矢崎は、まず銀行に出かけて行き自分の普通預金口座を作った。

村上たちから、分け前の金を、振り込ませるためだった。

午後二時になると、矢崎は、再び、銀座の「クラブ・アキコ」に出かけて行った。

村上たちは、すでに来ていた。岩城は、サングラスをかけ、相変わらず、肩をゆするようにして、矢崎を見つめているが、その顔には、明らかに、いらだちがあった。手紙を見つけられなくて、いらだっているのだろう。

「昨日、僕の部屋が、めちゃめちゃに荒らされていた」

と、矢崎はいった。

「明らかに、手紙を探したんだろうが、お気の毒だったな。あの部屋の掃除代も頂きたいね」

享楽と破滅

1

「わかった」

と、村上がいった。

そんな村上を、矢崎は、皮肉な眼つきで見て、

「わかったって、どうわかったんです？」

「残念だが、君の要求を受け入れることにしたというわけだよ。ただし、君のマンションを荒らしたことについては、われわれも、全く知らないことだ」

「本当に知らないんですか？」

矢崎は、もう一度、村上を見、彼の横にいる岩城を見た。

「知らんね」

と、村上はぶっきらぼうにいい、岩城は、顔を赤くして、

「妙な因縁をつけるなよ。証拠でもあるのか？」

と、怒鳴った。

そんな態度は、自分たちがやったと自供しているようなものだが、矢崎は、ニヤッと笑って、

「まあ、いいでしょう。今後、ああいうことがなければいいんだから。それに、尾行されるのも嫌だな。それも、心にとめておいて欲しい」

「別に君を尾行した覚えはない」

「じゃあ、どこかの馬鹿がやったんでしょう。その馬鹿に会ったら、よくいっておいて下さいよ。車が追突でもして僕が死んだら、大変なことになるぞってね」

「いっておこう」

「それでは、ビジネスの話に入りましょうか。まず、現金で一億円頂けるんですね？」

「ここに持って来てある」

村上は、大きなスーツケースを、どすんと、テーブルの上に置いた。

「一万円札で、一万枚だ。その眼で確かめてみるんだな」

「もちろん、確かめさせて貰いますよ」

矢崎は、ライトブルーのスーツケースに手をかけ、開けてみた。

束になった一万円札が、ぎっしり詰っていた。ぱりぱりの新しい札ばかりである。百万円ぐらいだと、札束といっても薄っぺらで、現在では、何となく頼りないが、一億円とまとまると、やはり壮観であった。

「手がふるえているぞ」

と、岩城が、からかうようにいった。

(馬鹿な)

と、思ったが、自然に、指先がふるえてしまう。

「仕方がないだろう」

と、村上が、いった。

「何しろ一億円だからな」

矢崎は、ぱちんと音を立てて、ケースを閉めると、それを、自分の横に置いた。

「一時金は、これでいいが、あとの配当も貰えるんでしょうね?」

「あまり欲張ると、大けがをするというぞ」

村上が、脅すようにいった。

「たかが、一億円ですよ」

と、矢崎は、いい返した。

「僕は、この金を貰った瞬間から、あなた方悪党の仲間入りするんだ。殺人の共犯者といわれても、仕方がない立場になるんですよ。それを考えれば、一億円なんか安いものだと思いますね。僕の将来を賭けたんだから」

「賭けてくれとも、仲間になってくれともいってはいないよ」

「配当金の話をしましょうか。これが、僕の普通預金口座だから、毎月、利益の二パーセントを振り込んで頂きたいですね」

矢崎は、口座番号を書いたメモを、村上に渡した。

「図に乗りやがって！」

岩城が、また、怒鳴った。

村上は、彼を手で制するようなジェスチュアをしてから、

「まあ、いいじゃないか」

「やはり、社長は話がわかりますね」

「変なお世辞はいい。ところで、ビジネスには、ギブ・アンド・テイクがつきものだ」

「何のことです？」

「君が死んだら警察に届けられるという手紙のことさ。私は、君がいうままに、一億円という大金を払った。その代価として、問題の手紙をくれてもいいんじゃないかね？」

「それは駄目ですよ。渡したとたんに、あなた方は、僕を消そうとするに決まっている。そんな危険は、おかせませんよ」

矢崎が、笑うと、村上は、

「われわれが、そんな尻の穴の小さい人間に見えるかね？　第一、私は、人を殺すのは嫌いだよ」

「あなたが嫌いでも、人殺しが好きな人もいますからね」

「いいかね。矢崎君」

と、村上は、顔を突き出すようにした。

「何です？」

「あの手紙は、君が死んだら、警察に届けられるようになっているんだろ？」

「その通りですよ」

「そうだとするとだね。君が、交通事故で死んでも、手紙は警察に渡ってしまうことになる。病死してもだ。となると、われわれは、君に一億円も払い、毎月配当金も払いながら、戦々恐々としていなければならんことになる。こんな不公平なことがあるかね？」

「しかし、あの手紙は、僕にとって、安全のための保険のようなものですよ」

「じゃあ、われわれの保険は、どういうことになるのかね？　君の安全は保障されても、われわれの安全は保障されないのかね？」

「あなた方が消そうとしない限り、僕は、めったに死にゃしませんよ」

「安心はできんね。君は、車に乗っているだろう？」

「今度は、最新のスポーツカーでも買おうと思っていますがね」

「明日にでも、君は、車をぶつけて死ぬかも知れんじゃないか」

村上は、執拗《しつよう》にいった。

村上の目的は、明らかだった。何とかして、問題の手紙を取りあげようというのだ。だが、そうなったら最後、岩城が容赦なく、矢崎を殺すだろう。

矢崎は、ニヤッと笑った。

「僕が、交通事故にあわないように祈るんですね」

「手紙は、どこにあるんだね？」

「それはいえませんよ」

「じゃあ、手紙をよこせとはいわん。君が交通事故で死んだ場合には、手紙が警察に行かんようにしておいてくれないかね？　君が殺された場合にのみ、手紙が警察に届くようにして欲しいんだがね」

「私もそうして欲しいわ」

今まで黙って、矢崎と村上のやりとりを聞いていた大道寺明子が、急に口をはさんで、

「私だって、下手をすれば、警察に捕まるのよ。あなたが、偶然、事故で死んだという

ので、警察に捕まったりしたんじゃ、合わないわ」

「駄目だね」

と、矢崎は、突っぱねた。

「なぜだ？」

と、村上がきく。

「あなた方の中に、殺しのプロがいるからですよ。もし、僕が交通事故で死んだ場合は、手紙が警察に届かないとなったら、必ず交通事故に見せかけて殺すに違いないからですよ」

矢崎は確信を持っていった。

「そんなことはない」

「信じませんよ。とにかく、僕が死ねば、一蓮托生なんだ。それでいいじゃありませんか。僕だって、やっと、大金を手に入れて、これから人生を楽しもうと思っているんですよ。交通事故なんかで死んでたまるものですか。その点、安心していて大丈夫ですよ。では、そろそろ、退散しますか」

矢崎は、スーツケースを持って、ゆっくり、店を出た。

背後で、岩城が、「畜生！」と叫ぶのが聞こえた。

矢崎の顔に、自然に、微笑が浮かんだ。

しかし、店の前でタクシーを拾い、シートに腰を下ろした瞬間、ほっとしたのだろう。どっと疲労がこみあげてきた。

岩城が、カッとして、怒りにまかせて、矢崎を殺していたら、それで終わりだったのだ。矢崎が死んでも、問題の手紙が、警察へ届くようにはなっていないからだ。

タクシーが走り出す。矢崎は、わきの下から、じっとりと、汗が流れ出すのを覚えた。

彼等は、悪党だ。それだけに、かえって、矢崎の言葉を信じたのだろう。自分が悪知恵が働くから、他人も同じだと考える。それが悪党の弱いところだ。タクシーの中で、時々、背後を見たが、誰かが、車で尾行してくる気配はなかった。

矢崎は、まっすぐ、自分のマンションに帰りかけてから、途中でやめて、浅草に行ってくれと、運転手にいった。

「サンクチュアリ」に寄り、マリアを、呼んで貰った。

マリアは、矢崎の顔を見ると、心配そうに、

「顔が蒼いけど、大丈夫？」

と、きいた。

「興奮しているからさ。身体が悪いわけじゃない」

と、矢崎は、笑って見せた。

「そうならいいけど。そのスーツケースは？」

「今、見せてあげるよ」

矢崎は、マリアと、個室に入ると、ベッドの上に、スーツケースをのせ、開けて見せた。

「――――」

マリアが、何か叫んだ。が、向うの言葉なので、何といったのかわからなかった。

「とうとう、手に入れたんだ」

と、矢崎が、いった。

「悪人の仲間入りしたのね」

マリアが、小さく、溜息をついた。

「ここに、いくらあるかわかるかい？」

「いいえ」

「日本円で一億円。アメリカドルなら五十万ドルだ」

「フィリピンだったら、大家族が一生楽に暮らしていけるわ」

「君と僕二人でなら、もっと楽しく暮らせるよ。セブ島あたりに、プールつきの別荘を建てるんだ。そして、東京とマニラで、半々に暮らせばいい」

矢崎は、喋りながら、ビキニ姿のマリアを抱き寄せた。

マリアは、じっと身体をかたくして黙っている。まるで、誘惑に負けまいと、耐えている感じだった。矢崎は、そんな彼女に、キスをした。

「人生は短いんだよ。君が、殺された妹の仇討ちをしたいという気持もわかる。だが、そんな人生は、暗くて、寂しいんじゃないかな。第一、誰が賞《ほ》めてくれるんだ？　それより、楽しく人生を送ろうじゃないか。この金で、僕は、王様のような人生を、君は、女王のような人生を送るんだよ。この他にも、毎月、大金が入って来るんだ。何でも出来るんだよ」

「私だって、楽しい人生は送りたいわ」

「それなら、考えることはないじゃないか。ここにある五十万ドルは、僕のものであると同時に、君のものでもあるんだ。二人で、楽しい生活を送るために使おうじゃないか」

「ありがとう」

「礼はいいさ」

「でも、駄目だわ」

「何が駄目なんだ？」

「そのお金で、プールつきの家を買って、あなたと住んでも、決して幸福になれないわ」

「僕が嫌いなのかい？」

「いいえ」

「じゃあ、なぜだ？」

「そのお金は、妹を殺した人たちから貰ったものでしょう？」

「ああ、だが、金は金でしかないよ」

「違うわ」

　と、マリアは、悲しそうにいった。

「そのお金を使えば、その人たちと同じ人間になってしまうわ。妹が悲しむに決まっている」

「頑固だねえ。君は」

「ごめんなさい」

「謝ることはないけど、こんなところで働いていたって、彼等をやっつけるだけの証拠は見つかりゃしないよ」

「いいえ。見つけてみせるわ」

　マリアが、きッとした表情になった。だが、矢崎には、彼女が、上手く、岩城たちの尻尾をつかまえられるとは思えなかった。逆に、彼等は、いつでもマリアを消すことができるのだ。

「じゃあ、ここをやめることだけでもしてくれないか。こんなところにいたら君は、妹の仇を討つ前に駄目になってしまうし、第一、いつも岩城たちに見張られているんだ。

いと思ったのだが、甘かったらしい。

矢崎は溜息をついた。一億円という現金を見せれば、彼女の気持も変わるかも知れな
「困った人だ」

「私は、危険を承知で、日本へやって来たのよ」

危険だよ」


「気が変わったら、いつでも、僕に電話してくれ。すぐ、駆けつけるからね」

矢崎は、そういい残し、マリアを抱かずにソープランドを出た。一億円という大金を得たことで、ひょっとすると、マリアと一緒に生活できることになるかも知れないと考えていたのだが、どうやら逆になってしまったようである。大金をつかんだことで、マリアとは、違う世界に住むようになってしまったらしい。

自分のマンションに帰った時は、夜になっていた。

部屋の前に来て、スーツケースを置き、キーを取り出そうとして、矢崎は、「おやッ?」という眼になった。中から、明りが洩れていたからである。

(今朝、電灯を消し忘れて出ただろうか?)

考えてみたが、思い出せなかった。ノブを廻してみたが、ドアには、鍵がかかっている。

(やっぱり、消し忘れていたのか)

と、苦笑し、矢崎は、キーを差し込んで、ドアを開けた。とりあえず、重いスーツケースを、床に置いて、ネクタイをゆるめた。

台所で、ごくごくと水を飲んでいるうちに、ふと、奥の部屋に、人の気配を感じた。

ぎょっとして、そこにあった包丁を手につかんだ。

一円も無い時なら、泥棒が入っても、あわてはしないのだが、今は、一億円という現金がある。包丁を片手に、襖《ふすま》を勢いよく開けた。

ベッドに、誰かが寝ていた。

その人間が、寝返りを打ってから、眼をあけて、矢崎を見た。

大道寺明子だった。

「お帰りなさい」

と、明子が、ニッコリ笑った。

2

「どこへ行ってたの？」

と、明子が、笑いながらきいた。

「どうやって、入ったんだ？」

矢崎は、逆にきき返した。

「簡単だわ。管理人に会って、矢崎さんと結婚することになってるんだけど、部屋で待たせて貰ってもいいかしらっていったらすぐ、鍵を開けてくれたわ。女には親切な管理人ね」

「あの助平爺《じじい》め」

矢崎は、舌打ちした。やもめの五十男で、ポルノ写真を集めるのが趣味の男だった。あの管理人だったら、明子が軽くウインクしただけで、簡単にマスター・キーを持ち出してくるだろう。

「管理人を悪くいうもんじゃないわ。親切にしてくれたんだから」

「何しに来たんだい？」

「若い女が、男一人のマンションに来て、しかも、ベッドの中で待っていたら、考えるまでもないいんじゃないの」

明子は、声に出して、ふッふッふッと笑った。

「なるほどねえ」

矢崎は、鼻をうごめかせてから、煙草をくわえて、火をつけて、じっと、ベッドの明子を見下ろした。

「何を見ているの？」

「女ってのは、よく嘘をつくものだと思ってね」

「嘘をつくって？」

「部屋が、きれいに片付いている」

「あなたを待っている間、あんまりちらかっているんで、片付けてあげていたのよ」

「片付けながら、例の手紙を探してたんじゃないのか？」

「疑ぐり深い人ね」

「殺されない用心のためさ。自然に、疑ぐり深くなるんだ」

矢崎は、そっけなくいってから、いきなり、明子がかけている毛布を剝ぎ取った。

「あッ」

と、明子が、声をあげた。

明子は、コートを着たままだった。

「おやおや」

と、矢崎は笑った。

「君の店じゃあ、コートを着たまま、ベッドで男を待てと教えているのかい？」

「寒いからよ」

「寒いからにしろ、コートを着たまま、ベッドに入るような女は、抱く気がしないね。帰ってくれないか。これから、ゆっくり眠りたいんだ」

「信じないのね？」

「信じないね」

「そう」

明子は、ベッドからおりると、足を開いて矢崎の前に立ちふさがるような形になった。

「見てよ」

と、いうなり、明子は、ぱッとコートを脱いだ。

白い裸身が、矢崎の眼に突き刺さってきた。

明子はコートの下に、ブラジャーも、ショーツもつけていなかった。

「裸で、毛布一枚じゃ寒いから、仕方なく、コートを着ていたのよ」

明子は、誘うように、豊かな腰を軽くゆすった。

「下着はどうしたんだ？」

「ヤボなことはいわないで」

明子の肩から、コートが床に落ちた。

ボリュームのある明子の身体が、矢崎にもたれかかって来た。

「抱いて」

と、明子が、耳元でささやいた。熱い吐息が、矢崎の神経をくすぐった。

マリアとの中途半端な別れ方が、矢崎の気持を荒々しくさせていたようだった。

矢崎は、明子の大きな乳房を、わしづかみにした。

「うッ」

と、明子は、呻き声をあげて、身体をのけぞらせた。矢崎の手の中で、彼女の乳房が、押しつぶされている。

「痛いわ」

と、明子が、眉を寄せていった。

「もっと優しく可愛がって」

「優しくされたかったら、他の男に抱かれろよ」

矢崎は、怒ったような声でいい、明子の両腕を背後で、ねじあげた。

「わかったわ」

と、明子が、喘ぐようにいった。

「気のすむように、あたしをいじめて」

「キスするんだ」

と、矢崎は、命令した。

明子は、両手をねじりあげられたまま、首をのばすようにし、唇を押しつけてきた。

キスがすむと、矢崎は、乱暴に、明子を、ベッドに押し倒した。

四つん這いの格好で、ベッドにうずくまった明子に、

「そのまま動くんじゃない」

と、矢崎はいい、ゆっくりと、自分も裸になっていった。

「どうするの?」

明子が、うずくまったまま、不安気にきいた。

「けもののように、愛してやるのさ」

矢崎は、ニヤッと笑うと、背後から、明子の腰を抱き込んだ。

「こんな格好で、恥ずかしいわ」

「いじめてくれといったのは、誰なんだ」

矢崎は、両腕に力をこめて、明子の両足を広げていった。

明子のシーツに押しつけられた顔が、苦痛にゆがんだ。が、その顔が、次第に、愉悦の表情に変わっていった。

3

心地よい疲労といったらいいのだろうか。

二人は、裸の身体を並べて、ベッドに横たわっていた。

「君に聞きたいことがある」

「どんなこと」

「例のヌード写真さ。あれは、やはりきみだったんだろう？」

「あたしには、あんなアザはないわ。見たでしょう？　あたしの裸を」

「ああ。だが、今の形成手術をもってすれば、アザぐらいは消せるさ。しかし、全体の感じは君だ。それは、手術した医者を見つければ、すぐわかる。だから、君は、ときわ興業の人間に頼んで、あの写真を盗ませようとしたんだ。ところが、日下カメラマンに見つかって、殺してしまった。違うか？」

「あたしが、その通りといっても、もうどうしようもないわよ。あの写真は消えてしまったんだから」

「村上が、君に恩を売りつけて焼いたんだな」

と、矢崎はいった。

「今度はあたしからお願いがあるんだけど」

明子が、矢崎の胸に顔を埋《うず》めるようにして、ささやいた。

「何だい？」

矢崎は、天井に向かって、煙草の煙を吐き出した。

「私と組まない？」

「君と？」

と、矢崎は、眉を寄せて、

「君は、村上社長や、ミスター・ロドリゲスと組んでいるんじゃないのか？」

「お金のために、組んだけど、社長さんは年寄りだし、ミスター・ロドリゲスは外国人だから、どうしてもフィーリングが合わないのよ」

「ときわ興業の岩城と、どうなんだい？　まだ若いし、強いぜ」

「あんな人殺しなんか！」

明子は、吐き捨てるようにいった。

「やっぱり、あいつは人殺しか」

「頭はカラッポの男よ。とにかく、殺せば事がすむと思ってるんだから嫌になるわ。その点、あなたは、頭が切れるわ」

明子が媚《こ》びを含んだ眼で、矢崎を見つめた。

「妙な風向きだな。おれの一億円が目当てかい？」

「それも魅力ね」

と、明子は、ちらりと、部屋の隅に置かれたスーツケースに眼をやって、

「まだ、あの中に、一億円が入ってるの？」

「ああ、入ってるよ」

「何に使うつもりなの？」

「競馬で、一億円全部賭けてみるのも悪くないと思ってるよ」

「私と組んで、事業をやってみない？」

「何の事業だい？」

「今のお店を、もっと大きくしたいの。それに、出資して下されば、あなたを副社長にするわ」

「君が社長か？」

「ええ。副社長が嫌なら、共同経営者でもいいわ。うちのようなクラブはね。やりようで、いくらでも儲かるのよ」

「悪くない話だな」

「そうでしょう」

「おれは一億円せしめたが、君は、村上からいくら巻きあげたんだ？」

「一億円の半分よ。ミスター・ロドリゲスに、社長さんを紹介しただけだから。その点、あなたは、頭がいいわ。あの『ローヤルウィッグ』の成分を分析して、社長さんを脅迫するんだから。どうやって調べたの？」

「S大の研究室に頼んだのさ。そこに、大学時代の友人がいてね。おれの期待した通りの分析結果だったんで、小躍りしたよ」

「ふーん」

と、明子は、鼻を鳴らしてから、

「問題の手紙がどこにあるか、教えてくれない？」

「そいつは駄目だ」

矢崎は、急に堅い表情になった。

(やはり、明子は、おれから手紙のかくし場所を聞くためにやって来たのか)

と、矢崎は思ったが、明子は、意外に、あっさりと、

「ああ、そう」

と、肯いた。

矢崎のほうが、かえって拍子抜けして、

「それが知りたくて来たんじゃないのか？」

「社長さんや、岩城たちは、必死で見つけようとしてるみたいだけど、私は、あんまり興味がないの。あなたと組むことになれば、手紙のことなんかどうでもいいし、あなたには、ずっと安全でいて貰いたいもの」

「ありがたいことだな」

「信用しないの？」

「まあね。君は、向う側の人間だからな」

「今は違うわよ」

「証拠がない」

「今日から、ずっと、ここにいてもいいわよ」

「無理しなさんな」

「別に無理はしていないわ」

明子は、矢崎の身体に蔽《おお》いかぶさるようにして、激しく唇を押しつけてきた。

それが明子の本心なのか、それとも矢崎を油断させるための演技なのか、彼にもわからなかった。

明子は、昔から、利にさとい女で頭も切れる。どことなく、白痴的な美しさがあって、たいていい、その外観に欺され、「可愛い女」だと思ってしまうのだが、本当は、驚くほど、計算高い女なのだ。

だから、明子の言葉を、どこまで信じていいかわからない不安が、矢崎にはあった。

「今日は帰れよ」

と、矢崎は、判断がつかぬままに明子にいった。

4

それから三日間、矢崎は、しばしば、明子に会った。

場所は、彼のマンションのこともあれば、彼女の家の場合もあり、時には、有名なラブホテルのこともあった。

四日目のことである。

昼頃、自分のマンションで、明子からの電話を待っていた矢崎は、ベルが鳴ったので、手を伸ばして、受話器を取った。

明子だと思ったが、男の声だった。

「見谷だよ」

と、相手がいった。

とっさに誰だったかわからなくて、

「え、誰？」

「S大研究室の見谷だよ」

「ああ、君か。この間はありがとう」

「そのことなんだがね」

「何のことだい？」

「君が持って来た栄養剤のことだがね」

「あれがどうしたんだ？」

「まさか、君は、それを何かに発表したりはしなかったろうね？」

「なぜ?」

「それ、間違っていたんだ」

「何だって?」

思わず矢崎の声が大きくなった。

「間違っていたんだよ」

と、見谷は、同じ言葉を繰り返した。

「そんな筈はない」

矢崎は、強い調子でいった。それが正しかったからこそ、村上は、驚いて一億円もの金を払ったのではないのか。

「大要では間違っていなかったんだが、細かい成分比の間違いがわかったんだよ。何となくおかしい感じがしたので、君から渡された栄養剤が少し残っていたので、念のため、もう一度分析しなおしてみたんだ。その結果、正確な数値が出た」

「じゃあ、君に貰った分析表は、細かいところで違っているということか?」

「そうだ。あのまま発表したら、君が笑われる。そう思ったから、あわてて電話したんだ。常識的に見ても、おかしいとわかる数字があるからだよ」

「すると、何かの証拠にはならないということか?」

「何の証拠だって?」

「いいんだ」

と、矢崎は、いらいらした調子でいった。

「正確な分析表は、今、そこにあるのかい？」

「ああ、ここにある。君が何かに発表するんだったら、前に持って行ったものは駄目だ。馬鹿にされるだけだよ。新しいほうを使いたまえ」

「今、研究室か？」

「今、昼休みで、外の喫茶店から電話しているんだ。一時には、研究室に戻っているよ」

「わかった。すぐ、研究室のほうへ行く」

矢崎は、受話器を置くと、すぐ、外出の支度に取りかかった。

分析の数値が微妙に違うというのは、どういうことなのか？

村上は、明らかに、日本で売れなくなった『スーパーエイト』を、ただ『ローヤルウィッグ』と名前を変えて、フィリピンで売っているのだ。だが、そのままではまずいので、何か、毒にも薬にもならない香料でも入れているということなのだろうか。

車を、S大研究室に向かって飛ばした。

大事な脅迫のタネであり、また、矢崎の命の保証書でもある分析表である。少しでも違っていては困るのだ。村上が、それに気付かぬ中《うち》に、正しいものと替えておかなければばならない。

S大の構内で、車を止めると、矢崎は、研究室へ飛び込んで行った。

見谷は、小さな封筒を持って、矢崎を待っていた。

「どうなってるんだ」

と、矢崎は、とがめるように、見谷を見すえた。

5

矢崎は、新しい成分表を手にすると、自分のマンションにとって返した。

『ローヤルウィッグ』の成分表が、矢崎にとって、命の綱なのだ。これが、彼の手にある限り、村上たちは、手を出せない。

彼等が、大橋富佐子やマリアの妹ロザリンを殺したという矢崎の告発は、警察も一応は調べるだろうが、果たして、証拠がつかめるかどうかはわからなかった。

その点、この成分表があれば、村上製薬が、フィリピンで売り出している栄養剤『ローヤルウィッグ』は、日本で販売禁止になった『スーパーエイト』と同じものであることが証明できる。

当然、これが公けになれば、国際問題に発展し、フィリピンでの『ローヤルウィッグ』の販売が停止されるだけでなく、村上製薬は、世間の批判にさらされて、他の薬も売れ行きが落ちるに違いない。膨大な損害をこうむるのだ。そんな危険を冒してまで、彼等が、矢崎を殺すとは思えなかった。

しかし、それは、すべて、分析した成分表が正しいものだという前提に立っている。間違った成分表では、命綱にはならないのだ。

村上たちが、矢崎の持っている成分表が違うとわかったら、たちまち、殺し屋を差し向けて来るだろう。

矢崎は、マンションに戻ると、前に書いたのと同じ手紙を書き、それと、新しく貰って来た成分表を封筒に入れて封をした。

宛名を書いて、五十円切手を貼る。それから、裏を返して、マンションの住所と、矢崎自身の名前を、殊更、丁寧に書き込んだ。これで準備は出来あがりである。

矢崎は、その封筒をポケットに突っ込んで、また、マンションを出た。

郵便ポストは、商店街を抜けたところにあった。

矢崎は、足早やに商店街を通り抜け、郵便ポストの前に出た。

ポケットから、封書を取り出して、ポストに入れようとした時だった。

太く逞《たくま》しい手が、いきなり矢崎の手首をつかんで、ねじあげた。

思わず、矢崎は、声をあげ、手にもっていた封書を、地面に落としてしまった。

もう一人の男が、素早く、それを拾いあげ、矢崎に向かって、ニヤッと笑って見せた。

ときわ興業の岩城だった。

矢崎の右腕を、背中にねじあげている奴は、ひどい馬鹿力だった。

「手を放してやれ」

と、岩城がいった。

矢崎の手首をつかんでいた男が、手を放した。

（くそッ）

と矢崎は思った。しばらくの間は、右腕が、しびれていた。

振り向くと、一九〇センチ近くあるプロレスラーのような大男だった。岩のような身体の上に、ヒゲ面の四角い顔がのっている。

「一緒に来て貰おうか」

と、岩城がいった。

大男が、また、矢崎の腕をつかんだ。痛みが走る。

「おとなしく、おれたちについて来ないと、そいつは、あんたの腕をへし折るぜ。元プロレスラーで、牛を一頭殴り殺した男だからな」

岩城がいった。単なる脅しとは思えなかった。この大男なら、牛の一頭ぐらい、殴り殺せそうだ。

「わかったよ」と、矢崎がいった。

「わかったから、腕を放してくれないか」

「駄目だ」

大男が、にべもない調子でいった。

矢崎は、引きずられるように、表通りにとまっている車まで連れて行かれ、リアシートに押し込まれた。

「どこへ連れて行くんだ」

矢崎は、蒼ざめた顔できいた。

「すぐわかるさ」

と、岩城はいい、若い運転手に、

「行くぞ」

といった。

車が走り出した。矢崎の隣りに腰を下ろした大男は、まだ、彼の腕をつかんでいる。

「殺す気か？」

と、矢崎がきくと、岩城は、笑って、

「そう死に急ぎなさんな」

と、からかい気味にいった。

矢崎が連れて行かれたのは、銀座の「クラブ・アキコ」だった。

店に客の姿はなく、村上社長と、大道寺明子がいた。

「あんたの考え通りだったよ」

と、岩城が、村上にいった。

「やっぱり、罠にかかったか」

村上が、満足そうにいった。

「ああ、この手紙をポストに入れようとするところを捕まえて来た」

と、岩城は、矢崎の書いた封書を村上に渡してから、矢崎に向かって、

「あんたも、女には弱いねえ。もっとも大道寺明子みたいないい女に迫られたら、たいていの男は、でれでれしちまうだろうがね」

と、笑った。

明子が、小さく笑った。

（そうか――）

と、矢崎は、思った。

研究所の見谷は、こいつらに買収されたのだ。

矢崎は、明子を抱いたあと、ついうっかり、あの成分表は、S大の研究室で分析して貰ったものだといってしまった。

村上と岩城は、明子からそれを聞くと、すぐ、S大研究室に出かけて行ったのだ。矢崎が、S大を卒業していることはわかっているから、同期生の見谷を見つけることは簡単だったに違いない。

彼等は、見谷を脅した。金もやったろう。もともと見谷と矢崎は、親しかったわけではない。前に渡した成分表は間違っていたという電話を、矢崎にかけるぐらいのことは、平気でするだろう。

最初の成分表のデータが正しかったのだ。村上と岩城は、見谷が話した新しい成分表を、矢崎がどうするか、じっと見張っていたのだ。もちろん、前の成分表と、手紙を奪い取るために。

村上は、封書の表を、明りにかざすように見た。

「北海道帯広市東六条南十丁目三九、富士豊太郎か」

と、矢崎の書いた宛名を、声に出して読んでから、

「この富士豊太郎という男に、手紙と成分表を預けてあるというわけだな?」

「さあ、どうかな」

矢崎は、そっぽを向いた。

とたんに、大男が、いきなり、拳で、矢崎の背中を殴った。

一瞬、矢崎は、息がつまるような衝撃を受け、呻き声をあげて、床に膝をついてしま

った。

大男が、容赦なく、髪をつかんで、矢崎を引き起こした。

「おれが死んだら、すべてを書いた手紙が警察に届くぞ」

と、矢崎は、必死で叫んだ。

「この富士という男が、届けるというわけか？」

村上が、冷たい眼で、矢崎を見下ろした。

「知らないな」

「この野郎」

大男が、今度は、矢崎の頬のあたりを殴った。

矢崎の身体が、床に転がり、口の中が切れて、血が吹き出した。

大男は、生まれつきのサディストなのか、ニヤニヤ笑いながら、三回、四回と、矢崎を殴った。

そのたびに、矢崎の身体が、吹っ飛んだ。

引き起こされた時、矢崎の顔は、血まみれだった。左の眼の上がはれて、よく見えない。ぜいぜいと、荒い息を吐いた。

それでも、片眼で、村上たちを睨みつけて、

「おれがマンションにいないと、友だちは、すぐ、警察に駆け込むぞ」

「そいつは大丈夫だ」

と、岩城が、笑いながらいった。

「おれの部下が、お前さんのマンションに入り込んでるよ。そいつは、物真似の名人でね。お前さんの声を真似ることなんか朝飯前だ。お前さんの仲間から電話が入れば、適当に答えてくれるよ」

「まあ、あきらめるんだな」

村上は、冷たくいった。

耳のあたりも殴られ、矢崎の片方の耳が、じーんと鳴っている。

「どうするの？」

と、明子が、村上を見た。

村上はちらりと岩城に眼をやって、

「君に帯広に行って貰おうか」

「帯広へ行って、この富士豊太郎という男に会って、矢崎の書いた手紙と、『ローヤルウィッグ』の成分表を取りあげてくればいいんだろう？」

「そうだ」

「明日になったら、飛行機で行ってくるさ。上手く取りあげて来たら、おれの分け前を増やして貰う。そうか。こいつの一億円は、おれが貰おうじゃないか。どうせ、こいつは、消してしまうんだからな」

岩城は、床に転がっている矢崎を、あごで示した。

「いいだろう」

と、村上が、肯いた。

「縛りあげておいたほうがいいな」

岩城は、大男に、ロープを持って来いと命令した。大男は、ロープで、矢崎を縛りはじめた。馬鹿力でしめあげるので、矢崎は、呻き声をあげ続けた。

両手、両足も、きっちりと縛られ芋虫のように、床に転がされた。

「馬鹿な男だ」

村上が、口をゆがめていう。

「何が馬鹿なんだ」

と、矢崎は、かすれた声でいい返した。

「おとなしくしていれば、死なずにすんだのに。一億円もの大金を、私からゆすり取ろうとするから、こんな目にあうんだ、自業自得だな」

「悪党め！」

「君から悪党と呼ばれると、笑いたくなるよ」

村上は、肩をすくめていい、大男に、

「うるさいから、喋れないようにしてくれ」

といった。

大男は、転がされている矢崎の傍に屈み込むと、強引に口を開かせタオルを口の中に押し込んだ。

矢崎は、苦痛に耐えるように眼を閉じた。縛られた手足が、しびれてくる。

マリアの美しい顔が、まぶたに浮かんだ。

（おれが死んだら、マリアは、泣いてくれるだろうか？）

6

翌日になると、岩城は、朝早く羽田空港へ向かった。

「千歳から帯広に、飛行便がある筈だから、今日中には、富士豊太郎という男を見つけ出してみせるさ」

と岩城は、出かける時に、村上と明子にいった。

そのあと、矢崎は、やっと手のロープだけ解かれて朝食を与えられた。手がしびれていて、なかなか上手く食べられない。

村上と明子が、冷たい眼で、それを見つめていた。

（あの手紙が、彼等の手に入るまでは、おれは殺されないだろう）

と、矢崎は考えていた。

その間に逃げなければと思うのだが、足が縛られたままだし、ゴリラみたいな大男が監視しているので、簡単に逃げられそうになかった。

食事がすむと、また両手を縛られた。

「おれを殺したりすれば、警察に追われるぞ」

と矢崎は、村上と明子の二人に向かっていった。

村上が、小さく笑った。

「君の死体は永久に見つからんよ」

「そういえば、ここには、人殺しの専門家がいたっけな。手を汚す仕事は、みんな、岩城たちに押しつけるんだな。ご立派なことだよ。本当に」

「黙れ！」

と、村上が、怒鳴った。

「黙らないと、また、猿ぐつわをかませるぞ」

「――――」

矢崎が、村上に罵声を浴びせかけようとした時、大男が近づいて来ていきなり、一回、二回と、背中や、腰のあたりを蹴りあげた。凄《すさ》まじいキックに、矢崎は、息がつまり、眼の前が暗くなった。

どのくらい気を失っていたのか、矢崎は、覚えていない。気がつくと、部屋の明りがついていた。両手、両足は、縛られたままである。

明子が、いらいらしながら、部屋の中を歩き廻っている。

「社長さん」

と明子が、立ち止まって、村上に声をかけた。

「岩城さんは、まだ、帯広に着かないのかしら？」

「もう着いている筈だよ。富士豊太郎という男の家を探しているんだろう」

「番地までわかってるのに、なぜ、おくれるのかしら？」

「さあね。私にもわからんよ」

と、答えた村上の声も、明らかにいらだっているのを、矢崎は感じた。

一時間ほどして、ふいに電話が鳴った。待ちかねていたように、村上が、受話器をつかんだ。

「ああ、私だ」

と、村上は、いってから、急に、甲高い声になって、

「なに？　富士豊太郎という男の家が見つからないだって？　いいか、帯広市東六条南

十丁目三九番地だぞ。もう一度、念入りに調べてみろ！」

がちゃんと、音を立てて、村上は電話を切った。

「見つからないようだな」

と、矢崎が口をゆがめて、村上にいった。

「すぐ見つけてみせるさ。その時が最期だと、覚悟を決めておくんだな」

村上が、いい返した。

終　局

1

何時間たったのだろうか。

飲まされた水の中に睡眠薬が入っていたらしい。村上製薬の社長がいるのだから、睡眠薬を用意するぐらいは簡単だろう。

どうやら、矢崎を監視するのが面倒なので、彼を眠らせることに決めたらしかった。

矢崎は、そっと、眼を開けてみた。

頭がずきずき痛むのは、かなり多量に、薬を飲まされたせいだろう。

天井のシャンデリアが、やけに眩《まぶ》しい。

部厚いカーテンがおりているので、明りがついているが、夜なのか、昼間なのか判然としなかった。

身体を起こそうとして、相変わらず、両手を背後で縛られていることに気がついた。手首が、やたらに痛い。恐らく、指先は、紫色に変色しているだろう。

足音が聞こえたので、矢崎は、眼を閉じ、眠ったふりをした。

「いったい、どういうことなの？」

怒りをおさえたような大道寺明子の声が聞こえた。

「私にもわからんよ」

村上が憮然《ぶぜん》とした声でいう。

「岩城は、とうとう、富士豊太郎という男を見つけ出せなくて、帰って来るといって来たじゃないの。どういうことなの？」

「矢崎は、その男宛に手紙を出そうとしていたんだ。これを見ろよ。ちゃんと、宛名に書いてある。富士という友人が帯広にいるんだ」

「でたらめじゃないのかしら」

「なぜ、矢崎が、大事な証拠品を、でたらめな宛名に送りつけたりするんだね。第一この帯広市の住所は、ちゃんと存在するんだ」

「矢崎を起こして、きいてみる？」

「自分の命がかかってるんだ。正直にいう筈がないさ」

「富士という男は、引っ越したんじゃないかしら。それで、岩城が行っても見つからなかった？」

「考えられるのは、そんなことぐらいだな」

「矢崎に頼まれて、大事なものを預かったけど、怖くなって、姿を消したことは、十分に考えられるわよ」

「そうだな。しかし、そうなると、富士という男を見つけ出すのは、一層、大変なことになるんじゃないかな。矢崎も知らない場所に、姿を消したのかも知れないし――」

「それなら、きっと、矢崎に連絡してくるわ」

「恐らくね」

と、村上が肯いたとき、荒い足音がして、誰かが、部屋に入って来た。

「くそッ。何てことだ！」

その人物が、怒鳴るのが聞こえた。

岩城の声だった。

矢崎は、うす眼をあけた。真っ赤な顔をした岩城が、視界の中に入った。

「全く無駄足だったよ」

と、岩城は、村上と明子に向かって、強く舌打ちをして見せた。

「いくら探したって、富士なんて家は見つからないんだ」

「矢崎から大事な手紙を預かったのが怖くなって、姿を消したんじゃないかと、彼女と話し合っていたんだがね」

村上がいった。

岩城は、テーブルの上にあった葉巻を手にとって、乱暴に吸口を切り、火をつけてから、

「同じことを考えたよ。向うでね」

「それで？」

「あの辺の家を、片っ端からきいて廻ったよ。だが、ここ一カ月、引っ越したり、姿を消したりした人間は、一人もいないんだ。嘘じゃない。市役所でも確認してみた。矢崎が書いた住所には、最初から、富士豊太郎という男は、住んでいなかったんだ」

「じゃあ、なぜ、そんな住所を書いたのかしら。大事な手紙を、でたらめなところに出す筈がないわ」

明子が、わからないというように、眉をひそめた。

「矢崎にきいてみるより仕方がないな」

岩城は、じろりと、部屋の隅に横たわっている矢崎を見た。

矢崎は、あわてて眼を閉じた。

「睡眠薬を飲ませてある」

と、村上がいった。

「あと二時間ぐらいしたら、眼をさます筈だ」

「叩き起こしてきくことは出来ないのか。おれの手下が、思いっきり痛めつければ、本音を吐くんじゃないか」

「少し強い薬を飲ませてあるんだ。無理に起こしても、もうろうとしていて、質問には答えられないよ」

「あと二時間といったな？」

「二時間すれば、気がつく」

「よし。マリアという女を連れて来よう。矢崎の恋人だから、眼の前で、彼女を痛めつければ、白状する筈だ」

岩城は、一人で肯くと、大男の手下を呼びつけ、二人で出て行った。

「心配になって来たわ」

明子が、蒼い顔で呟いた。

「私は、酒が飲みたくなったよ」

村上が、これも、疲れた顔でいった。

「矢崎が眼をさますまで、少し、飲みましょうか」

と、明子がいい、村上を促して、部屋を出て行った。

ドアの閉まる音が聞こえると、矢崎は、むっくり起きあがった。

幸い、両足のロープは、はずされていた。

プロレスあがりの大男がいないうちに逃げ出さなければならないと、矢崎は、自分にいいきかせた。

両手を、いくらこすり合わせても、手首を縛ったロープは外れそうもなかった。あの大男が、力一杯縛ったのだから、当然かも知れない。

ドアのところまで歩いて行って、耳を押しつけた。

村上と明子の話し声が聞こえてくるが、小声なので、何を話しているのかわからなかった。

このドアからは、逃げられない。両手が自由なら、何とか、村上と明子を殴り倒してでも逃げてみせられると思うが、両手を縛られていては、明子にもかなわないだろう。

窓には錠がおりている。両手が自由なら、簡単に外せる錠だが、今の状態では、これさえ、外せそうもない。

唯一の救いは、窓が低いことだった。これなら、体当りで、窓ガラスを破れそうだった。

ガラスの破片で身体を切るのではないかという怖れが、ふと脳裏をかすめたが、それを取り払うと、矢崎は、助走をつけて、窓に向かって突進した。

両手が縛られているので、どうしても、身体がふらつく。

はずみをつけて、身体をダイビングさせた。

凄まじい音を立てて、窓ガラスが割れた。

矢崎の身体は、窓の外に転がり落ちた。窓のすぐ下が、低い庭木の植え込みになっていたので、ショックが小さかった。

今が夜だと、初めてわかった。

細く暗い路地になっている。どちらへ出たら、表通りへ逃げられるのかわからない。家の——というより、「クラブ・アキコ」に監禁されていた筈だから、店の——というべきだろう、店の中で、甲高い明子の声が聞こえた。

矢崎は、ガラスの破片で、縛られているロープを切ろうと一瞬、考えたが、追いつかれたら、それで終わりである。

矢崎は、やみくもに、右手に向かって、通路を駆け出した。

「あッ」

と、声を出したのは、そこが行止まりになっていたからだった。

必死の形相で、廻れ右をした。また、不自由な身体で、走り出した。

「待ちやがれ!」

ふいに、男が怒鳴った。声と一緒に、野球のバットが、振りおろされた。

矢崎の後頭部に、激しい痛みが走った。眼の前が暗くなった。倒れかけながらも、なお矢崎は、灯の見えるほうへ這いかけて動かなくなった。

2

「殺しちまったのか?」

「いや、死んじゃいない筈だが――」

そんな男たちの会話が、遠くから聞こえてくる。

まるで、別世界の人間の声のように頼りない。いったい、どこで誰が喋っているんだろう。

「本当に死んでいないんだろうな?」

「大丈夫さ」

ふいにバケツ一杯の水が、矢崎の頭から浴びせかけられた。

悪夢の世界から、矢崎は、突然、現実世界に引き戻された。

「ほら、生きてるだろう」

馬鹿にしたような男の声がした。路地で、矢崎をバットで殴った奴らしい。

「逃げ出そうなんて、馬鹿な奴だ」

今度は、聞き覚えのある男の声がした。岩城だ。

「大丈夫？　ミスター・ヤザキ」

若い女の声だ。

（マリア——）

と、思ったとたんに矢崎は、はっきりと、気づいた。

部屋の中に、何人もの男と女がいた。

村上、明子、岩城、プロレスあがりの大男、矢崎を殴ったもう一人の男、そして、マリアだ。

「この女を、縛り上げるんだ」

岩城が、大男に命令した。

サディストの大男は、ニヤッと笑い、ロープを持って、マリアに近づいた。

（止めろ！）

と、矢崎は叫んだつもりだったが、のどが、かさかさに乾いてしまって、声にならない。

マリアが、低い悲鳴をあげた。が、大男は、容赦なく、彼女を後ろ手に縛り上げ、天井に吊《つる》した。

マリアは、やっと爪先立ちになって、苦しそうに、喘いでいる。ロープが、肉に食い込むのか、時々「あーッ」と、切なげに声をあげたが、それでも、気丈に、唇を嚙み、大男を睨んだ。

岩城が、矢崎の傍に来て、彼の髪をつかんで、強引に顔をあげさせた。

「よく見ろ！」

と、岩城がいった。

「馬鹿な真似はやめろ」

矢崎はいい放った。頭が割れそうに痛い。

「正直にいえば、何もしやしないさ」

と、岩城がいった。

「例の手紙は、どこへやったんだ。帯広の富士豊太郎という男は、見つからなかったぞ」

「そんなことをしていると、あの手紙が、警察へわたるぞ」

「わからない男だな」

岩城は、舌打ちをすると、大男に向かって、

「可愛がってやれ」

と、いった。

大男の手が吊られているマリアに伸びて、彼女のドレスを引き裂いた。形のいい乳房が、むき出しになった。その乳房を、大男の骨ばった指が、わしづかみにした。

マリアが悲鳴をあげた。

「止めろ！」

と、矢崎が叫んだ。

「続けろ！」

岩城が面白がって、大男をけしかけた。

大男は、ニヤニヤ笑いながら、馬鹿力で、今度は、スカートを引きはがした。

マリアは、白いショーツ一枚の裸に、引きむかれてしまった。

「止めてくれ」

矢崎が、岩城にいった。

「じゃあ、手紙が、どこにあるのかいうんだ」

「友人に預けてある。おれが死ねば、その友人が、警察に届けることになっている」

「その友人の名前は？」

「富士豊太郎だ」

「住所は？」

「北海道の帯広だ」

「殴りつけろ！」

岩城は、大男を見た。

大男は、ズボンから革バンドを引き抜いた。大男は、二、三度、宙で素ぶりをくれてから、マリアのヒップめがけて、振り下ろした。

ぴしッ！　という音が、部屋の空気を引き裂くように聞こえた。

マリアが、悲鳴をあげて、身体を、弓なりにのけぞらせた。

大男は、左手で、マリアのショーツを、膝のあたりまで、いっきに引きずり下ろした。

思わず、マリアが身体を折り曲げる。大男は、容赦なく、むき出しになったマリアのヒップに、革バンドを当てた。

見る見るうちに、マリアのヒップに、赤いみみずばれが走った。

大男の革バンドが、宙で唸るたびに、マリアの悲鳴が部屋一杯にひびいた。

「もう止めてくれ」

と、矢崎がいった。

「じゃあ、手紙を渡した友だちの名前をいえ。嘘では、あの女を痛め続けるぞ」

岩城が、冷たくいった。

「さっきもいったように帯広市の富士豊太郎という男だ」

「その男は実在しない」

「いや、いる。今度の手紙はあわてて、宛先を間違えて書いたんだ。帯広市の東六条南一丁目なんだ」

「南十丁目と、お前さんは書いてるじゃないか？」

「だから、あわてて書き間違えたといっている。もう一度、そこへ行ってみてくれ。富士豊太郎という友人がいて、おれの手紙を持っている」

「じゃ、その友だちへ、電話をかけるんだ」

「電話はない。嘘じゃない。行ってみてくれればわかる」

「今度は私が行こう」

と、村上がいった。

「嘘かも知れんぞ」

「そうだったら今度こそ、この男に死んで貰おうじゃないか」

村上はいい、部屋を出て行った。

3

吊り下げられていたマリアが、床におろされ、裸のまま、矢崎の後ろへ突き倒された。マリアは、後ろ手に縛られたままなので、姿勢を立て直せず、矢崎の横に転がった。

「大丈夫か？」

と、矢崎は、声をかけた。

マリアは、いざるように、床の上に座り直してから、

「大丈夫よ」

と、いった。

「おい。君たち！」

矢崎は、明子や、岩城たちに向かって、怒鳴った。

「この人の縄を解いて、何か着せてやったらどうなんだ」

「ソープランドで働いているんだ。裸にはなれてる筈だが」

岩城が、ニヤッと笑っただけだった。

彼等は、二人をそのままにして、部屋を出て行った。

ドアに鍵をかける音がした。

また、閉じこめられた。

「なぜ、君は、マニラに帰らなかったんだ？」

矢崎は、マリアの顔をのぞき込むようにしてきいた。

「帰るわけにはいかなかったわ」

「君の強情なのにも呆れるな」

「これから、どうなるの？」

「村上が帰って来て、僕たちは殺されるさ」

「手紙が、どうとかいってたけど——?」

「村上たちの死命を制する証拠を見つけたんだ。それを、彼等のわからないところに隠した。封筒に入れてね」

「それが、彼等のいっていた手紙なのね?」

「イエス」

「それを、遠くの友だちに預けたのね?」

「彼等は、そう思ってる」

「でも、村上社長は、その手紙を取りに出かけたんでしょう?」

「ああ、飛行機で三時間以上かかる所へね。今は、夜だろう? 多分、出発は明日になるだろうね」

「そうね」

「じゃあ、明日一杯はかかるな。多分もう、飛行機はないからね。明日の夕方までは殺されないだろう」

「その手紙を手に入れても、彼等は、私たちを殺すかしら?」

「もちろん。君も、僕も、邪魔なだけだからね。そもそも彼等は、手紙を手に入れられないよ」

「その遠くのお友だちに、預けたんじゃないの?」

「そんな友だちなんか、存在しないんだ」

「え？」

マリアがわからないというように、矢崎を見た。

「ああ、村上は、いない友人を探しに行ったんだ。そのからくりは、説明していられないが、とにかく、明日の夕方までに、逃げ出さなきゃならない。手紙が見つからなければ、欺されたと思い、怒りに委せて、僕たちを殺すだろうからね」

「でも、こんな格好じゃ、逃げられないわ」

「君のロープは解けないか？」

「解こうと思うんだけど、無理だわ」

マリアは、眉を寄せ、裸の身体をよじった。

「あの大男は、馬鹿力だからな。僕のロープも、解けやしない」

矢崎は、舌打ちした。

「じゃあ、逃げられない？」

「ここは、たしか、銀座のクラブ・アキコの筈なんだが、違うかな？」

「ギンザだと、私を連れて来た男がいったわ」

「時刻は、わかるかい？」

「私が、ここへ連れて来られたのが、十一時頃だったから、今は、午前一時に近いわ」

「じゃあ、銀座はまだ宵の口だ。雨は降っていないようだから、まだ、人は出ている」

「それが重要なの？」

「死ぬかも知れないが、やってみる勇気があるかい？」

矢崎は、強い眼で、マリアを見た。

「逃げられるの？」

「上手くいけば逃げられるが、下手をすれば死ぬことになる」

「彼等に殺されるよりは、ましだわ」

「あそこの壁に、ガス栓が見えるね」

矢崎は、部屋の隅を、眼で示した。

「イエス。あれをどうするの？」

「ガス栓を開ける。栓をひねるぐらいのことは、縛られたままでも出来るからね」

「そんなことをしたら、私たちが、ガス中毒で死んでしまうわ」

「ああ、わかってる」

と、矢崎はいった。

「ガスを出しておいて、火をつけるんだ」

「火を？」

「イエス。危険だが、他に逃げる方法はないと思う。火事になれば、ここは、銀座だ、すぐ、野次馬が集まってくるし、消防や、警察もやってくる。その時が、逃げるチャンスだと思ってるんだ」

「焼け死ぬ可能性もあるわけね」

マリアは、笑って、矢崎を見た。

「ああ、大いにあるね。二人並んで焼け死んでいたら、多分、心中と思われるだろうね」

「心中？　すばらしいわ」

「僕も、君と一緒に死ねれば本望だよ」

「でも、どうやって、火をつけるの？　私は、こんな格好にされて、マッチは持ってないし――」

「僕の上衣の右のポケットにライターが入っている。君に出せるかい？」

「やってみるわ」

マリアは、にじり寄って来て、縛られた後ろ手で、矢崎の上衣のポケットを探った。

その指先が、ライターをつまみあげた。

「つかめたわ」

と、マリアは、声をはずませた。

「じゃあ、火をつけてみてくれ」

「ついた？」

マリアは、後ろ手のまま、かちッと鳴らした。

「ついたよ」

「これから、どうするの？」

「一緒に、ガス栓のところへ行くんだ」

二人は、立ち上がって、部屋の隅にあるガス栓のところまで歩いて行った。

「いいかい。僕がガス栓を開けて、ガスが吹き出したら、そのライターの火を近づければいい。上手くやらないと、火傷《やけど》をすることがあるからね」

「火傷ぐらい平気だわ」

マリアは、さすがに、蒼ざめた顔でいった。

矢崎は、床に膝をつき、後ろ手で、ガス栓をひねった。

しゅうという音を立てて、ガスが吹き出した。

ガスの強烈な匂いが、周囲に充満してくる。

矢崎は、栓をしぼってから、

「火をつけて」

と、マリアにいった。

「横からライターを突き出すようにするといい」

「オーケー」

マリアが、縛られた手で、ライターの火を突き出した。瞬間、ぼうッと音がして、火がついた。

「あッ」と、マリアが、悲鳴をあげて、ライターを取り落とした。

「大丈夫かい？」

「大丈夫よ。ちょっと熱かっただけ」

「君は、反対側の隅に行ってくれ。早く！」

「わかったわ」

マリアは、部屋の反対側まで歩いて行き、そこに、しゃがみ込んだ。

矢崎は、部屋にある椅子や、テーブルを、身体で押して、火を吹いているガス栓のところへ運んだ。

やがて、これが、燃えあがるだろう。燃えあがる前に、彼等が気がついて消されてしまったら万事休すだが、そうならないのを願うより仕方がない。

矢崎は、マリアの傍に行き、彼女の横にしゃがみ込んだ。

「背を低くしていたほうがいい」

と、矢崎は、マリアにささやいた。

時間が、ゆっくり過ぎていく。岩城たちが入ってくる気配はない。

ふいに、ばり、ばりッと、乾いた音を立てて、椅子に火がついた。

黒煙が、天井に向かって吹き出した。赤い炎の舌が次第に大きくなっていく。窓にかかっているカーテンに引火したとたん、それは急に凄まじい火勢になった。

熱風が、床に伏せている矢崎たちの身体まで、熱くした。

部屋の外が、急に騒がしくなった。彼等が、煙に気がついたのだ。

がちゃ、がちゃと、鍵を回す音が聞こえる。

誰かが、ドアを開けた。とたんに、

「あッ」

という悲鳴が起きた。炎と煙が、ドアを開けたとたん、一斉に、この部屋から吹き出したのだ。

カーテンが、燃えて床に落ちてくる。天井の一部が、炎に包まれて落ちてきた。二人のいる部屋は、完全に炎に包まれてしまった。

両手を縛られたまま、この炎と煙の中を逃げられるとは思えなかった。

唯一の救いは、明子や、岩城たちが、この部屋に入って来られないことだった。矢崎たちが、もう焼け死んだと思って、すでに逃げ出しているかも知れない。

だが、矢崎とマリアが、このままでは、ここで死ぬことも確かだった。

周囲の炎の壁は、突破できそうにないし、といって、このままでは焼け死ぬだけだ。

いや、焼け死ぬ前に、煙に巻かれて、窒息死するだろう。

もう、すでに、息苦しくなっている。矢崎の隣りで、マリアが、激しく咳込《せきこ》んで、苦しそうだ。

「私たち、このまま死ぬのね」

とマリアが、かすれた声でいった。

「君と一緒に死ねれば本望だよ」

と矢崎はいった。

「助けるつもりが、こんなことになって、申しわけないと思ってるんだ」

両手が自由なら、マリアを抱きながら死にたいと思った。

「あッ」

と、ふいに、マリアが、声をあげた。

「どうしたんだ？」

「サイレンの音が聞こえるわ」

「サイレン——？」

矢崎は、煙にむせながら、耳をすませる。たしかに、けたたましいサイレンの音が聞こえてくる。

（消防のサイレンだ！）

4

窓ガラスの割れる音がしたかと思うと、猛烈な勢いで、室内に放水されてきた。二本、三本と、その数が増えていく。床に伏せている矢崎とマリアは、たちまち、頭から、激しく水をかぶった。

ずぶ濡れになりながら、矢崎は、

（これで、助かるかも知れないぞ）

と、思った。

「助けてくれ！」

矢崎は、思いきり叫んだ。

「誰かいるのか！」

誰かが、大声で叫んでいる。

「ここだ。助けてくれ！」

矢崎は、どなってから、マリアに向かって、

「助かっても、何も喋らないほうがいい。日本語は、全然、わからないふりをするんだ」

「なぜ？」

「そのほうが賢明だと思うからだよ」

矢崎は、小声でいってから、もう一度、

「助けてくれ！」

と、叫んだ。

数人の人影が、煙の向うから飛び込んで来るのが見えた。

銀色のキラキラ光る耐熱服を着た消防隊員たちだった。

彼等は、びっくりした顔で、矢崎たちを見た。

「どうしたんだ？」

「早く、おれの縄を解いてくれ。それから、この人に、何か着るものをやってくれ。フイリピンの女性だ」

「毛布を持って来い！」

と、隊長らしい男が、怒鳴った。

隊員たちが、矢崎とマリアのロープを解いてくれた。

毛布が運ばれてきて、マリアの裸身を包んだ。それを見ているうちに矢崎は、急に深い疲労に襲われて、その場に頽《くずお》れてしまった。

二人は担架で担ぎ出され、救急車で、近くの病院に運ばれた。

夢中でわからなかったが、矢崎もマリアも、身体のあちこちに、軽い火傷を負っていた。その手当を受けたあと、鎮静剤の注射をうたれ、矢崎とマリアは、ベッドで眠り込んだ。

矢崎が、眼をさました時、中年の男が、上からのぞき込んでいた。

矢崎が、眼をしばたくと、その男が、微笑した。

「気がつかれましたか」

と、その男が、声をかけてきた。

矢崎が、黙っていると、男は、内ポケットから、警察手帳を出して、矢崎に見せた。

「警視庁捜査一課の早川です」

「警察の方が、何の用ですか？」

矢崎は、とぼけてきいた。

「事情をお聞きしたいと思いましてね。男と女が、火災の現場で、縛られて転がされていたとなると、これは事件ですからね。いったい、何があったんです？」

「僕にも、何が何だかわからないんです」

「というと？」

「彼女と一緒に、銀座を歩いていたら、突然、殴られましてね。気がついたら、縛られて、あそこに転がされていたんです。その中《うち》に、火災が起きて、死ぬかと思いましたよ」

「ふーむ」

早川という刑事は、半信半疑の表情で、矢崎を見つめている。

「あの建物の持主は、どういってるんですか？」

と、矢崎が、逆にきいた。

「何も知らないといっていますよ。あなたのことも、フィリピンの女性のこともね」

と、早川はいってから、

「どうも、君の話は、納得できないな」

難しい顔で、矢崎を見直した。

「どこがですか？」

矢崎は、開き直った態度で、きいた。

「女と歩いていたら、突然、襲われて、あの店に連れ込まれ、そして火事になったというんだろう？」

「その通りです」

「君のいう通りなら、君と彼女は、焼き殺されかけたことになる。それなのに、相手に心当りがないというのは、おかしいじゃないかね？」

「心当りがないものは、仕方がありませんよ。あの店のママさんたちも僕たちのことは知らないといっているんでしょう?」

「だから、余計に妙なんだ。ところで、君の名前は、矢崎亮だったね?」

「それが、どうかしましたか?」

「矢崎亮だと、イニシアルは、R・Yだな」

「ええ」

「あの店に大きなスーツケースがあって、その中に、一億円の札束が入っていたんだよ」

「あッ」

と、矢崎は、小さな声をあげた。村上たちが、矢崎のマンションから取りあげて来たものだ。

「マダムの大道寺明子や、客として来ていたという村上製薬の社長たちは、それを、自分たちのものだといっているがね。あのスーツケースには、R・Yとネームが書き込んであった。大道寺明子でも、村上信也でも、R・Yにはならん。もう一人、ときわ興業の岩城功一という客もいたが、この男でも、イニシアルは、R・Yじゃない」

「――――」

「ところで、君なら、イニシアルはぴったり、R・Yになるね」

「そうですね」

「あのスーツケースは、君のものかね？」

早川が、まっすぐ、矢崎を見た。

矢崎は迷った。が、あの一億円は、何としても欲しかったし、誰にも渡したくなかった。死ぬような目にあいながら、やっと手にした金なのだ。

「もちろん、僕のものですよ」

と、矢崎は、いった。

「本当かね？」

「あなたがいったように、スーツケースに書いたイニシアルのR・Yは僕の名前と、ぴったり一致するでしょう。それに、僕が、マジックで書いたんだから、筆跡鑑定して貰ってもいいですよ」

「スーツケースの色は？」

「ライトブルー」

「国産か外国製品か覚えているかね？」

「アメリカのサムソナイトのスーツケースです。黒いマジックで、R・Yと書き込んでおいたんです」

「なるほどね。すべて、君のいう通りのスーツケースだ」

「じゃあ、僕に渡して貰えますね？」

矢崎が、勢い込んでいうと、早川は、相変わらず、難しい顔を崩さずに、

「駄目だね」

「なぜです？」

「最初は、君は、フィリピンの女性と一緒に歩いていたら、いきなり殴られ、気がついたら、あの店の中で、縛られていたと証言した。一億円という大金の話は、一言も口にしなかった筈だよ」

「それは、あんな目にあって、気が動転していたからですよ。危うく死にかけたんですからね」

「すると、君は、一億円入りのスーツケースを持ち、彼女と歩いていたところを、何者かに襲われたということになるんじゃないのかね？」

「そうです。その通りです」

「それなら、犯人は、一億円を狙ったことになる」

「かも知れないな」

矢崎は、逆らわずに肯いた。が、早川は、一層、疑わしげな顔になって、

「さっきはそんなことは、何もいってなかったじゃないか？」

「襲われて監禁され、その上、焼き殺されかけたんですよ。やっと助けられたとはいえ、気が動転していたんです。助かったことで精一杯で、金のことを、つい忘れていたんで

す」

「そんな人間には見えんがねえ」

「どんな人間に見えるというんです？」

「何かある男だよ、君は。正直に何もかも話したらどうかね？」

「全部話しましたよ。それに、僕には前科もないし、やましいことは、何一つしていませんよ」

矢崎は、胸を張って見せた。

「それなら、あの一億円は、何の金か説明してみたまえ」

早川が、強い声でいった。

5

矢崎は、眼をしばたいた。もちろん、事実を話すわけにはいかない。

「長年つとめた会社の退職金とか、株で儲けた金とか、あれは、僕の全財産ですよ」

「ふーん」

と、早川は、鼻を鳴らしてから、

「それを、なぜ、現金のまま、スーツケースに入れて、持っていたりしたのかね？　ちょっと、常識では考えられないじゃないか」

「実は、一緒にいたフィリピンの女の子に惚れていましてね。彼女はマリアというんですが、フィリピンに家を建ててやって、二人で住もうと思ったんです。それで、全財産をスーツケースに詰めましてね。あれを見せて、僕の誠意をわかって貰おうと考えたんですよ。外国の女というのは、こういう誠意の見せ方を一番喜びますからねえ」

「彼女は、そんなことはいってなかったがね」

「マリアは、何といっているんです?」

ふと、矢崎は不安になって、きいた。

マリアには、何も話すなと、口止めしておいたが、あれほど、妹の仇を討ちたがっているのだ。この際、何もかも、日本の警察に喋ってしまおうという気持になっているかも知れない。

「何も喋らんよ」と、早川は、憮然とした顔でいった。

「何をきいても、君に聞いてくれと繰り返すばかりでね。よっぽど君を信用しているか、君に惚れているかだろうな」

「そうですか——」

矢崎は、ほっとすると同時に、胸に、じーんと、熱いものがこみあげてくるのを覚えた。マリアは、やはり、矢崎を信じていてくれたのだ。

こんな気分は、矢崎は、初めて味わう甘いものだった。それだけ、マリアを愛してしまったのかも知れないし、危うく死ぬところだったことで気弱くなっているのかも知れない。しかし、この気弱さは、不愉快ではなかった。

「彼女は、しばらく病院に入れておいてやって下さい」

と、矢崎は、早川にいった。

「今度の事件で、心身ともに疲れ切っている筈ですからね」

「医者も、少なくとも一週間は入院していたほうがいいといっているよ」

「そうして下さい」

「ところで、君の話だが、まだ、信用できんね。君は、あの店のマダム大道寺明子や、客としていた村上製薬社長、ときわ興業の岩城功一を不法監禁と殺人未遂で、告訴するかね？」

「告訴したら、どうなります？」

「彼等を逮捕して、取り調べることになる。しかし、君にも本当のことを喋って貰わなければならん。マリアというフィリピンの女性にもだ」

（それに、あの一億円は、証拠品ということで差し押さえられてしまうだろう）

と、矢崎は思った。

「今、その人たちは、どうなっているんです？」

「出火の事情や、君たちのことをきいているところだよ。だが、三人とも、君たちのことは全く知らんし、出火についても知らないと主張している。自分たちも、被害者だといっている。君かマリアが、あの三人を告訴してくれれば、事件として捜査できるが、今の状態では、事情聴取の上、釈放ということになるだろうね」

「告訴する気はありませんよ。僕たちを襲った人間が誰なのかわからないんですから」

「困った人だな」

「それは警察から考えてでしょう。僕としては、正直にいっている積りですよ。それに、あの一億円は、僕のものです。よく調べて貰えればわかります。最近、大金が奪われたなんて事件は、起きていない筈です」

「それは、こちらで調べてみるよ。それまで、あのスーツケースは、こちらで預かっておく」

「どうぞ」

と矢崎は、笑った。

6

矢崎は、早川刑事が帰ったあと、別の病室に入っているマリアを見舞った。

マリアは、火傷をした両手に、白い包帯を巻いていたが、意外に元気だった。その手で、乱れた髪をなでつけるようにしながら、

「ミスター・ヤザキ。あなたは大丈夫か？」

と、きいた。

「僕は大丈夫だ。君には感謝しているよ」

「何を？」

「警察に、何も話さずにいてくれたことだよ」

「あなたが、黙っていたほうがいいといったから」

と、マリアは、微笑した。

「君は、妹の仇を討ちたくて日本へ来て、ソープランドで働きながら、そのチャンスを狙っていたんだ。日本の警察に、何もかも話したかったと思う。それを、僕のために、黙っていてくれたからさ」

「今、何かいっても、何の証拠もないと思ったし、それに、ミスター・ヤザキを信じてもいたからよ」

「僕は、君が信じるような男じゃないよ。あんな目にあっても、相変わらず、金を欲しがっている男なんだ。だから、君は、ここで、しばらく休んでから、フィリピンに帰ったほうがいい。これ以上、日本にいたら、また、危険な目にあうよ」

矢崎は、そういったが、マリアはそれには直接答えず、逆に、

「ミスター・ヤザキ。あなたは、大丈夫なの？」

と、きいた。

「まあね。あの三人は、警察で事情聴取をされたあと、釈放されるだろうが、あんな事件のあとだから、すぐには、僕を襲っては来ないだろう。警察は、明らかに、僕たちと、彼等の間に、何かあったと思っているからね。しかし、彼等にとって、僕や君が、危険な存在であることには変わりはない。だから、また、僕を消そうとするだろうね。君もだ。それで、僕は、君には、退院次第、フィリピンに帰って貰いたいと思っているんだよ。君が、そうしてくれたら、僕も、フィリピンに行く」

「駄目だわ」

と、マリアは悲しそうにいった。

「不正なことをして手に入れたお金で暮らしても、幸福になれないし、何よりも、妹が悲しむと思うわ」

「そういうだろうと思ったよ」

矢崎は、小さな溜息をついた。がその口元には、微笑が浮かんでいた。マリアの純粋さが、それとは逆の生活をして来た矢崎には、眩しいし、嬉しくもあるのだ。もちろん、矢崎には、マリアのような生き方は、逆立ちしても出来そうになかったが。

「君は、しばらく、ここに入院していたほうがいい。ここなら安全だからね」

矢崎は、優しくいってから、マリアの顔に、軽く、キスした。そのまま、病室を出ようとして、矢崎は、ドアのところで立ち止まりもう一度、ベッドのマリアを見た。マリアは、こちらを見て、微笑している。

その顔を見ている中に、このままではいけないという思いが、ふと、胸の中にこみあげて来た。

照れ臭さをがまんしているが、それは「愛」だ。矢崎は、もう一度、ベッドの傍に引き返すと、生真面目な顔でマリアを見つめて、

「君は約束を守れるね？」

「ええ」と、マリアは肯いた。

「あなたとの約束なら、どんなことをしてでも守るわ」

「そういってくれると思ったよ」

矢崎は、窓際に置いてあった円椅子を持って来て腰を下ろすと、ポケットから手帳を取り出した。

ペンを持ち、手帳を広げて、英語で、マリア宛の言葉を書き始めた。

英語は得意なほうだったし、マリアと喋るのに、あまり不自由は感じなかったのだが、いざ、英文の手紙を書き出してみると、ずいぶん、スペルを忘れていることに気がつい

た。何とか、スペルを思い出し、考えながら、書きつけていった。

マリアは、顔を横にして、じっと矢崎を見つめている。矢崎が書いている間、何も、質問して来ないのが有難かった。矢崎は、四十分近くかかって書きおえると、

「ここに、君宛の言葉を書きつけておいた」

と、マリアにいった。

「何回も君と話しあったが、どうしても、意見が合わなかった。今でも僕が一番欲しいのは金だ。ただ、僕が死んだとき、君の希望をかなえてあげたいと思う。だから、約束して欲しいのは、僕に万一のことがあったときだけ、この手帳を開けるということなんだ」

「約束するわ。神に誓って」

マリアは、包帯を巻いた手をあげて、じっと、矢崎を見上げた。

「この手帳には、君が欲しがっていた、証拠となる例の手紙のかくしてある場所が書いてある。彼等の死命を制するような証拠を入れてある手紙だ」

「でもその手紙は、彼等がいくら探しても見つからなかったんじゃないの？」

「すぐ見つかるような場所にはかくしてないよ」

矢崎は、ニヤッと笑って見せた。

矢崎は、手帳を、マリアの枕の下に入れた。そのあと、矢崎は、軽く唇を合わせた。

「落ち着いたら、花束を持って見舞いに来るよ」

7

矢崎は、危険を考えて、自分のマンションには帰らず、都内のホテルに泊ることにした。

村上たちは、矢崎とマリアを、殺そうとした。少なくとも消そうと考えていた。今度会えば、また殺そうとするだろう。

例の手紙による脅迫も、もう、彼等に利きそうにない。村上たちは、そんな手紙は、ないのだと決めつけているのかも知れない。

マリアは、あの病院に入っている限り安全だろうと、矢崎は思った。もともと、村上たちが消したがっているのは、矢崎なのだ。マリアは、添え物に過ぎない。

新宿のSホテルの最上階に部屋をとると、矢崎は、火災事件を扱った警察に電話をかけた。

電話に、矢崎の訊問《じんもん》に当たった早川刑事が出た。

「例の一億円ですが」

と、矢崎は努めて丁寧にいった。

「あれが、僕のものだということは間違いありません。いつになったら返して頂けるんですか?」

「何もかも話してくれれば、すぐにでも返却するんだがね」

「しかし、このままでは、そちらにまずいことになるんじゃありませんか? 他人の所有物を、あれこれ理屈をつけて返さないというのは」

「君は、警察を脅迫するのかね?」

「とんでもない。正当な権利を主張しているだけですよ。あの金が、不正に取得したものでないことは、はっきりしているんです。この間もいいましたが、一億円の金が紛失したり、強奪された事件は、どこにも起きていないでしょう?」

「それはそうだが――」

「なるべく早く、返して頂きたいですねえ。さもないと、警察を告訴しなければならなくなりますよ。僕としては、そんなことはしたくないんですが」

「わかった」

と、刑事がいった。

「署長と相談して返事をする」

「決まったら、すぐ、電話を下さい」

矢崎は、ホテルの代表番号を教えた。

その日も、次の日も、電話は、かかって来なかった。警察から、連絡が入ったのは、翌々日だった。

一億円の入ったスーツケースを引き渡すから、取りに来いという。

矢崎は、ホテルの勘定をすませてから、出かけることにした。もう、このホテルには、戻って来ないつもりだった。

8

警察では、また、早川刑事が、しつこく質問してきた。

「君とマリアというフィリピン女性は、危うく殺されかけたんだよ。それなのに、何も知らんというのかね？」

「あなたに協力したいのは、やまやまなんですが、知らないものは知らないんですよ」

矢崎は、微笑しながらいった。

「同じクラブにいた村上信也や、大道寺明子や、岩城功一という連中にやられたんじゃないのかね？」

「いや、違います」

「信じられんね」

「その三人は、どうなりました?」

「昨日釈放したよ。君か、ミス・マリアが、彼等に殺されかけたのだと証言してくれれば、不法監禁と殺人未遂で逮捕できるんだ。今からでもいい。その気になれないかね?」

早川は、残念そうにいった。

「知らない人間に殺されかけたなんて、証言できませんよ」

「君は、警察が嫌いなんだな?」

「好きとはいえませんね」

「われわれに協力しなければ、君はまた狙われるぞ」

「心配してくれるんですか?」

「ああ、心配してるよ。市民を守るのはわれわれ警察の仕事だからね」

「あんたは、いい人らしいな」

「お世辞をいうくらいなら、すべてを話してくれないかね。そのほうが有難い」

「話したいんですが、話すことがないんですよ。スーツケースを貰っていって構いませんね」

「ああ、いいとも。その一億円が、君の命取りにならないように気をつけるんだな」

「そうしましょう」

矢崎は、ずっしりと重いスーツケースを持ち上げてから、

「刑事さん。あなたの名前を教えてくれませんか？　前にきいたが、忘れてしまったので」

「なぜだね？」

「何となく知りたくなりましてね」

「早川だよ。気が変わって、話したくなったら私に電話してくれたまえ」

「覚えておきますよ」

と、矢崎は、笑った。

スーツケースを下げて警察を出ると、矢崎は、手をあげて、タクシーを止めた。

乗り込むと、運転手に、

「成田空港へやってくれ」

と、いった。

タクシーが走り出すと、矢崎は、窓の外に流れる東京の景色に眼をやった。

これで、見おさめになるかも知れない東京の街並みだった。少なくとももう二、三年は、東京には帰って来ないつもりだった。

昼を少し過ぎて、成田空港に着いた。

まず、フィリピン航空のカウンターに行き、パスポートを見せて、マニラまでの切符

を買った。

マニラ行の便は、午後四時三十分発だった。

それまでにしなくてはならないことがいくつかあった。

矢崎は、フィリピン・ナショナル銀行の成田支店に行き、一億円の中の半分、五千万円を、ドルにしてミス・マリア名義で預金した。

その預金通帳を受け取ると、次に封筒と便箋を買い求め、空港内の喫茶店に入った。

一番奥のテーブルに腰を下ろし、コーヒーを頼んでから、便箋を広げ、英語で、マリア宛の手紙を書いた。

〈愛するマリアへ
僕は、これからマニラ行の飛行機に乗る。

君が素敵だといったセブ島のリゾートホテルへ行くつもりでいる。しばらく、あのホテルで暮らそうと思っている。

君には、妹の仇討ちをやめて、フィリピンに帰れと、何度もいった。その気持は、今も変わっていない。妹のロザリンのことを思う君の気持は、よくわかる。だが、君自身の幸福も考えるべきだ。

君は、ロザリンの仇討ちを諦めてフィリピンへ帰るべきだ。僕がセブ島のリゾートホテルにいると書いたのは、君を、そこで待っているという意味だ。

君も知っているように、僕は、いいかげんな男だ。逆立ちしても、正義の味方にはなれない男だ。金に目がないし、コツコツと、地道な生活などは、性に合わない。善人と悪人とに区別すればどう考えても悪人だ。それも、こすっからい小悪党といったところだろう。女のことでもいろいろあった。金のない時、結婚を餌にして女を欺し、金を巻きあげたこともある。女にも、だらしのない男なのだ。だが、君を愛していることだけは本当だ。

カソリックの君なら、神に誓ってと書くところだろうが、あいにくと、僕には、誓うべきものがない。わが家の宗教は、多分、仏教だろうが、仏に向かって、手を合わせたことはなかった。

だが、何に誓ってもいい。賭けられるものなら、自分の命を賭けてもいい。

僕は、君が好きだ。

女性に対して、こんな気持になったのは、生れて初めてだ。

あのリゾートホテルで、君と一緒に過ごしたい。いやもっと小さな家でもいい。セブ島の、あの美しい浜辺に小さな家を建てて、君と住みたい。

この手紙が着いたら、すぐ、セブ島に来てくれないか。

同封した預金通帳は、君のものだ。君が、こんなお金は嫌だというのなら、遠慮なく通帳を燃やしてくれてもいい。フィリピン・ナショナル銀行が喜ぶだろう。

矢崎　亮〉

9

書き終わった手紙を、矢崎は、二、三度、読み直した。

この手紙を読んで、マリアが、彼の後を追って、セブ島へ来てくれるかどうか、矢崎にも自信がなかった。

矢崎は、フィリピン・ナショナル銀行の預金通帳と一緒に、その手紙を封筒に入れると、宛名を、マリアの入院している病院宛にした。

喫茶店を出ると、空港内の郵便局で、投函した。

これで、日本でやるべきことは、全部すんだと思った。

午後四時三十分の出発まで、まだ時間があった。

矢崎は、公衆電話の前で、立ち止まった。

病院を呼び出して、マリアと話したいと思った。受話器を取りあげ、十円玉を投げ込んでから、矢崎は、受話器を置いてしまった。

いうべきことは、すべて、手紙に書いた。今さら、何を電話でいおうとするのかと、ふと、気恥ずかしくなったからである。

矢崎は、売店で、煙草を、ワン・カートン買った。

当分、日本へ帰らないとすれば、日本の煙草が欲しくなるだろうと思ったからだった。

矢崎は、時間つぶしに、ロビーを歩いた。

こんな時、別れを惜しむ家族がいないことはありがたいと思った。

これといった友人もいない。

(すっきりしたものさ)

と、矢崎が、負け惜しみでなく思ったとき、マニラ行のフィリピン航空の搭乗案内のアナウンスが聞こえた。

矢崎は、五千万円の入ったスーツケースを持ち直して、ゲートに向かって歩き出した。

四時間でマニラに着き、さらに一時間余で、セブ島に着く。

また、あの真っ青な海が見られるのだ。あのリゾートホテルのプールも。

そう思い、自然に、足の運びが速くなった時である。

一人の若い男が、急に、矢崎の傍に近寄って来た。

ぴたりと、矢崎の横にくっついたと思うと、

「矢崎さんだね」

と、低い声でいった。

矢崎は、危険を感じて、とっさに身をかわそうとしたが、男は、いきなり、矢崎に抱きつくと、右手に持った短刀を、彼の腹に突き刺した。

矢崎の腹に激痛が走った。

思わず、悲鳴をあげる。

どっと血があふれ出し、ワイシャツを、上衣を染め、床に、したたり落ちた。

「村上たちに頼まれたのか?」

と、いったつもりだったが、声にならなかった。

男は、矢崎の腹を、さらに、二回三回と突き刺してから、血まみれの短刀を、その場に放り出して、逃げ出した。

周囲にいた人々が、甲高い悲鳴をあげた。

矢崎は、スーツケースを落とし、両手で腹をおさえて、その場に座り込んだ。

眼の前が次第に暗くなってくる。

空港に詰めている医者と、警官が駆けつけた。

医者が、応急の止血をして、救急車を呼んだ。

警官は、やたらに、

「誰にやられたんだ?」

と、きいた。

医者が、とがめるように、

「質問は無理ですよ」

と、警官にいった。

五分後に、救急車が来て、血だらけの矢崎を、担架にのせて、運び込んだ。

空港近くの外科病院まで、救急車は走った。車がゆれる度に、矢崎は、うめき声をあげたが、その声も次第に小さくなっていった。

病院に着くと、すぐ、手術室に運ばれた。

だが、脈を診て、心臓を調べていた病院長は、そこに立っている救急隊員に向かって、首を横にふって見せた。

ここに運ばれて来る途中で、すでに、息絶えていたのである。

殺人事件ということで、千葉県警の刑事が、病院に駆けつけてきた。

上衣の内ポケットには、パスポートと、マニラ行の切符が入っていた。

「名前は矢崎亮か」

と、刑事の一人が呟いた。

「この男の持っていたスーツケースの中に、五千万円の札束が入っていたと、今空港から連絡が入ったよ」

と、もう一人の刑事がいった。

「五千万円の札束か。何者なんだ？　この男は」

「わからんね。どこかの商社員が、会社の金を持ち逃げしようとしていたのかも知れないし、短刀で腹を刺されて殺されたところをみると、暴力団関係者かも知れん」

「この頃、暴力団が、フィリピンに進出する例が多いからな」

と、刑事の一人がいい、まだ、帰らずにいた救急隊員に、

「この仏さんを、ここまで運んで来る途中で、何かいってなかったかね？　自分を刺した犯人の名前かなんか」

と、きいた。

二人の救急隊員は、顔を見合わせて考えていたが、背の高いほうが、

「はっきりしませんが、マリアといったような気がするんですが」

「それは、犯人の名前かね？」

「違うと思います。刺したのは、日本人の若い男だったそうですから」

「マリアねえ。外国の女の名前だな。この仏さんの恋人かな？」

中年の刑事は、首をかしげた。

＊

その頃、マリアは、銀座近くの病院のベッドで、眠っていた。

眠って、怖い夢を見ていた。

夢の中では、まだ、妹のロザリンが生きていて、誰かが、彼女を殺そうとしていた。

ロザリンが悲鳴をあげて、逃げ廻っている。

マリアは、それを助けようと思うのだが、足が動かない。マリアは、助けを求めるように、周囲を見廻した。

近くに、矢崎がいた。マリアは、叫んだ。

「助けて！　ヤザキ」

だが、矢崎は、聞こえないのか、知らん顔をしている。どうしたの？　ヤザキ。

その時、誰かが、彼女を呼んだ。

──ミス・マリア。ミス・マリア──。

「ミス・マリア」

男の声だった。

マリアは、眼を開けた。が、しばらくは、夢と現実の区別がつかなかった。

背広姿の三十二、三歳の日本人がベッドの傍に立っていた。

一瞬、その男が、矢崎に見えた。が、よく見れば、全く別人だった。

「ミス・マリア。大丈夫ですか？」

と、その男が、ぎごちない英語できいた。

「イエス」

三日間の入院で、ベッドの上に起き上がった。火傷の痛みも消えている。

「あなたは、確か、日本の警察の――?」

マリアは、ゆっくりときいた。普通の日本人は、ゆっくりした英語でないと、理解できないことが、日本に来てわかったからだった。

「警察の人間です」

と、男がいった。

「刑事の早川です」

「そうだったわ。ミスター・ハヤカワ」

「イエス。これで、あなたに会うのは二度目ですよ」

「ええ。覚えています」

早川は、黒い警察手帳を示した。警察手帳も、マリアは、日本に来て初めて見たものだった。

「ミスター・ヤザキは、あなたの恋人ですか?」

と、早川がきいた。

マリアは一瞬答に迷った。相手に答える前に、彼女は、自分にきいてみた。彼は、自分にとって、いったい何なのだろう？

そのあと、マリアは、早川にいった。

「今は、お答えしたくありません」

「実は、悲しいことをお知らせしなければなりません。ミスター・ヤザキが、成田空港で殺されました。マニラ行のフィリピン航空に乗る寸前でした」

「――――」

「私の英語が、わかりませんか？　ミスター・ヤザキはですね――」

「あなたの英語は、よくわかります。ミスター・ヤザキが死んだんですね」

マリアは、自分の胸に、ぽっかりと穴があいてしまったのを感じた。涙があふれそうになってくるのを、必死でこらえた。

「今、彼を殺した犯人を探しています」

と、早川がいった。

「誰が、彼を殺したんですか？」

「目撃者は、若いヤクザふうの男だったといっています。しかし、われわれは、その男が、個人的な恨みからミスター・ヤザキを殺したのだとは思っていません。なぜなら、ミスター・ヤザキは、あなたと一緒に、三日前に、危うく焼き殺されかけているからです。あの時、あなたも、ミスター・ヤザキも、警察に何も話してくれなかった。もし、話してくれていたら、ミスター・ヤザキは、殺されなくても、すんだんじゃないかと思うのです」

「――――」

「どうですか？　ミス・マリア。何もかも話してくれませんか。あなたと、ミスター・ヤザキが、なぜ、クラブ・アキコで焼死しかけたのか？　村上製薬の社長や、大道寺明子や、ときわ興業みたいな暴力団と、どんな関係があるのか」

早川は、じっと、マリアを見つめた。

マリアは、反射的に、枕の下に手をやった。

「どうなさったんですか？」

早川が、きいた。

マリアは、黙って、枕の下から、手帳を取り出して、早川に差し出した。

「この手帳が、どうかしたんですか？」

早川は、手帳をめくりながらきいた。

「ミスター・ヤザキが、その手帳に遺言を書いてくれました」

と、マリアは、低い声でいった。

「遺言ですって？」

「ええ。彼は、自分が死んだ時のために、書いておくといって、ここで何か書いておいてくれたんです。自分が死んだ時にだけ、読んでくれっていって」

「拝見していいですか？」

「ええ。私は、ミスター・ヤザキが死んだら、いいえ、殺されたら、それを、日本の警察に差し出すつもりでいましたから」

「なるほど。その前に、事情を説明してくれませんか。矢崎さんが、どんな事件に首を突っ込んでいたのか。それを知ってから読んだほうがよくわかるでしょうからね」

「すべてを話さなければいけませんか？」

「ええ。話して頂きたいですね。しかし、安心して下さい。私も、死者に対する礼儀は知っています。殺された矢崎さんを傷つけるようなことについては、公けにはしませんよ」

「あなたを信じますわ。ミスター・ハヤカワ」

「ありがとう」

マリアはしばらくの間、黙って頭の中で、今までの事件のことを考えてみた。どれから話し始めたらいいのだろうか？

10

マリアは、妹のことから話し始めた。

マリアは、妹のロザリンが、マッサージをしながら、売春をしていたことを、隠さずに喋った。他国の、日本の警察に信じて貰うためには、嘘はつけないと思ったからだった。

「妹のロザリンは、マニラに来ていたミス・フサコが誰に殺されたのかを知ったために殺されてしまったんです。そのミス・フサコは、フィリピンの有力者、ミスター・ロドリゲスへの貢物として、アキコ・ダイドージが、日本からフィリピンへ連れ出した女性なんです」

「大道寺明子が、ミスター・ロドリゲスに取り入ろうとしてですね？」

「イエス」

「ミス・フサコは、それを承知しなかったために、殺されたわけですね？」

「ミスター・ロドリゲスは、セブ島にある別荘で、時々、セックス・パーティを開くんです。彼女は、それに出ることを承知しなかったために殺されたんだと思います」

「彼女や、あなたの妹さんを殺したのは誰ですか？」

「ミスター・ヤザキは、日本の暴力団のときわ興業の人間だといいました。彼等は、大道寺明子や、村上社長のガードマンみたいな役割りを持っていますから」

「証拠は？」

「ありません。だから、それを見つけたくて、私は、日本へ来たんです」

「なるほど」

「村上製薬は、大道寺明子の紹介でミスター・ロドリゲスに取り入り、フィリピンで、『ローヤルウィッグ』という栄養剤を販売し始めたんです」

「そのニュースは、新聞で読んだ記憶がありますよ。そのおかげで、村上製薬は、かなりの利益をあげたと。これで、あの三人の関係がわかって来ましたよ。殺された矢崎さんは、あの三人と、どう関係してくるんですか？」

「彼は、最初に殺されたミス・フサコの恋人だったんです」

「なるほど」

「それに、村上社長の秘書もしていました。そして、村上製薬のフィリピン進出には、何か、うさん臭いところがあるといって、調べていたんです」

「それで、矢崎さんは、証拠を見つけたんですね？　だから、殺されたんですね？」

「ええ。見つけたといっていました。私は、妹の仇を討つために、何を見つけたのか教えてくれないかと頼んだんです。でも、彼は、つかんだ秘密で、彼等をゆするんだといっていました」

「スーツケースに入っていた一億円は、彼等をゆすって手に入れた金だったわけですね」

と、早川刑事は、眼を光らせた。

「イエス」

「矢崎さんは、つかんだ秘密を、どこへ隠しておいたんでしょうね？」

「わかりません。彼等は、それを見つけようとして、ミスター・ヤザキと、私をつかまえて、ひどいことをしました」

「焼き殺そうとしたというわけですね？」

「いいえ。縛られたまま殺されて、どこかへ埋められてしまうところだったんです。それで、私とミスター・ヤザキが、ライターで火をつけて、その火事騒ぎの間に逃げ出そうとしたんです」

「彼等は、まだ、矢崎さんのつかんだ証拠を、手に入れてないわけですか？」

「ええ。ミスター・ヤザキは、いくら責められても、本当の隠し場所をいいませんでしたから。最後には彼等は、そんなものはないんだと思ったみたいでした。だから、ミスター・ヤザキも私も、殺されかけたんです。私たちの口さえ封じ込んでしまえば、すべてを、闇から闇へ葬れると思ったんだと思います」

「この手帳には、問題の証拠が、どこに隠してあるか、書いてあるわけですね？」

「ミスター・ヤザキは、そういっていましたけど」

11

早川刑事は、手帳を開いた。

最初に、マリアに対する矢崎の愛情が、言葉として、つづられている。

早川は、そこをカットして、自分の知りたい箇所を読んだ。前の部分は、マリアが読むべきところだと思ったからである。

〈――私がつかんだ村上製薬の秘密というのは、一枚の分析表だ。村上製薬が、フィリピンで華々しく売り出した『ローヤルウィッグ』の成分を、大学の研究室で分析して貰ったものだ。この分析によると、『ローヤルウィッグ』の成分は、村上製薬が、前に製造販売した栄養剤『スーパーエイト』と、全く同じなのだ。しかもこの『スーパーエイト』は、薬事法違反で、販売が禁止された代物だ。村上製薬は、『スーパーエイト』の膨大なストックを抱えて困っていた。そこで、村上は、日本で禁止されているものを、フィリピンで、名前を変えて売り出したのだ。日本で有害なものがフィリピンで無害な筈がない。もし、その分析表が発表されて、『スーパーエイト』と全く同じものだとわかれば、村上製薬は、世界中の批判を浴びることになるだろう。だから、村上は、私に一億円という大金を払ったのだ。私は、この分析表を隠すのに苦心した。自分のマンションでは、どこに隠しても見つかってしまうだろう。君に預ければ、君が危険にさらされてしまう。そんな危険な目に、君をあわせたくはなかった。銀行の貸金庫に入れても、キーを奪われたら、あけられてしまうだろう。友人に頼もうにも、一匹狼の私には、信頼できる友人はいない。そこで、私は、もっとも簡単で、もっとも安全な方法をとることにした。方法は簡単だ。証拠品を封筒に入れ、東京から、最も遠い地名と、でたらめの名前を書く。私は、北海道の帯広市にした。相手の名前は『富士豊太郎』とした。この名前は、全くのでたらめだ。こうして投函すれば、どうなるだろう？ 郵政省は、この手紙を、北海道へ運んでくれる。配達人は帯広市内を探すだろうが、富士豊太郎などという人物は実在しないのだ。郵政省は、宛先不明で、差出人、つまり、私のところへ返してくれる。多分、その間に、一週間か十日かかるだろう。つまり、この間証拠品は、郵政省が保管してくれていて、全く安全だということだ。しかも、確実に、私の手元に戻ってくる。戻って来たら、また、同じようにして投函すればいいのだ。それを繰り返していれば、いつでも、証拠品は、安全ということになる。

彼等は、宛先がでたらめだと怒っていたが、そこにヒントがあったのに、馬鹿な奴等だ。

もし、私が殺されたら、私のマンションの郵便受けを見て欲しい。宛先不明の付箋が貼られて、証拠品が、返って来ている筈だ。君が、それを、どう使おうと、君の自由だ。私は、君を――〉

数日後。

早川刑事は、フィリピンに帰るマリアを、成田空港まで、見送りに行った。

「おかげで、証拠の分析表が見つかって、村上たちを逮捕しましたよ」

と、早川は、ロビーで、マリアにいった。

「殺人については、まだ否定していますが、あなたの証言もあるし、大道寺明子が、弱気になっていますから、間もなく、全員が自供すると思っています」

「それはよかったわ」

「フィリピンでは、ミスター・ロドリゲスが、失脚したそうですよ。いい気になって、やり過ぎたんでしょう。日本のお偉方の中には、ミスター・ロドリゲスのセックス・パーティがなくなるといって、がっかりしている者もいたようですが」

早川は、笑った。

マリアは、もう、二度と来ることのないだろう日本の景色に、眼をやった。

早川は、ポケットから、部厚い封筒と、銀行の預金通帳を取り出した。

「これは、あなたが退院したあと、病院に届いたものです。死ぬ前に、あなた宛に、矢崎さんが書いたものです。飛行機の中でお読みなさい」

「でも、この預金通帳は？」

「日本円で五千万円あります。フィリピン・ナショナル銀行のものだから、向うで、簡単におろせますよ」

「でも、これは、あの一億円の中のものでしょう？」

「そうらしいですね。しかし、村上は、矢崎さんに、口止料として金を払ったといわないんです。ですから、このお金は、宙に浮いてしまっているんです。つまり、あなたのものというわけです。遠慮なく、貰っておきなさい。日本人が、あなた方姉妹を苦しめた、そのお詫びと思って下さっても結構ですよ」

矢崎が生きていたら、多分、そういっただろうと思って、早川は、いった。

解説

山前　譲

　二〇一八年は西村京太郎氏にとって、『寝台特急《ブルートレイン》殺人事件』の刊行からちょうど四十年という節目の年だった。一九六〇年に作家を志して人事院を退職してからの創作活動において、一九七八年十月に刊行された、十津川警部が活躍するそのトラベル・ミステリーの第一作が、大きなターニングポイントとなったのは言うまでもないだろう。それから十津川特急は驀進《ばくしん》をつづけ、今も一年に十以上の難事件を解決しているのだから驚異的だ。

　ただ、一気にトラベル・ミステリーへとターンしたわけではない。最初の長編である『四つの終止符』（一九六四）や江戸川乱歩賞受賞作の『天使の傷痕《しょうこん》』（一九六五）のような社会派推理からSF、時代小説まで、ヴァラエティに富んだ作品を書いてきた西村氏だった。『寝台特急殺人事件』の前後にも多彩なテイストの長編を刊行しているが、一九七八年八月から翌年六月にかけて週刊誌に連載され、一九八〇年五月にトクマ・ノベルズの一冊として刊行されたこの『けものたちの祝宴』もそうした一冊である。

村上製薬の社長、村上信也の個人秘書の矢崎亮は、「クラブ・アキコ」のママである大道寺明子の秘密を探るよう命じられる。明子はかつて人気タレントだったが、新進作曲家の沢木と結婚して芸能界を引退した。ところが数年後、離婚して、銀座のまん真ん中にナイトクラブをオープンしたのだ。

じつはそのスポンサーが村上社長だった。もちろん肉体関係もある。その村上は豪放磊落《らいらく》さが売り物だが、じつは猜疑心《さいぎしん》が強く、嫉妬深い。明子に何か隠しごとがあるのではないかと疑いだしたのだ。

矢崎は行きつけのバーで、明子の面白い写真を持っているというカメラマンの日下と知り合う。大金をふっかけられたので買わなかったが、やはり気になったので彼の事務所へ行ってみた。そこで目にしたのは背中にナイフが刺さった死体だった。その日下は、顔の部分が引きちぎられた露骨なヌード写真を握りしめていた……。

十津川シリーズ、あるいは『消えた巨人軍《ジャイアンツ》』（一九七六）に始まる私立探偵の左文字進《さもんじすすむ》シリーズのような、シリーズキャラクターの活躍に目が奪われがちだが、すでにオリジナル著書が六百冊を超えた西村作品の世界は、簡単には語ることができないくらい宏大《こうだい》である。そのなかでこの『けものたちの祝宴』は、エロティシズムをちりばめつつ徹底して「悪」を描いていく、とりわけ異色の長編ミステリーと言えるだろう。

矢崎は村上社長の忠実な下僕ではない。かつて、会社の極秘情報を横流しして大金を手にしたことがある。社長の秘書で愛人でもある大橋富佐子とはベッドをひとつにする関係だ。そして自宅を家捜しされたことから、あのヌード写真が持つ価値に気付く。

一方、村上社長は政界進出の野望を抱いていて、若手代議士で日比親善協会会長の浅倉俊一郎に接近する。けっしてトップクラスの製薬会社ではない村上製薬は、フィリピンの実業家であるロドリゲスと手を組んで新事業を興す。矢崎はそんな動きの背後に漂う怪しい「金」の匂いに敏感に反応するのだった。

大道寺明子にしても、一軒のクラブのママに納まるつもりはないようだ。自身の欲望を満たすために村上社長を利用しているとしか思えない。その明子から多額の報酬のアルバイトを頼まれたと矢崎に話した直後、富佐子が消息を絶つ。そんな時、「クラブ・アキコ」のホステスにフィリピンの女の子が入った。浅倉代議士の紹介だという。

矢崎はそのホステスのひとり、カルメンと関係を持つが、彼女はあのヌード写真を盗ってこいと明子に頼まれていた。そこに、胸を刺された富佐子の死体がフィリピンのマニラ市の郊外で発見されたとの報道が――。村上社長の指示で矢崎はフィリピンへと旅立つのだった。

一九七五年、念願の海外旅行の目的地に西村氏はそのフィリピンを選んでいた。その理由は色々あったに違いないが、なにはともあれフィリピンが日本と同じ島国だから惹《ひ》かれたのではないだろうか。日本は六千八百ほどの島からなる島国だが、フィリピンもまた大小合わせて七千余りの島々から構成されているという。

陸軍幼年学校在学中に一九四五年の終戦を迎えた西村氏だが、じつは海への憧れがあり、海軍兵学校に進みたいと思ったこともあったらしい。一九七〇年代初頭、書き下ろし長編を精力的に刊行しはじめた時には、『ある朝 海に』（一九七一）や『脱出』（一九七一）のような「海」がキーワードとなった作品がある。その頃は奄美諸島の与論島など、島巡りを楽しんでいた。短編の「南神威島」（一九六九）や「アカベ・伝説の島」（一九七一）、あるいは長編の『ハイビスカス殺人事件』（一九七二）、『伊豆七島殺人事件』（一九七二）、『鬼女面殺人事件』（一九七三）、『幻奇島』（一九七五）と、島を舞台にした作品が目立った時代である。

初期の十津川シリーズにも海に関係した長編が多い。刊行順ではシリーズ第一作となる『赤い帆船《クルーザー》』（一九七三）の「著者のことば」でも、〝私は海が好きだ。穏やかな海も、荒れ狂う海もである。そこにはロマンがある。だが、そのロマンの海に、さまざまな人間の欲望が入り込んできたとき、美しい海も、また修羅場と化すだろう〟と述べていた。

つづいて、インド洋上で原油を満載したタンカーが沈没した事件の謎を追う『消えたタンカー』（一九七五）、太平洋上の大型クルーザーの乗組員が忽然《こつぜん》と姿を消してしまった『消えた乗組員《クルー》』（一九七六）、旧日本海軍の潜水艦からとしか思えない不思議な救難信号が南の島から届く『発信人は死者』（一九七七）、マンモス・タンカーを爆破されたくなかったら百万ドルを払えと脅迫される『炎の墓標』（一九七八）と、海外の海や島が重要な舞台となった十津川シリーズの長編が書かれている。

　そしてこの『けものたちの祝宴』では、矢崎が再び訪れたフィリピンのセブ島が重要な舞台となっていく。

　マニラに着いた矢崎は、明子が現地で開催されるビューティー・コンテストの審査員となっていることに驚く。ホテルに呼んだマッサージ嬢のロザリンに案内してもらい、富佐子の殺人現場を訪れるが、今度はそのロザリンの死体がマニラの海に浮かぶのだ。そして突然、村上社長から調査を中止するとの電話が入る。

　日本人がホテルで殺された事件にも巻き込まれてしまった矢崎は日本に帰るが、村上社長は彼を解雇するのだ。しかし、そんなことで引き下がるわけにはいかない。危ないとは思いつつも村上社長の周囲を調べていくと、製薬業界の裏に「金」の匂いをかぎつける。村上製薬がフィリピンで日比合弁の製薬会社を発足させたからだ。矢崎は再びフィリピンへと旅立ち、セブ島で繰り広げられる、まさに「けものたちの祝宴」としか言いようのないパーティーへと足を踏み入れていく……。

　フィリピン中部にあるセブ島は、南北が二二五キロの細長い大きな島だ。最初にスペインに植民地化されたところだというが、その頃の史蹟《しせき》が残されている一方で、リゾートホテルやショッピング・モールが展開されて、多くの観光客を招いている。また、セブ島東岸、沖合数キロのところにあるマクタン島は、とくにリゾートパラダイスとして知られている。

そのリゾートとしての魅力は『けものたちの祝宴』にも満ちあふれているが、矢崎はそれを楽しむつもりはない。「金」に取《と》り憑《つ》かれた彼は、村上社長や大道寺明子との駆け引きに心を奪われている。そして日本に帰国後、ついに大金を手にするチャンスが……。

同じ島国である日本とフィリピンの間に、欲望と策謀が交錯する。そこに製薬業界にまつわる疑惑が絡んでいくのは西村作品らしいところだ。けものたちの祝宴は悪の宴《うたげ》でもある。乱れた男女関係にも思惑が入り乱れている。男は女を利用し、女は男を利用しようとするのだ。

そんな誰もが他人を信じられない状況のなかで連続する事件が、矢崎を何度も危機に陥れる。『けものたちの祝宴』はじつにサスペンスフルだ。いったい誰が最後に笑う？ しかし、ラストには切ない余情が漂っている。それは西村京太郎氏ならではのロマンティシズムの表れなのかもしれない。

（やままえ・ゆずる　推理小説研究家）

本書は、一九八四年四月、徳間文庫として刊行されました。
初出　一九八〇年四月、トクマノベルズ

＊この作品はフィクションであり、実在の個人・団体・事件などとは、一切関係ありません。
＊著者独自の世界観や作品が発表された時代性を考慮し、地名、数字、固有名詞、職名、社会制度等は、執筆当時のままとしています。

西村京太郎の本

鎌倉江ノ電殺人事件

服毒死した大学生の傍に玩具の江ノ電が置かれていた。数日後、江ノ電に轢かれたらしい女性のバッグからも、同じ江ノ電玩具が発見された。犯人の狙いは何か？　長編旅情ミステリー。

十津川警部　特急「しまかぜ」で行く十五歳の伊勢神宮

野々村は十五歳で伊勢から上京。遷宮で沸く伊勢に七十年ぶりに帰郷し、同級生と再会。空襲で行方不明になった同級生・加藤が話題に。七十年後の帰郷が呼ぶ殺人！　旅情ミステリー。

西村京太郎の本

外房線 60秒の罠

殺された恋人の思い出を胸に南房総に出かけた井口勲。若い女性に、携帯電話のカメラで撮影されるが、翌日その携帯を持った女の絞殺体が発見され……。十津川警部の鉄道ミステリー！

十津川警部 北陸新幹線「かがやき」の客たち

細野は恋人綾と開業日に北陸新幹線に乗る計画をたてた。だが綾は現れず、江戸川で溺死体となって発見。十津川警部は細野に疑惑を……。北陸新幹線を舞台に描く旅情ミステリー。

集英社文庫

集英社文庫

けものたちの祝宴《しゅくえん》

2019年4月25日　第1刷　　定価はカバーに表示してあります。

著　者　西村京太郎《にしむらきょうたろう》
発行者　徳永　真
発行所　株式会社　集英社
東京都千代田区一ツ橋2-5-10　〒101-8050
電話　【編集部】03-3230-6095
【読者係】03-3230-6080
【販売部】03-3230-6393（書店専用）
印　刷　大日本印刷株式会社
製　本　大日本印刷株式会社

フォーマットデザイン　アリヤマデザインストア　　マークデザイン　居山浩二

ISBN978-4-08-745863-3 C0193